本书为国家社科基金一般项目成果，
"汉宋文化与楚辞研究的转型——以楚辞注释为中心的考察"
（项目编号：12BZW027）

汉宋文化与楚辞研究的转型

—— 以楚辞注释为中心的考察

孙光 —— 著

人民出版社

序

孙光的著作《汉宋文化与楚辞研究的转型——以楚辞注释为中心的考察》要付梓，嘱我写序。我欣然答应，早就期盼写这篇序了。

我的研究和教学在魏晋南北朝隋唐诗文，偶及汉代和宋代文学，招的学生也在此段，只有孙光在先秦两汉，以楚辞为主要研究对象。她硕士阶段在先秦，文献功底扎实，基础厚实，人也聪明内敛，敏于思索，有好学者的素质。她的这部书稿，本为博士论文，毕业后，打磨了很多年才出手，可见她对学术的谨严态度。

自楚辞问世后，注释本甚多，但有代表性的只三部：汉代王逸《楚辞章句》、宋代洪兴祖《楚辞补注》和朱熹《楚辞集注》。此书跨越魏晋南北朝隋唐，考察汉宋两代楚辞研究，就是以这三部楚辞注释书为中心，兼及其他注释与评论。作者把其首要任务放在具体分析这三部书的注释文本上，梳理其体例和注释特点，以作为研究的基础。在此方面，此书逐条考察注释，分析其特点及得失，其深入细致，给我留下深刻印象。如王逸《楚辞章句》所引旧注的清理，就涉及篇章作者、传本异文和文字训解。此方面文献的清理，既揭示了王逸章句所具有的非常重要的文献价值，同时也为我们考察汉代楚辞之旧注提供了很有价值的信息。

但此书重点则在于通过注释文本的考察，探讨三人通过楚辞注释而阐发的思想，即对经典的价值与意义的揭示。王逸的章句，塑造了忠君的屈原；洪兴祖的补注则超越了忠君爱国精神，塑造了具有坚贞节操又有个人独立人格的屈原；而朱熹强调的是屈原"忠君爱国之诚心"。从这些总结中，都可以看出历代注释者对于屈原的经典化过程，其研究有重要学术价值。而这些结论的取得，都是建立在对汉宋历史和思想文化的深入论述之上，所以立论基础扎实深厚，令人信服。

当然，此书之研究并未到此为止，而是进一步探讨汉宋楚辞注释之转变：注释目的，由外向经世到内省治心的转变；文本注释，偏重训诂到阐发义理的转变；文化思维，由"玄学"优势到"科学"参与的转变；研究视角，由经学原则到文学观照的转变。从具体的楚辞注释，进而扩大到汉宋两个时代思想、学术之变，其研究就超越了楚辞而有了更加广阔的学术视野和文化意义。

先秦时期，既是中国文学的发始期，又是中国经典的集中产生期，五经，诸子之学，再就是楚辞，都是影响千古的经典。前二者既在文学的研究范围之内，又在其外，其学科性质超越了文学；而楚辞则是纯文学，故百年来一直是文学研究的主要对象。不过近些年来稍有衰落，与先秦文学研究之热形成鲜明对照。其原因即在于，新出土文献中经史文献多于楚辞文献，而20世纪80年代以来的文化热近年来又明显降温，所以有许多学者转向了楚辞学史的研究。不过，对楚辞学史的研究意义，学者之间颇有歧见。有人即认为，不研究楚辞文本，研究其传播，已经沦入第二义。我原也这样看。不过近来却改变了看法。近来楚辞研究出现了一个新动向，即把20世纪二三十年代谓屈原是"箭垛式"人物的观点又重新搬了出来，怀疑屈原的存在，怀疑楚辞作者的真实性，从而对经典提出挑战。楚辞学史的研究，我以为现在的重要任务就是从学术上研究清楚屈原作为经典作家的真实存在，研究清楚楚辞经典文本的生成以及历代对楚辞的经典化过程。孙光的研究已经有了研究经典化的意识，并取得了丰硕成果。我期望她还要加强这一意识，研究清楚楚辞作为中国文学经典的生成与传播过程。

詹福瑞

2019 年 8 月 2 日

目 录

下编:汉宋楚辞注释之转变

引　言

　　哲学家冯友兰在分析古代哲学史的表现形式时谈到经学对哲学的影响，云：

　　　　自孔子至淮南王为子学时代，自董仲舒至康有为为经学时代。在经学时代中，诸哲学家无论有无新见，皆须依傍古代即子学时代哲学家之名，大部分依傍经学之名，以发布其所见。其所见亦多以古代即子学时代之哲学术语表出之。此时诸哲学家所酿之酒，无论新旧，皆装于古代哲学，大部分为经学，之旧瓶内。[①]

　　这段话揭示了"独尊儒术"之后，经学一统对古代学者们治学方式的影响。如果说孔子"述而不作"的谦卑中包含着对前代文化的钦仰，那么经学时代的学者"以述为作"则充斥更多无奈的成分。当社会思想文化的空间被几部放大了的典籍几将占满时，个体的话语表达自然要随之压缩范围和规定方向。在这种情况之下，通过重新诠释经典的内涵来表达个人思想，来建构适应时代的政治思想文化的理论体系，以经学之"旧瓶"来装思想之"新酒"就是一种很自然的选择了。

　　虽然这种依傍对经典进行注释来表达个人思想，更多的是针对古代哲学而言的，但中国古代一直有文史哲难分的实际状况。尤其是汉代以后，士人们往往身兼数职，经学家、学者、文人乃至官员诸种身份俱在一身的情况相

---

　　① 冯友兰：《中国哲学史》（下册），华东师范大学出版社 2000 年版，第 3 页。

当普遍，所以，可以说，冯氏此语对整个中国古代学术都是适用的。既然学者们热衷于通过对前代典籍的注释来表达自己的思想，那么，我们通过梳理这些典籍的注释也就可以探寻到注释者个人及其时代思想文化的某些特征，从而将对某种典籍的所有注释汇集起来，大致勾勒出其学术研究的历史发展脉络。这种认识已经被学术史研究证明，也是我们选择从典籍注释入手来进行论题研究的理论依据。

以屈原作品为主体和代表的楚辞在先秦产生之后，就以其创作主体的鲜明个性和精彩绝艳的艺术形式引起了无数后人的敬仰和追慕，在此基础上亦产生了数量惊人的仿效和研究。由西汉开始，封建时代的楚辞研究大体上可以划分为三个阶段：第一阶段由汉代人开创，以经学为原则，以章句训释为中心；第二阶段由宋代人开创，以理学为指导，以阐发义理为旨趣；第三阶段是清代学者在特定思想文化氛围中，对汉宋楚辞学研究成果各有侧重的继承和发展。显然，要对整个封建时代的楚辞研究史进行考察，汉宋之际的学术转型无疑是其中的关键。基于封建时代的楚辞研究也主要是以传统的对文本的传注阐释形式展开，笔者即选择了汉宋两代的楚辞注释作为考察对象，试图从中发现这次学术转型的某些细节表现，进而梳理出整体的特征。

上 编
汉宋楚辞注释概论

时修武帝故事,讲论六艺群书,博尽奇异之好,征能为《楚辞》九江被公,召见诵读。"①这里的"楚辞"被包含在群书之中,明显是专书之名。《汉书·朱买臣传》是承袭《史记·酷吏列传》而来,《王褒传》亦言明"修武帝故事",显然在武帝召见朱买臣之前就已经有《楚辞》之书了,时间应该比武帝初期要早,甚至是在文景之世。《楚辞》作为书名,并不如《四库全书总目提要》所说是"自刘向始也",刘向的功绩在于借助举国之力搜集来的"天下遗书",点校整理出了当时最为完善的《楚辞》定本,并以其权威性而流传后世。

对楚辞作品的解说训释也开始甚早,前引《史记》《汉书》中朱买臣为武帝所做的工作应该就包含着讲解的内容。对于楚辞这样一种地方色彩极强的文体来说,注释不仅是其广泛流传的过程中必不可少的,而且是流传的重要保障。由于年代久远,我们今天所见的汉代楚辞注释文献非常有限。知其姓名的注释者仅有刘安、刘向、扬雄、贾逵、班固、马融、王逸数人,除王逸《楚辞章句》为完整注本外,其余各人的注释成果多者仅传片段残句,少者甚至只字无存。另外,还有一些姓名不可考的注释者,所注内容在《楚辞章句》所引的一些旧注中有些许存留。本章先简要叙述这些王逸之前的楚辞注释情况,《楚辞章句》放在下章专门讨论。

一、刘安、司马迁

刘安(前179—前122),汉高祖刘邦之孙,淮南厉王刘长之子。文帝时袭父封为淮南王,都于寿春。《汉书·淮南王传》称其"为人好书",又"招致宾客方术之士数千人"著书,在淮南形成了一个规模庞大的文化学术集团,《淮南子》即是这一集团的集体智慧结晶,在汉代思想史上占有重要地位。寿春是楚故都,有着浓厚的楚文化氛围,深受楚文化熏陶的淮南王文化学术集团在文学创作和楚辞的研习上也取得了斐然的成就。《汉书·艺文志》著录"淮南王赋八十二篇","淮南王群臣赋四十四篇",都归于"屈原赋之属",其中刘向辑本中收录的淮南小山之《招隐士》情辞并茂,是一篇优秀的拟骚体佳作。刘安之赋今只传《艺文类聚》与《初学记》诸类书中所保留

---

① 班固:《汉书》,第2821页。

的《屏风赋》一篇，未见为佳。奠定刘安在楚辞学史上地位的是他的《离骚传》，这是有文献可考的最早的楚辞注释之作。

据《汉书·淮南王传》载：

> 时武帝方好艺文，以安属为诸父，辩博，善为文辞，甚尊重之。……初，安入朝，献所作《内篇》，新出，上爱秘之。使为《离骚传》，旦受诏，日食时上。①

考之《史记·淮南衡山列传》，刘安在汉武帝刚刚即位的建元二年(前139年)入朝，则献《离骚传》之事距屈原投江一百多年。刘安所献之作的名称，史料记载却并不相同。王逸《楚辞章句序》云：

> 至于孝武帝，恢廓道训，使淮南王安作《离骚经章句》，则大义粲然。后世雄俊，莫不瞻仰，撸舒妙思，缵述其词。②

此外，荀悦《汉纪·孝武皇帝纪》和高诱《淮南子叙》称之为《离骚赋》，刘勰《文心雕龙》则"传""赋"并用。孰是孰非，学者多有讨论，比较一致的意见是仍以班固所记为准，称"赋"者乃因"传"误为"傅"进而讹传傅为"赋"而致，③而王逸则"殆以刘安的《离骚传》与自己的《楚辞章句》体例相近，故即以《离骚经章句》名之。"④"传"与"章句"均为解经之体，在训解阐发经义上是一致的，王逸在《序》中称班固、贾逵所作亦均为《离骚经章句》，可以猜测他大概是把"章句"作为一切训解注释《离骚》之文的总名。

---

① 班固：《汉书》，第 2145 页。
② 王逸：《楚辞章句》第十七卷，明正德十三年（1518 年）刻本，《楚辞文献丛刊》第一册，国家图书馆出版社 2014 年版。下文所引《楚辞章句》除特别注明外，均出于此版本，不再特别标注。
③ 郭沫若：《评〈离骚〉的作者》，《光明日报》1951 年 5 月 26 日。
④ 汤炳正：《楚辞类稿》，巴蜀书社 1988 年版。

《离骚传》全文已佚，存留文字见于班固《离骚序》：

> 昔在孝武，博览古文。淮南王叙《离骚传》，以《国风》好色而不淫，《小雅》怨悱而不乱，若《离骚》者，可谓兼之。蝉蜕浊秽之中，浮游尘埃之外，皭然泥而不滓，推此志，虽与日月争光可也。斯论似过其真。又说：五子以失家巷，谓五子胥也。及至羿、浇、少康、贰姚、有娀佚女，皆各以所识有所增损，然犹未得其正也。①

所谓"《国风》好色而不淫……虽与日月争光可也"一段为总体评论，这段文字来源于《史记·屈原列传》，班固认为这是刘安《离骚传》中的话，《文心雕龙·辨骚》与之看法相同。他们的观点引发了学者对《史记·屈原列传》部分文字归属的质疑，到底有多少文字出于《离骚传》，各家看法不同。最多者如汤炳正先生考证认为有两大段共计四百余字的内容为刘安《离骚传》所有，亦有学者持稳妥之论，只以班固所引为确。② 笔者不主张对古人之作大动刀斧，故以戴志钧先生观点为据而论之。

从班固引文可以看出，《离骚传》是有叙论有注解的，叙论的内容分两个部分，一是对《离骚》的评价，依据的标准是儒家诗教，认为其兼具《风》《雅》的中和之美，将其提到了可以与儒家经典并列的地位。他的观点在后世引起争议，但无论是班固的反对还是王逸的赞同，都说明了刘安开创的这种"以《诗》评《骚》"的标准对封建社会的楚辞研究有着极为深远的影响，对楚辞中"怨悱"之情的承认和把握也给了司马迁等人以很大的启迪。

叙论的另一方面内容是对屈原人格的褒扬。"与日月争光"，源自《九章·涉江》"与日月兮齐光"，是对屈原精神境界的极高推崇。认为其超越于污浊的现实之上，一尘不染、浮游世外。这一段的描述很容易让人联想到《庄子·逍遥游》中的那位"不食五谷，吸风饮露，乘云气、御飞龙，而游

---

① 王逸：《楚辞补注》第十七卷，清康熙毛氏汲古阁刻本，《楚辞文献丛刊》第十一、十二册，国家图书馆出版社 2014 年版。下文所引《楚辞补注》均出于此版本，不再特别标注。

② 戴志钧：《〈离骚传〉存留文字考辨》，见《论骚二集》，黑龙江教育出版社 1990 年版。

乎四海之外"的邈姑射之神，具有很明显的道家思想色彩，和《淮南子》中的部分言论可相互辉映。如《精神训》论"至人""抱素守精，蝉蜕蛇解，游于太清，轻举独往，忽然入冥"①；《修务训》云"圣人""君子""以逍遥仿佯于尘埃之外，超然独立，卓然离世"②；等等。从中可以看出，刘安是从道家价值观的角度来发挥屈子之志的。

很短的一段评论却兼容了儒、道两家的标准，其中原因恐怕与当时的思想文化氛围和《离骚传》是"奉诏"而作有关。如前所言，刘安身在楚地，对楚辞甚为喜爱并有相当造诣，当同样喜好楚辞的君主要其为之作传的时候，他以儒家诗教为标准的大力赞赏既符合当时的主流思想，也迎合了君主的爱好心理，是两全其美的选择。而道家思想本就在西汉前期盛行，亦为刘安个人所服膺秉持，应该说是他所认为的高度评价屈子精神的最恰切的准则了。

班固所引的《离骚传》注解部分内容非常少，只是"五子""羿""浇""少康""贰姚""有娀佚女"几个人名，我们很难据以判断刘安注解的实际情况和价值。有学者参照《淮南子》的有关记载来分析刘安招致班固批评的原因，如李大明先生认为刘安是以伍子胥之事解释"五子用失乎家巷"，混淆了尧时羿和夏时羿等，③虽属猜测亦平实有据。其实，还可以换个角度来看这个问题，这几个人名除了"五子"之外，在《离骚》之中虽然有历史的意义，却也关乎神话传说，联系班固对楚辞神话素材的严厉批评态度（详见下文），以及刘安本人的道家思想倾向和所受的楚文化熏陶，我们也许可以猜测，刘安对《离骚》中神话传说的阐释发挥与班固的正统思想相互抵触才招致其批评，但这一猜测并无文献依据。

司马迁（前145—?），字子长，生于夏阳龙门（今陕西韩城）。父司马谈，汉武帝时为太史令。司马迁幼年住在家乡，"耕牧河山之阳"，10岁随父亲进京，曾受业于大儒董仲舒、孔安国。20岁时有过漫游的经历，到过

---

① 何宁：《淮南子集释》，中华书局1998年版，第537页。

② 何宁：《淮南子集释》，中华书局1998年版，第1345页。

③ 李大明：《汉楚辞学史》，中国社会科学出版社2004年版。

东南一带许多地方。入仕之后，他曾经出使西南，远到昆明，后又侍从武帝巡狩，东临碣石，西至崆峒。除此之外，他还到过北部边塞，登上了秦代所筑的长城。可以说，司马迁的足迹遍及全国，漫游的经历使他大大开阔了视野。元封三年，司马迁继父职为太史令，太初元年开始撰史。天汉三年，他因李陵事下狱受宫刑。出狱后，为中书令，"隐忍苟活"，发愤著述，终成《太史公书》（后称《史记》）。

继刘安之后，司马迁也解说过楚辞，王逸称其曾对《天问》"口论道之"。出身史官世家的司马迁，立志"究天人之际，通古今之变"，对《天问》有特殊的兴趣是很自然的，他对此应该也具有独特的认识和理解，惜乎今已不存。

司马迁漫游时就到过沅水和湘水流域，曾在汨罗江边凭吊屈原，修撰《史记》时又掌握了大量的文献资料，他的《屈原列传》不仅是现存最早的关于屈原生平事迹记载的较为完整的史料，在楚辞研究史上更有重要价值。因其重要，录全文如下：

> 屈原者，名平，楚之同姓也。为楚怀王左徒。博闻强志，明于治乱，娴于辞令。入则与王图议国事，以出号令；出则接遇宾客，应对诸侯。王甚任之。
>
> 上官大夫与之同列，争宠而心害其能。怀王使屈原造为宪令，屈平属草稿未定。上官大夫见而欲夺之，屈平不与，因谗之曰："王使屈平为令，众莫不知。每一令出，平伐其功，曰以为'非我莫能为也。'"王怒而疏屈平。
>
> 屈平疾王听之不聪也，谗谄之蔽明也，邪曲之害公也，方正之不容也，故忧愁幽思而作《离骚》。"离骚"者，犹离忧也。夫天者，人之始也；父母者，人之本也。人穷则反本，故劳苦倦极，未尝不呼天也；疾痛惨怛，未尝不呼父母也。屈平正道直行，竭忠尽智，以事其君，谗人间之，可谓穷矣。信而见疑，忠而被谤，能无怨乎？屈平之作《离骚》，盖自怨生也。《国风》好色而不淫，《小雅》怨诽而不乱。若《离骚》者，可谓兼之矣。上称帝喾，下道齐桓，中述汤、武，以刺世事。明道德之

广崇，治乱之条贯，靡不毕见。其文约，其辞微，其志洁，其行廉。其称文小而其指极大，举类迩而见义远。其志洁，故其称物芳；其行廉，故死而不容自疏。濯淖污泥之中，蝉蜕于浊秽，以浮游尘埃之外，不获世之滋垢，皭然泥而不滓者也。推此志也，虽与日月争光可也。

屈平既绌，其后秦欲伐齐，齐与楚从亲，惠王患之。乃令张仪佯去秦，厚币委质事楚，曰："秦甚憎齐，齐与楚从亲，楚诚能绝齐，秦愿献商、於之地六百里。"楚怀王贪而信张仪，遂绝齐，使使如秦受地。张仪诈之曰："仪与王约六里，不闻六百里。"楚使怒去，归告怀王。怀王怒，大兴师伐秦。秦发兵击之，大破楚师于丹、淅，斩首八万，虏楚将屈匄，遂取楚之汉中地。怀王乃悉发国中兵，以深入击秦，战于蓝田。魏闻之，袭楚至邓。楚兵惧，自秦归。而齐竟怒，不救楚，楚大困。

明年，秦割汉中地与楚以和。楚王曰："不愿得地，愿得张仪而甘心焉。"张仪闻，乃曰："以一仪而当汉中地，臣请往如楚。"如楚，又因厚币用事者臣靳尚，而设诡辩于怀王之宠姬郑袖。怀王竟听郑袖，复释去张仪。是时屈原既疏，不复在位，使于齐，顾反，谏怀王曰："何不杀张仪？"怀王悔，追张仪不及。

其后，诸侯共击楚，大破之，杀其将唐昧。

时秦昭王与楚婚，欲与怀王会。怀王欲行，屈平曰："秦，虎狼之国，不可信，不如毋行。"怀王稚子子兰劝王行："奈何绝秦欢！"怀王卒行。入武关，秦伏兵绝其后，因留怀王，以求割地。怀王怒，不听。亡走赵，赵不内。复之秦，竟死于秦而归葬。

长子顷襄王立，以其弟子兰为令尹。楚人既咎子兰以劝怀王入秦而不反也。

屈平既嫉之，虽放流，睠顾楚国，系心怀王，不忘欲反。冀幸君之一悟，俗之一改也。其存君兴国，而欲反复之，一篇之中，三致志焉。然终无可奈何，故不可以反。卒以此见怀王之终不悟也。人君无愚智贤不肖，莫不欲求忠以自为，举贤以自佐。然亡国破家相随属，而圣君治国累世而不见者，其所谓忠者不忠，而所谓贤者不贤也。怀王以不知忠臣之分，故内惑于郑袖，外欺于张仪，疏屈平而信上官大夫、令尹子兰，兵挫地削，亡其六郡，身客死于秦，为天下笑，此不知人之祸也。《易》曰："井渫不食，为我心恻，可以汲。王明，并受其福。"王之不明，岂足福哉！

令尹子兰闻之，大怒。卒使上官大夫短屈原于顷襄王。顷襄王怒而迁之。

屈原至于江滨，被发行吟泽畔，颜色憔悴，形容枯槁。渔父见而问之曰："子非三闾大夫欤？何故而至此？"屈原曰："举世皆浊而我独清，众人皆醉而我独醒，是以见放。"渔父曰："夫圣人者，不凝滞于物，而能与世推移。举世皆浊，何不随其流而扬其波？众人皆醉，何不哺其糟而啜其醨？何故怀瑾握瑜，而自令见放为？"屈原曰："吾闻之，新沐者必弹冠，新浴者必振衣。人又谁能以身之察察，受物之汶汶者乎？宁赴常流而葬乎江鱼腹中耳。又安能以皓皓之白，而蒙世之温蠖乎？"

乃作《怀沙》之赋。其辞曰：……

于是怀石，遂自投汨罗以死。

屈原既死之后，楚有宋玉、唐勒、景差之徒者，皆好辞而以赋见称。然皆祖屈原之从容辞令，终莫敢直谏。其后楚日以削，数十年竟为秦所灭。

自屈原沉汨罗后百有馀年，汉有贾生，为长沙王太傅。过湘水，投书以吊屈原。……

太史公曰："余读《离骚》《天问》《招魂》《哀郢》，悲其志。适长沙，过屈原所自沉渊，未尝不垂涕，想见其为人。及见贾生吊之，又怪屈原以彼其材游诸侯，何国不容，而自令若是！读《鵩鸟赋》，同死生，轻去就，又爽然自失矣。"[①]

《太史公自序》《楚世家》《张仪列传》也有相关内容，互参分析之下，可知其对楚辞研究的贡献主要有两点，即对屈原生平事迹史料的搜集与整理、对

---

① 司马迁：《史记》，第 2481—2494、2503 页。

楚辞文学的综述评论与价值判断。

屈原生平事迹的主要节点包括以下两点。

（1）出身："楚之同姓也"。楚武王的儿子公子瑕封于屈，因以为氏（《史记·楚世家》），是为屈原先祖。

（2）主要政治经历："为楚怀王左徒"，官"三闾大夫"；在怀王前期奉命"造为宪令"，主持楚国的变法活动，因上官大夫的谗言诋毁而被"疏"；"使于齐"，主张联齐抗秦，谏楚怀王杀张仪，勿入秦，均无果；顷襄王在位期间，被"迁"，"自投汨罗以死"。司马迁毕竟去屈原时代不远，他厘定的这些关于屈原身世的史料虽稍显单薄，但基本线索清楚，基本史实可信，故能为后世研究者所本。历代楚辞研究涉及这个问题的内容，无不以司马迁的叙述为基础和起点。

由于自身经历，司马迁引屈原为异代知己，对楚辞作品也倾注了较多的热情和关注，《史记》中有关楚辞的内容既有资料的梳理，也有司马迁带有明显个人情感色彩的评价和判断。

《屈原列传》中提及的屈原作品有《离骚》《天问》《招魂》《哀郢》，并录了《渔父》和《怀沙》全文，对各篇的关注角度不同，各有侧重。《渔父》是作为史料引述，这在后世是有异议的。王逸说："《渔父》，屈原之所作也……楚人思念屈原，因叙其辞以相传焉"。所谓"屈原之所作也"应该是承袭了《屈原列传》的叙述，而楚人"叙其辞以相传"的说法是对《渔父》辑录为篇章的解释。洪兴祖云："《卜居》《渔父》，皆假设问答以寄意耳。而司马迁《史记·屈原贾生列传》、刘向《新序》、嵇康《高士传》或采《楚辞》《庄子》渔父之言以为实录，非也"。洪氏从文学创作的角度来分析，认为是屈原自作。朱熹《楚辞集注》："《渔父》者，屈原之所作也。渔父盖亦当时隐遁之士，或曰亦原之设词耳"。明清之后虽有注者提出不同观点，甚至直到当代关于《渔父》的作者问题仍有争议，但其作为楚辞的重要篇章却是毫无疑问的。

涉及作者问题的还有《招魂》，司马迁认为是屈原所作。但从王逸开始，争议之声一直持续到当代。王逸、洪兴祖、朱熹、王夫之均认为是宋玉招屈原生魂；明清学者多谓屈原自招，如黄文焕、林云铭、蒋骥，后又有人认为是屈原招怀王魂，如清代吴汝纶、马其昶，等等。今人对于这个问题的分歧仍主要集中在是屈原还是宋玉所作上，众说各有所据，从所列理由来看，屈原作之说论证充分，较为可信，算是为司马迁的说法提供了理论支撑。

确立司马迁在楚辞学史上重要地位的是他对屈原的代表作品《离骚》所作的分析和评论，虽然没有对文句的注释解说，但对全文思想内容和艺术手法都有论述，全面详尽，层次分明，体现出对文本的深刻理解。在《史记·太史公自序》中，司马迁将《诗》《书》《周易》《春秋》等伟大作品的创作动因归结为"大抵圣贤发愤之所为作也"，认为是"此人皆意有所郁结，不得通其道也，故述往事，思来者"，这就是在文学批评史的创作论中著名的"发愤著书说"。这种提法的灵感来源于屈原《九章·惜诵》"发愤以抒情"，而《离骚》作为屈原的代表作亦在太史公所举诸例之中。加之《史记·屈原贾生列传》之中所云"屈平正道直行，竭忠尽智以事其君，谗人间之，可谓穷矣。信而见疑，忠而被谤，能无怨乎？屈平之作《离骚》，盖自怨生也"。很明显，司马迁将刘安"怨悱"的说法具体化了，认为《离骚》的创作动机源于抒发对君王的不满和对黑暗世俗的愤懑，是怨愤之情的舒泄。这种观点，多见于楚辞研究中的"主怨"一派。

虽然创作冲动缘起于发愤抒情，但《离骚》更直接的创作目的是"讽谏"，这也是司马迁极为看重《离骚》的一点。《史记·太史公自序》云："作辞以讽谏，连类以争义，《离骚》有之。作《屈原贾生列传》二十四"。具体来说，就是《屈原贾生列传》中"屈平嫉王听之不聪也，谗谄之蔽明也，邪曲之害公也，方正之不容也，故忧愁幽思而作《离骚》"。在提到屈原之后的楚辞作家时，司马迁云："屈原既死之后，楚有宋玉、唐勒、景差之徒者，皆好辞而以赋见称。然皆祖屈原之从容辞令，终莫敢直谏"。宋玉诸人与屈原的最大区别是"莫敢直谏"，所以即使"以赋见称"，艺术上有成就，也终究在人格上落了下乘。"讽谏""直谏"的现实针对性很强，是士人承担经世职责的重要方式和手段，司马迁对"怨刺"和"讽谏"的强调既有个人经历的共鸣，亦有时代精神的影响。

《屈原列传》对《离骚》文本内容和艺术的具体概述和评价为："上称帝喾，下道齐桓，中述汤、武，以刺世事。明道德之广崇，治乱之条贯，靡不毕见。其文约，其辞微，其志洁，其行廉。其称文小而其指极大，举类迩而见义远。其志洁，故其称物芳；其行廉，故死而不容自疏"。这段话夹在窜入的刘安《离骚传》文句之间，但确实是与司马迁强调屈原的独立性和批判性的一贯观点相符合，而与刘安秉持"中庸"的评价有别。在这里，司马迁认为，屈原通过对历史的回顾以批判"世事"，深刻揭示了历史发展的道德基础和治乱根源。这种对《离骚》思想内容的概括在大方向上是准确的，再加上抒发个人怨愤之情的部分，可以说司马迁对作品的理解是深刻而精准的。

概括艺术特点的文字来源于前代典籍。《左传》成公十四年引"君子曰"："《春秋》之称，微而显，志而晦，婉而成章，尽而不汙，惩恶而劝善。"[①]《周易·系辞传下》："夫《易》，章往而察来，而微显阐幽，开而当名，辨物正言，断辞则备矣。其称名也小，其取类也大，其旨远，其辞文，其言曲而中，其事肆而隐。"[②]用从对经典的评价之中化出的语句来论《离骚》，足可以看出司马迁对《离骚》的高度认可。所谓"文约""辞微""称文小而其指极大，举类迩而见义远"，连同《史记·太史公自序》所说的"作辞以讽谏，连类以争义"，其实指的都是比兴手法的运用，通过运用比兴造成微言大义的效果，达到讽谏的政治目的。司马迁继承了刘安以《诗》说《骚》的方法，但比刘安更进了一步，不仅仅是思想上的比附，还挖掘出了艺术上的共通点，也由此开创了楚辞研究中的"比兴"一脉，后世的楚辞研究者在谈到艺术方面时，罕有不论及"比兴"之法的。

《史记·屈原贾生列传》中鲜活地存在着一个高大的屈原形象，"其志洁"，"其行廉"，心怀"存君兴国"之志，"正道直行，竭忠尽智以事其君"，即使遭受小人谗言诋毁、君王见疏流放亦不改其志行，甚至不惜自沉存其清白。这是司马迁心目中的屈原，他"悲其志"，以至于"垂涕"，"想见其为人"。很明显，司马迁所"悲"的不是屈原之"志"，而是其志不能实现，是其"不得志"。自身的志向、经历和遭遇使司马迁能深刻地理解屈原，字里行间处处流露钦敬惋惜之情，以至于洪兴祖谓其为屈原的"深知己者"。但

---

① 杨伯峻编著：《春秋左传注》，中华书局 1981 年版，第 570 页。

② 《周易正义》，阮元校刻：《十三经注疏》，中华书局 2009 年版，第 185 页。

在最终结局的选择上，司马迁并不赞同屈原的做法。"屈原以彼其材，游诸侯，何国不容？而自令若是？"这是希望屈原能够离开宗国，去别国寻求理想的实现，以避免"自令"自沉的悲剧。这种观点源自贾谊，贾谊被贬为长沙王太傅，"渡湘水，为赋以吊屈原"，由伤悼屈原而自伤不遇，慨叹不遇之时应"远浊世而自藏"，批评屈原没有"瞵九州而相君"。司马迁将屈原与贾谊合传，一方面因为二人遭遇相似，另一方面也是赞同贾谊对屈原的评价，所以他以"读《鵩鸟赋》，同死生，轻去就，又爽然自失矣"结束全文，最终落到了道家安时处顺的人生态度之上。以这种标准衡量和要求屈原，明显是不恰当的，是司马迁在他那个时代环境下，基于个人人生态度和抉择的一种一厢情愿的期望，上承贾谊之误，下开扬雄之谬。

二、刘向、扬雄

刘向（前79—前8），字子政，亦为汉室宗亲，楚元王刘交五世孙，西汉著名目录学家、文学家。刘向在汉成帝时奉诏校书，整理收集来的前代典籍，有功于后世。就楚辞学来说，刘向更是功不可没。

《汉书·艺文志序》载："至成帝时，以书颇散亡，使谒者陈农求遗书于天下。诏光禄大夫刘向校经传、诸子、诗赋，步兵校尉任宏校兵书，太史令尹咸校数术，侍医李柱国校方技。每一书已，向辄条其篇目，撮其指意，录而奏之。"[1] 正是在校理诗赋的过程中，刘向得到了《楚辞》，并进行点校整理，增辑入了汉代作家的作品，即王褒的《九怀》、东方朔的《七谏》，以及自己的《九叹》，共十六卷，遂为定本，流传于两汉之际，直到东汉班固所读，亦为此本，而王逸《楚辞章句》也是以刘向整理本为底本。

刘向校书时，利用所见"传记行事"，著《新序》和《说苑》共五十篇，保存了比较多的先秦楚歌，对于考察楚辞文体的来源很有价值。与此同时，他也记了一些有关宋玉的遗闻轶事，可补史料之不足。在《新序·节士》篇中，还有一篇屈原的小传：

---

① 班固：《汉书》，第 1701 页。

屈原者，名平，楚之同姓大夫。有博通之知，清洁之行，怀王用之。秦欲吞灭诸侯，并兼天下。屈原为楚东使于齐，以结强党。秦国患之，使张仪之楚，货楚贵臣上官大夫靳尚之属，上及令子兰，司马子椒，内赂夫人郑袖，共谮屈原。屈原遂放于外，乃作《离骚》。张仪因使楚绝齐，许谢地六百里，怀王信左右之奸谋，听张仪之邪说，遂绝强齐之大辅。楚既绝齐，而秦欺以六里。怀王大怒，举兵伐秦，大战者数，秦兵大败楚师，斩首数万级。秦使人愿以汉中地谢，怀王不听，愿得张仪而甘心焉。张仪曰："以一仪而易汉中地，何爱仪。"请行，遂至楚，楚囚之。上官大夫之属共言之王，王归之。是时怀王悔不用屈原之策，以至于此，于是复用屈原。屈原使齐还，闻张仪已去，大为王言张仪之罪，怀王使人追之，不及。后秦嫁女于楚，与怀王欢，为蓝田之会。屈原以为秦不可信，愿勿会，群臣皆以为可会，怀王遂会。果见因拘，客死于秦，为天下笑。怀王子顷襄王，亦知群臣谄误怀王，不察其罪，反听群谗之口，复放屈原。屈原疾暗王乱俗，汶汶嘿嘿，以是为非，以清为浊，不忍见汙世，将自投于渊。渔父止之，屈原曰："世皆醉，我独醒；世皆浊，我独清。吾独闻之，新浴者必振衣，新沐者必弹冠。又恶能以其冷冷，更事之嘿嘿者哉！吾宁投渊而死。"遂自投湘水汨罗之中而死。[①]

这段文字的内容与《史记·屈原贾生列传》大体相同，刘向对屈原的认识和评价也与司马迁非常接近。但刘向以校书之便，得以遍览朝廷下旨征集来的天下图书，有可能见过司马迁所未见的资料，因此，两个人的一些说法还是有区别的。

关于屈原在怀王朝的遭遇，《史记》称因上官大夫"夺稿"不成而进谗言，"王怒而疏屈平"，刘向所记则是因其正确的"连齐"主张而招致秦国忌惮，派张仪入楚以"奸谋"陷害，"屈原遂放于外"。不仅有"疏"和"放"的不同，连带《离骚》的写作背景也有了差别。

---

① 刘向：《新序》，中华书局1991年版，据北京图书馆藏南宋初杭本影印。

令尹子兰使上官大夫短屈原之事，《史记》记载在顷襄王朝，记子兰为令尹是在顷襄王初期，刘向则放在了怀王朝，亦指为张仪所使。《新序·节士》中还首次出现了"司马子椒"其人。"兰""椒"之说，本出于《离骚》"余以兰为可恃兮""椒专佞以慢慆"，后世学者多据此以为实有其人。如东方朔《七谏·哀命》有"惟椒兰之不反兮，魂迷惑而不知路"，扬雄《反离骚》有"灵修既信椒、兰之唼佞兮，吾累忽焉而不早睹"，《汉书·古今人表》中也列入"子兰""子椒"。王逸《楚辞章句》、洪兴祖《楚辞补注》均有所载，大抵皆本于刘向。

《新序·节士》所录屈原与渔父之事，与《史记》看似相近，屈原之言较《史记》所记为略，但本质相同，也是了解屈原晚年思想、行止的重要资料，但这里最明显的区别是刘向将此事放在了屈原自沉之前，"渔父止之"，那么，关于屈原的绝笔辞究竟为何也就值得商榷了。我们无法考察刘向此种说法是否依据了新的材料，刘向没有提及《怀沙》，我们也无从知晓是否仅因为行文简略，但可以确定的是，刘向的这篇传记提供了一些可以与《史记》互补互证的史料，也引入了一些不同的内容，可以启发研究者的思考和讨论。

扬雄（前53—前18），字子云，蜀郡成都人。少即好学，喜辞赋。历成、哀、平三世，仕途艰难，"三世不徙官"。晚年事王莽，为太中大夫。《汉书·扬雄传》云：

> 又怪屈原文过相如，至不容，作《离骚》，自投江而死。悲其文，读之未尝不流涕也。以为君子得时则大行，不得时则龙蛇，遇不遇命也，何必湛身哉！乃作书，往往摭《离骚》文而反之，自岷山投诸江流以吊屈原，名曰《反离骚》。又旁《离骚》作重一篇，名曰《广骚》。又旁《惜诵》以下至《怀沙》一卷，名曰《畔牢愁》。①

扬雄所作《广骚》《畔牢愁》已佚，只有《反离骚》还保存在本传里。在这

---

① 班固：《汉书》，第3515页。

篇骚体赋中，扬雄给屈原创造了一个"湘累"的代称："因江潭而往记兮，钦吊楚之湘累"。颜师古注《汉书》引李奇云："诸不以罪死曰累，荀息、仇牧皆是也。屈原赴湘死，故曰湘累也"。这个称呼中饱含着扬雄对屈原遭遇的同情和对其品格的钦敬，"惟天轨之不辟兮，何纯洁而离纷！纷累以其泧涩兮，暗累以其缤纷"。他为其不幸愤慨不平，甚至抱怨天道何其不公！他把屈原比作"凤凰""骐骥""美女"，与其对立的小人则是"驾鹅""驴骡""枳棘"。扬氏的这些观点，与刘安、贾谊、司马迁相似，没有特别之处，他的特殊性体现在对屈原的指责上。从上面所引文字可以看出，他做《反离骚》的直接目的是对屈原自沉行为的否定，他认为人生应当随遇而安，进退与否，都应视"时"与"命"而定，"时"与"命"是注定的天数，人力无法改变而只能顺从。从这样的人生态度出发，扬雄对屈原沉江的行为完全予以否定。自杀是屈原平生最大关节，它涉及对屈原个性、人格、理想的评价。相比于贾谊"瞻九州而相其君兮，何必怀此都也"的规劝、司马迁"以彼其材，游诸侯，何国不容？而自令若是"的惋惜，扬雄的态度明显过于激烈了。在《反离骚》的结尾处，扬雄写道："夫圣哲之不遭兮，固时命之所有。虽增欷以於邑兮，吾恐灵修之不累改。昔仲尼之去鲁兮，斐斐迟迟而周迈，终回复于旧都兮，何必湘渊与涛濑！溷渔父之餔歠兮，洁沐浴之振衣，弃由、聃之所珍兮，蹑彭咸之所遗！"[1]屈原应该学习圣哲安时顺命，效仿许由、老聃隐世自保，甚至像渔父规劝的那样与世浮沉，而不应该走彭咸不得志而自沉的旧路。很明显，扬雄并没有真正理解屈原，而是以自己的人生价值观为标准来要求和否定屈原，因此产生的种种误解自然在所难免，这也招致了从洪兴祖到朱熹等人的严厉批判。

对楚辞的艺术特点，扬雄也有自己的看法。在《汉书·本传》的赞里，班固援引了扬雄自己的说法：

> 以为经莫大于《易》，故作《太玄》；传莫大于《论语》，作《法言》；史篇莫善于《仓颉》，作《训纂》；箴莫善于《虞箴》，作《州箴》；赋莫

---

① 班固：《汉书》，第3521页。

深于《离骚》，反而广之；辞莫丽于相如，作四赋：皆斟酌其本，相与放依而驰骋云。①

他把《离骚》与《易》《论语》等经典并列，认为其达到了"赋"之一体的最高境界，体现出"深"的特点。深者具体何意，此处没有解释，但有深沉、深刻、精深之意，大体是不错的。扬雄以一个辞赋家的敏感，对《离骚》整体特征的把握是准确的。这里，把《离骚》与司马相如之作对举，认为相如赋代表了赋体"丽"的一面。结合《法言·吾子》中的一段话，可以更好地理解扬雄的"深"与"丽"所概括的内涵：

或问："景差、唐勒、宋玉、枚乘之赋也，益乎？"曰："必也淫。""淫，则奈何？"曰："诗人之赋丽以则，辞人之赋丽以淫。如孔门之用赋也，则贾谊升堂、相如入室矣。如其不用何？"②

扬雄早年服膺"弘丽温雅"的司马相如赋，"心壮之，每作赋，常拟之以为式"，但后来悔悟，"雄以为赋者，将以风也，必推类而言，极丽靡之辞，闳侈巨衍，竟于使人不能加也，既乃归之于正，然览者已过矣。往时武帝好神仙，相如上《大人赋》，欲以风，帝反缥缥有凌云之志。繇是言之，赋劝而不止，明矣。又颇似俳优淳于髡、优孟之徒，非法度所存，贤人君子诗赋之正也，于是辍不复为"。《汉书·本传》中的这段话可以解释他心目中"丽以则"和"丽以淫"的区别。则者，法则也，即"将以风"，也就是《诗》之讽谏的社会功用。淫者，过也，即"丽靡之辞，闳侈巨衍"，过分的华彩侈辞会使"览者"惑于形式，而削弱了思想内容的传达。这里实际上是涉及了内容和形式是否统一的问题。扬雄肯定赋需要具有"丽"的形式之美，但必须要有符合诗教的内容做基础方为上品，而被他称为"深"的《离骚》无疑可侧列其中。

_____

① 班固：《汉书》，第3583页。
② 汪荣宝撰，陈仲夫点校：《法言义疏》，中华书局1987年版，第49—50页。

《文选·谢灵运传论》李善注引《法言》云：

> 或问：屈原、相如之赋孰愈？曰：原也过以浮，如也过以虚。过浮者蹈云天，过虚者华无根。然原上援稽古，下引鸟兽，其著意，子云、长卿亮不可及。①

依然是把屈原与司马相如比较，这次是基于批评的比较，所谓"过浮者蹈云天"，应该是指《离骚》想象中的远游飞升等神话境界的描写。所谓"过虚者华无根"，应该指相如赋虚构的华美场景的铺展，虽然"蹈云天"和"华无根"确有高下之别，但二人都是"过"的。但他又说屈原赋在"上援稽古，下引鸟兽"，还有合于儒家经义的方面，是司马相如所不及的。"稽古"就是稽考古道，也就是司马迁所说的"上称帝喾，下道齐桓，中述汤、武，以刺世事。明道德之广崇，治乱之条贯，靡不毕见"。很明显，扬雄对《离骚》的艺术成就有所认识，但儒教的评价标尺使得他无法真正领会楚辞艺术的魅力，即使是肯定也不能切中肯綮。

刘向和扬雄都曾注楚辞，事见《楚辞章句·天问后序》："自太史公口论道之，多所不逮。至于刘向、扬雄，援引传记以解说之，亦不能详悉"。王逸说他们采用的是"援引传记"（洪补曰：一作经传）的方法，也就是以经书和史事来解说，这符合他们的正统思想观念，王逸虽批评他们"所阙者众"，有所疏漏，但其《楚辞章句》在注释《天问》时也是基本采用了他们的方法的。

三、班固、贾逵、马融

班固（32—92），字孟坚，扶风安陵（今陕西咸阳东北）人，东汉著名史学家、文学家。《楚辞章句·离骚序》云：

> 孝章即位，深弘道艺，而班固、贾逵复以所见改易前疑，各作《离

---

① （梁）萧统编，（唐）李善注：《文选》，上海古籍出版社1986年版，第2218页。

骚经章句》。其余十五卷，阙而不说。又以"壮"为"状"，义多乖异，事不要括。

可知二人是在汉章帝"深弘道艺"的文化政策指导下各自注解了《离骚》，注文皆已佚。除被王逸批评的"以壮为状"的注释外，班固的《离骚经章句》注文仅存两条：《文选》卷五《吴都赋》"翼飚风之飏"句，刘逵注云："《离骚》曰：'溢飚风兮上征'，班固曰：'飚，疾也。'"《文选》中江淹《杂体诗》注、谢朓《在郡卧病呈沈尚书诗》注皆引作"溢飚风"，与后世原文皆不同，当是王逸没有看到的另一版本。

又左思《魏都赋》"下畹高堂"句刘逵注："班固曰：畹，三十亩也。《离骚》曰：既滋兰之九畹。"王逸注云："十二亩曰畹。"洪补引《说文》曰"田三十亩曰畹"。朱熹《集注》："畹，十二亩，或曰三十亩也。""九"在此处是虚指，"九畹"表示数量之多，"畹"所指的具体数目对于诗意来说其实是不重要的。

较之于残存注释，班固《离骚经章句》存留的两篇序文以及他在《汉书》中的一些相关评述全面反映了他的楚辞观，在楚辞学史上有重要价值。班固二序未有单独著录，今附于《楚辞章句》和《楚辞补注》之后。明翻宋刊《楚辞章句》本中，夫容馆本只于卷首存一"序"（"昔在孝武"），黄省曾本在卷三王逸《天问序》后。明翻宋刊《楚辞补注》卷一《离骚经章句第一》后附二"序"，但"昔在孝武"并未另起，而是附于王逸《离骚后序》之下，是为《补注》所引；而《离骚赞序》则单列附入。二"序"原文如下：

《离骚赞序》：

> 《离骚》者，屈原之所作也。屈原初事怀王，甚见信任。同列上官大夫妒害其宠，谗之王，王怒而疏屈原。屈原以忠信见疑，忧愁幽思而作《离骚》。离，犹遭也；骚，忧也。明己遭忧作辞也。是时周室已灭，七国并争。屈原痛君不明，信用群小，国将危亡，忠诚之情，怀不能已，故作《离骚》。上陈尧、舜、禹、汤、文王之法，下言羿、浇、桀、纣之失以风。怀王终不觉悟，信反间之说，西朝于秦。秦人拘之，客死不还。至于襄王，复用谗言，逐屈原。在野又作《九章》赋以风谏，卒

不见纳。不忍浊世，自投汨罗。原死之后，秦果灭楚。其辞为众贤所悼悲，故传于后。

《楚辞章句·离骚序》引：

> 班孟坚《序》云："昔在孝武，博览古文。淮南王安叙《离骚传》，以'《国风》好色而不淫，《小雅》怨悱而不乱，若《离骚》者，可谓兼之。蝉蜕浊秽之中，浮游尘埃之外，皭然泥而不滓。推此志，虽与日月争光可也。'斯论似过其真。又说：'五子以失家巷，谓五子胥也'。及至羿、浇、少康、二姚、有娀佚女，皆各以所识有所增损，然犹未得其正也。故博采经书传记本文以为之解。且君子道穷，命矣。故潜龙不见是而无闷。《关雎》哀周道而不伤。蘧瑗持可怀之智，宁武保如愚之性，咸以全命避害，不受世患。故《大雅》曰'既明且哲，以保其身。'斯为贵矣。今若屈原，露才扬己，竞乎危国群小之间，以离谗贼，然责数怀王，怨恶椒兰，愁神苦思，强非其人，忿怼不容，沈江而死，亦贬絜狂狷景行之士。多称昆仑、冥婚宓妃虚无之语，皆非法度之政，经义所载。谓之兼《诗》'风''雅'，而与日月争光，过矣！然其文弘博丽雅，为辞赋宗。后世莫不斟酌其英华，则象其从容。自宋玉、唐勒、景差之徒，汉兴，枚乘、司马相如、刘向、扬雄，骋极文辞，好而悲之，自谓不能及也。虽非明智之器，可谓妙才者也。"

《离骚赞序》类似于《离骚》的题解，基本内容大抵整合了司马迁《史记·屈原贾生列传》和刘向《新序·节士》。关于屈原的基本经历，《离骚》的题旨、主要内容，记述都与前人相近，甚至一些用语亦是照搬，但仔细体会，在对屈原的评价上，却有着细微的差别。首先是创作动机，班固虽然也称其"以忠信见疑，忧愁幽思而作《离骚》"，与司马迁一致，但却删去了《史记·屈原贾生列传》中更重要的"能无怨乎"，"屈平之作《离骚》，盖自怨生也"等语句，而只是说"忠诚之情，怀不能已"，回避了"怨"，只强调"忠"。而在班固看来，屈原尽忠的方式，就是司马迁所说的"作辞以讽谏"，作《离骚》《九章》均是为"讽谏"君王。班固对"讽谏"的特别强调是时代的产物，直接影响了王逸的楚辞解读。

《离骚赞序》对屈原和《离骚》的评价主要是肯定其忠信之义，讽谏之旨，基本属于以正面赞扬为主，是班固前期的观点体现。而第二篇"序"代表了后期观点，明显就比较激烈了，是持批评意见的，直接针对刘安而发。他在征引了刘安"与日月争光"的观点后说："斯论似过其真"，因为"君子道穷，命矣。故潜龙不见是而无闷，《关雎》哀周道而不伤。蘧瑗持可怀之智，宁武保如愚之性，咸以全命避害，不受世患。故《大雅》曰：'既明且哲，以保其身。'斯为贵矣。"《周易·乾卦》有"潜龙勿用"，《文言》释曰："龙，德而隐者也。不易世，不成名，遁世无闷，不见是而无闷。乐则行之，忧则违之，确乎其不可拔，潜龙也"，指有德行的人遁世隐居而没有苦闷。孔子论《关雎》曰"哀而不伤"①，认为其保持了一定的感情克制，符合温柔敦厚的中庸标准。蘧瑗、宁武都出于《论语》。《论语·公冶长》载孔子曰："宁武子，邦有道，则知；邦无道，则愚。其知可及也，其愚不可及也。"②《〈卫灵公〉篇》载孔子曰："君子哉蘧伯玉！邦有道，则仕；邦无道，则可卷而怀之。"③蘧瑗在卫献公、卫殇公之际两次逃避了政治祸患，因此得到孔子的称赞。班固认为他们和《大雅·烝民》赞美的仲山甫一样都是能够全命避害、明哲保身而不受世患的有德之人。班固总结了儒家人生观中固穷认命、面对乱世而规避之的消极一面加以提倡，并以此来衡量屈原："今若屈原，露才扬己，竞乎危国群小之间，以离谗贼。然责数怀王，怨恶椒兰，愁神苦思，强非其人，忿怼不容，沉江而死，亦贬絜狂狷景行之士。多称昆仑、冥婚、宓妃虚无之语，皆非法度之政，经义所载。谓之兼《诗》风雅，而与日月争光，过矣！"屈原在险恶的环境之中，不致力于自身保护，反而张扬自我，导致矛盾激化，最终不容于世。由此，班固将屈原定位于"贬絜狂狷景行之士"。贬絜，即过分的、病态的修洁；狂狷，狂者进取，狷者有所不为，指

---

① 《论语·八佾》，载程树德撰，程俊英、蒋见元点校：《论语集释》，中华书局 1990 年版，第 256 页。下文所引《论语》皆出于此版本。

② 《论语集释》，第 440 页。

③ 《论语集释》，第 1376 页。

屈原人生态度偏激，不符合儒家的中庸思想；景行，即明行，指屈原行为方式的夸张、放大。总之，屈原的人格与儒家标准相去甚远，根本称不上"与日月争光"。对刘安关于《离骚》体兼《风》《雅》的观点，班固也提出了异议。他避开了"美刺"一类诗学问题的辩论，指出其中一些素材（主要是神话部分）不符合经传，从另一个角度否定了屈原作品。这样，从对人格的严厉批判到对创作题材的指责，班固以儒家思想为武器，推翻了刘安对屈原的高度评价。

贾逵（30—101），字景伯，扶风平陵（今陕西咸阳市）人，东汉著名经学家、学者。父贾徽，从刘歆受《左氏春秋》，兼习《国语》《周官》，又受《古文尚书》于涂恽。贾逵继承父业，儿童时即常在太学问学，弱冠能诵《春秋左氏传》及《五经》本文，尤擅长《左氏传》《国语》，为之《解诂》五十一篇，《春秋左氏传》三十篇，《国语》二十一篇。明帝时，以谶纬附会《左传》，请立博士。章帝时，逵数为帝言《古文尚书》与经传《尔雅》诂训相应，提高了古文经学的地位，奉诏选拔儒生传授《春秋左氏传》《穀梁春秋》《古文尚书》《毛诗》，四经由此遂行于世。和帝时为侍中，深受信用。《后汉书》本传云"逵所著经传义诂及论难百余万言，又作诗、颂、诔、书、连珠、酒令凡九篇，学者宗之，后世称为通儒"。

贾逵曾与班固并校秘书。《楚辞章句·离骚序》云：

> 孝章即位，深弘道艺，而班固、贾逵复以所见改易前疑，各作《离骚经章句》。其余十五卷，阙而不说。又以"壮"为"状"，义多乖异，事不要括。

可知二人是在汉章帝"深弘道艺"的文化政策指导下各自注解了《离骚》，注文皆已佚，除了被王逸批评的"以壮为状"的注释外，贾逵注释仅存两条，一是《说文·女部》："嬃，女字也。《楚辞》曰：'女嬃之婵媛'，贾侍中说：'楚人谓姊曰嬃。'"此说为王逸所采。郦道元《水经注》引袁崧说："屈原有贤姊，闻原放逐，亦来归，喻令自宽全。乡人冀其见从，因名曰秭归，即《离骚》所谓女嬃婵媛以詈余也。"以后注家多以女嬃为屈原姊，洪兴祖、朱熹等均无异议。但袁崧之说并无实际依据，颇有附会之嫌，后世亦有人怀疑，有以"嬃"为贱女之称，如明代李陈玉、汪瑗；有以"嬃"为女之通称，如明代张凤翼、清代张云璈。刘梦鹏《屈子章句》云："嬃，众女相弟兄之称"。考察文本，女嬃其实只是寓言，并非实有其人，但从其责劝抒情主人公的态度、内容和语气来看，确实很像一个"老大姐"。贾逵之注，虽未知来处，在大意上还是立得住的。

又《离骚》"羿淫游以佚畋兮"句，洪补引贾逵云："羿之先祖也，为先王射官。帝喾时有羿，尧时亦有羿，羿是善射之号。此羿，商时诸侯，有穷后也。"王逸《楚辞章句》未采此条，仅注："羿，诸侯也。"朱熹《楚辞集注》："羿，有穷之君，夏时诸侯也。"朱注正确，此处羿当为夏时诸侯。《左传》襄公四年："昔有夏之方衰也，后羿自鉏迁于穷石，因夏民以代夏政。"杜预注："禹孙大康淫放失国，夏人立其弟仲康。仲康亦微弱。仲康卒，子相立，羿遂代相，号曰有穷。"贾逵认为羿是善射之号，这是很有见地的，但说这里的羿是商时诸侯又是错误的。贾逵精通《左传》，按理说不应该有这样的低级失误，或许是传写过程中的讹误也未可知。

马融（79—166），字季长，扶风茂陵（今陕西兴平东北）人，博通经籍，《后汉书》本传称其"才高博洽，为世通儒，教养诸生，常有千数"。卢植、郑玄都是他的学生。马融著述颇丰，"注《孝经》《论语》《诗》《易》《三礼》《尚书》《列女传》《老子》《淮南子》《离骚》，所著赋、颂、碑、诔、书、记、表、奏、七言、琴歌、对策、遗令，凡二十一篇"。[①] 马融曾与王逸同在东观校书，上引诸多著述亦可能有此时所作。但马融所注《离骚》今已佚。钱杲之《离骚集传》"巫咸将夕降兮，怀椒糈而要之"句注有"马融云：名咸，殷之巫也。"《湘君》"遗余佩兮醴浦"，洪补："孔安国、马融、王肃皆以醴为水名。"《大招》"鸿鹄弋遊，曼鹔鹩只"句洪补："马融曰：'其羽如纨，高首而修颈。'"据此可猜测马融或许亦注过其他篇目，惜今已不可考。

---

① （南朝宋）范晔撰，（唐）李贤等注：《后汉书》，中华书局 1965 年版，第 1972 页。下文所引《后汉书》皆出于此版本，不再特别标注。

四、《楚辞章句》所引旧注

《楚辞章句》是王逸在东观校书时期完成的，所以有机会见到在当时物质条件限制下民间难得一见的楚辞版本和注本，他说自己是以"所识所知，稽之旧章"而作的《楚辞章句》，前述刘安、刘向、班固、扬雄、贾逵等人的注释，都是《楚辞章句》中提到的。除此之外，《楚辞章句》中还保存了其他一些王逸所见的不同的版本和注释信息，一般以"一云""一作""一本""一曰""或曰"等方式来体现。"一云""一作"和"一本"多和原文有关，用来表示相异的版本，如《离骚》"聊逍遥以相羊"句，注云："逍遥，一作须臾。羊，一作佯。"《九歌·东君》"杳冥冥兮以东行"句，注云："一云：翔杳冥兮。一无'以'字。"《九歌·河伯》"乘水车兮荷盖，驾两龙兮骖螭"句，注云："一本'螭'上有'白'字。"大体上，"一作"用于单独的字词；"一云"用于语序的改变；"一本"用于字词的增减。有关注解的异文较少，多以"一曰""或曰""或云""或谓"等形式体现，如《离骚》"余既兹兰之九畹兮"，王注："滋，莳也。十二畝为畹。或曰：田之长为畹也。"今天我们见到的在《楚辞章句》中有此类信息约有七十余条。

但情况并不如此简单，由于《楚辞章句》问世后一直作为最权威的楚辞注本流传，从东汉中期到宋代的整理本，再到明中叶，黄省曾和豫章夫容馆相继据宋版《楚辞章句》重雕（以下简称黄本、夫容馆本），几经整理刊刻，难免会窜入他人的训释内容。如《离骚》"謇吾法夫前修兮，非世俗之所服。"王注："言我忠信謇謇者，乃上法前世远贤，固非今时俗人之所服行也。一云：謇，难也。言己服饰虽为难法，我仿前贤以自修洁，非本今世俗人之所服佩。"《文选》謇作蹇，世作时。五臣云：蹇，难也。前修，谓前代修习道德之人。服，用也。言我所以遭难者，吾法前修道德之人，故不为代俗所用。洪补："謇，又训难易之难，非蹇难之字也。世所传《楚辞》，惟王逸本最古，凡诸本异同，皆当以此为正。又李善注本有以世为时为代，以民为人之类，皆避唐讳，当从旧本。"从洪氏的辨析中可以看出，解为"难"的说法非王注旧本原有。《天问》"并驱击翼，何以将之"，黄本、夫容馆本："言武王三军人人乐战，并载驱载驰赴敌争先，前歌后舞，凫藻讙呼，奋击其翼，独何以将率之也。一云：前歌后舞，如鸟噪呼。"《补注》："凫藻讙呼，一云如鸟噪呼。"庄允益本无。——可知此"一云"实是《楚辞章句》王注的不同版本。

另如其训诂中夹杂的反切注音，很明显就不是王逸所注。还有一些校语本来是洪兴祖《楚辞考异》之文。宋、元以后有人将本来单独成书的《楚辞考异》散附于楚辞相应文句之下，而明翻宋本《楚辞章句》时也刻入了这些文字，这当然也不是王逸的《楚辞章句》所注或所引。

就《楚辞章句》现存版本来说，相互校正、厘定异文的较好依据除了黄本、夫容馆本外，还有传自日本的庄允益本。庄允益（1696—1754），姓庄田，又作村田，名允益，字子谦。初修宋学，后习修辞，五十四岁校刊《楚辞》，五十八岁殁于江户。庄本最为特别之处，就是致力于剔除后世传播者附加在王逸《楚辞章句》中的内容，志在恢复《楚辞章句》之原貌。其书《凡例》云："诸本载音及异同，其出于《释文》、兴祖乎？凡出异同，出其可疑已。今或出其不可疑者，必值误字亦及焉。是书贾之为而不能择者也。音亦有可疑焉。此本皆不插出，独存王氏之旧"。① 庄本于此用力甚勤，可信处亦颇多，历来多数学者评价较高。因此，对于我们此处的研究目的来说，庄本无疑是一个很好的选择和依据。

《楚辞补注》的情况同样复杂。据陈振孙《直斋书录解题》，洪兴祖作《楚辞补注》时参校了二十余种《楚辞章句》六朝以降的传本，但是，仍有一些刊本是洪氏所未见的。即我们今天所见而言，明翻宋本《楚辞章句》与洪兴祖所撰《楚辞补注》所用的《楚辞章句》底本就是不同的。如在解释"离骚经"时，《楚辞章句》云："言己放逐离别，中心愁思，犹陈直径以风谏君也。"黄本、夫容馆本在此句下均有"一云陈道径"，庄允益本无，《楚辞补注》云："犹依道径以风谏君也。"在"道径"有："一云陈直径，一云陈道径。""夕揽洲之宿莽"句，黄本、夫容馆本为"夕揽中洲之宿莽"，"揽"字下有"力敢反"，"中"字下有"一本无"，庄本无，《楚辞补注》在"补曰"前有"洲，

---

① 王逸：《楚辞章句》第十七卷，日本宽延三年（1750）刻本，《楚辞文献丛刊》第八册，国家图书馆出版社 2014 年版。

一作中洲"。补曰:"揽,卢敢切,取也。"黄本、夫容馆本、庄本"乘骐骥以驼骋兮"(黄本、夫容馆本"驼"下有"音池",庄本无),《楚辞补注》"乘骐骥以驰骋兮",有"驰,一作驼。《楚辞补注》曰:驼即驰字,下同。"由此可知《楚辞补注》所用底本与现存《楚辞章句》不是同一版本系列。

基于此,我们用今见《楚辞章句》和《楚辞补注》的"章句"部分来辨别其中的"或云""一云""或曰""或谓"等是否为王逸所引的汉人旧注,是有相当的难度的。本着谨慎的态度,本文大体将二者共有的部分作为考察和分析的主要依据。

约略分析,《楚辞章句》所引旧注主要涉及三个方面的内容:篇章作者、传本异文和文句训解。关于篇目的作者确定包括《大招》和《惜誓》两篇。《大招》题解云:"《大招》者,屈原之所作也。或曰景差,疑不能明也。屈原放流九年,忧思烦乱,精神越散,与形离别,恐命将终,所行不遂,故愤然大招其魂,盛称楚国之乐,崇怀、襄之德,以比三王,能任用贤,公卿明察,能荐举人,宜辅佐之,以兴至治,因以风谏,达己之志也。"王逸认为《大招》是屈原自招生魂之作,但其所谓的"崇怀、襄之德,以比三王"云云,明显与《离骚》《九章》等篇中对怀王的埋怨批判、对襄王的怒斥愤激之情不合,也与《汉书·艺文志》著录的"屈原赋二十五篇"的数目不合,所以,后世学者多不从王逸之说。而《大招》的作者也一直是个有争议的问题。或有人认为是屈原招怀王,如林云铭《楚辞灯》、吴世尚《楚辞疏》、蒋骥《山带阁注楚辞》、屈复《楚辞新注》、陈本礼《屈辞精义》等;近世学者多以为非屈原、亦非景差所作,如游国恩《楚辞概论》、刘永济《屈赋通笺》等。但也有学者主张《大招》为景差所作,如朱熹《楚辞集注》、王夫之《楚辞通释》、王闿运《楚辞释》,应该是吸取了王逸所引旧注的说法。抛开各家的观点与证据不论,旧注确实为《大招》的作者问题给后世提供了一个可能性,尤其在王逸的说法明显不合理的情况下,这个可能性对后人的启迪性就显得更为重要了。

《惜誓》题解云:"《惜誓》者,不知谁所作也。或曰:贾谊,疑不能明也。惜者,哀也。誓者,信也,约也。言哀惜怀王与己信约而复背之也。古者君臣将共为治,必以信誓相约,然后言乃从而身以亲也。盖刺怀王有始无终也。"与对《大招》为屈原作的认定不同，王逸对《惜誓》的作者亦不确定，所以他的解题只是泛言其为代屈原立言，并没有直接否定旧注认为是贾谊作的观点。后世学者如晁补之、洪兴祖、朱熹、王夫之等人则直接承袭了这一观点，及至今天，《惜誓》为贾谊之作的说法已经被多数楚辞学者所接受，对于此，旧注当然是功不可没的。

楚辞从产生到集辑成书再到王逸注《楚辞章句》，已经流传了很久，从单篇流行到几篇集辑再到十六卷、十七卷成书，在这个过程中或由于物质条件的限制，或由于方言的难懂，或由于传写者理解的区别，甚至仅仅由于偶尔的笔误，都难免会产生异文。而由于年深日久，这些不同的文本早已不存，从《楚辞章句》所引旧注中亦仅能略窥其一斑。

如《东皇太一》"瑶锵鸣兮琳琅"，王注："瑶琳琅，皆玉名也。《尔雅》曰：有瑶琳琅玗焉。锵，佩声也。《诗》云：佩玉锵锵。言己供神有道，乃使灵巫常持好剑以辟邪，要垂众佩周旋而舞，动鸣五玉锵锵而和，且有节度也。或曰：紃（《补注》作糺）锵鸣兮琳琅，紃，错也。琳琅，声也。谓带剑佩众多，紃错而鸣，其声琳琅也。"

《九歌·国殇》"操吴戈兮披犀甲"，王注："戈，戟也。甲，铠也。言国殇始从军之时，手持吴戟，身披犀铠而行也。或曰：操吾利，吾利，楯之名也。（黄本、夫容馆本作'利'，庄本、《补注》作'科'。）"

《惜诵》"行不群以巅越兮，又众兆之所咍"，王注："咍，笑也。楚人谓相啁笑曰咍。言己行度不合于俗，身以颠堕，又为人之所笑也。或曰：众兆之所异，言己被放而巅越者，行与众殊异也"。

《招魂》"去君之恒干，何为四方些"，王注："恒，常也。干，体也。《易》曰：贞者事之干也。言魂灵当扶人养命，何为去君之常体而远之四方乎？夫人须魂而生，魂待人而荣，二者别离，命则陨也。或曰：去君之恒闲，闲，里也。楚人名里曰闲也"。

《招魂》"芙蓉始发，杂芰荷些"，注云："芰，菱也。秦人谓之薢茩。言池水之中有芙蓉始发其花，芰菱杂错，罗列而生，俱盛茂也。或曰：倚荷。谓荷立生水中，持倚之也。""紫茎屏风，文缘波些"，注云："屏风，水葵也。言复有水葵生于池中，其茎紫色，风起水动，波缘其叶上而生文也。或曰：

紫茎，言荷茎紫色也。屏风，谓荷叶郼风也"。

王逸并未对所引的旧注作出评价判断，上引几例都是因异文而导致了对句意理解的不同，简单字词的差别当然也不足以让后人评判优劣，但可以从中知道还有另一种楚辞的文本存在，需要谨慎地考量和分析。

还有一些旧注的异文注解可以帮助我们更好地理解楚辞，在某种程度上较王注为优。如《招魂》："二八侍宿，射遞代些"，王注："射，猒也。《诗》云：服之无射。遞，更也。言使好女十六人侍君宴宿，意有厌倦，则使更相代也。或曰：夕遞代。夕，暮也。"王逸训"射"为"猒"，解为厌倦，不为无据，但从此处的上下文来看，上有"室中之观，多珍怪些。兰膏明烛，华容备些"，下云"九侯淑女，多讯众些。盛鬋不同制，实满宫些"，正是描写的夜夜笙歌的宴游之乐，如果再云"意有厌倦，则使更相代"，文义便不顺畅。而旧本作"夕遞代"，训"夕"为"暮"，无疑更为通达合理。

《招魂》"娱酒不废，沈日夜些"句亦是如此，王注："言虽以酒相娱乐，不废政事，昼夜沉湎以忘忧也。或曰：娱酒不发。发，且也。《诗》云：明发不寐。言娱乐日夜。湛，乐。又曰：和乐且湛。言昼夜以酒相乐也。""昼夜沉湎"焉能"不废政事"？而旧注所言"昼夜相乐"显然更切合文义。此处"发"为本字，"废"为借字，明显是王逸失误了。

更有明显者，如《离骚》"长太息以掩涕兮，哀民生之多艰"，黄本、夫容馆本在"民"下标"一作人"，庄本、《楚辞补注》均无。《楚辞章句》注云："言己自伤施行不合于世，将效彭咸自沈于渊，乃太息长悲哀念万民受命而生，遭遇多难而陨其身也。申生雉经、子胥沈江，是谓多难也。"《楚辞补注》云："五臣云：言太息掩涕哀此万姓遭轻薄之俗而多屯难。补曰：掩涕犹抆泪也。《远游》曰哀民生之长勤与此意同"。王逸将"民"解释为万民，似是百姓，但后面又特意强调了申生和伍子胥这两位罹难的贤士，又将解释落实到屈原自身，在某种程度上可以说是顾及了"民"为"人"的释义。而五臣、洪兴祖都将"民"解释为百姓，是发挥了王逸前半部分的注释之意。洪兴祖可能没有见到"民"作"人"的版本，而从王逸融合二者的注释来看，这个"一作人"可能是《楚辞章句》所做的异本标注。我们今天大多将此处的"民生"理解为"人生"，这一条信息实在是弥足珍贵的。总体来说，《楚辞章句》所引的传本异文，在反映楚辞文本的流传情况上，所提供的信息无论优劣，毫无疑问都具有非常重要的文献价值。

王逸引旧注的根本目的是为了自己对篇章文意的阐释，所以《楚辞章句》引旧注最多的内容是关于文句训解的，即正文与王逸本无异，只是对词语或文句的理解不同、注释有别。关乎文义训解的旧注或为王注的基础，或可与王注互补，或优于王注，当然也有失误疏略之处，略举数例：

《离骚》"折若木以拂日兮"，黄本、夫容馆本有"拂，击也。一云蔽也。"《楚辞补注》亦有，庄本无。"聊逍遥以相羊"，王注："聊，且也。逍遥相羊皆游也。言己揽结日辔恐不能制也，年时卒过，故复转之西极折取若木以拂击日，使之还去，且相羊而游以待君命也。或谓：拂，蔽也。以若木鄣蔽日使不得过也。"王注云"使之还去"，旧注曰"使不得过"，就其使时间停滞的根本意义来说，并无区别。但屈赋之中多以"拂"为"蔽"义，《九章·悲回风》有"折若木以蔽光"，《招魂》"长袂拂面"之"拂"亦明显为遮蔽之意。而《说文·手部》："拂，过击也"。许慎与王逸同时，二人同训。旧注比王逸为早，在"拂"的训解上应该是更接近楚辞的原意。

《离骚》"忽反顾以流涕兮，哀高丘之无女"，王注："楚有高丘之山，女以喻臣。言己虽去，意不能已，犹复顾念楚国无有贤臣，心为之悲而流涕也。或云：高丘，阆风山上也。无女，喻无与己同心。旧说：高丘，楚地名也。"此处"或云"与"旧说"对高丘的解释有异，寿春出土的《鄂君启节》有"高丘"地名，以"高丘"为楚之地名是有史实依据的。而将高丘安置于"阆风山上"应该是本于此段神游与上文"登阆风而绁马"。王逸所谓"楚有高丘之山"实际上是整合了前人之说的结果。

"吕望之鼓刀兮，遭周文而得举"，王注："言太公避纣居东海之滨，闻文王作兴，盍往归之。至朝歌道穷困，自鼓刀而屠，遂西钓于渭滨。文王梦得圣人，于是出猎而见之，遂载以归，用以为师，言吾先公望子久矣。因号为太公望。或言：周文王梦立令狐之津，太公在后。帝曰：'昌，赐汝名师。'文王再拜。太公梦亦如此。文王出田，见识所梦，载与俱归，以为太师也。"王逸在这里采录了传说的另一个版本，对注释文义没有影响，当然对圣人贤臣的仰慕宣扬也是明显的。

《九歌·河伯》"与女游兮河之渚，流澌纷兮将来下"，王注："流澌，解冰也。言屈原愿与河伯久游河之渚，而流澌纷然相随来下，水为污浊，故欲去也。或曰：流澌，解散。屈原自比流澌者，欲与河伯离别也。"王逸仍扣屈原修洁品格，故强调"水为污浊，故欲去也"，旧注则简单直接一些。

总之，《楚辞章句》所引旧注在注释时间上更早，不仅在训诂和文意的疏解上体现了王逸之前汉代学者的成就，更传递了楚辞注释和研究中蕴含的时代气息，因而具有重要的文献价值。

又诏中官近臣于东观受读经传，以教授宫人，左右习诵，朝夕济济。①

章帝、和帝之后，东观藏书最为丰富，《后汉书·窦章传》云："永初中，学者称东观为老氏藏室，道家蓬莱山。"有关王逸在东观的工作，史无明文，蒋天枢先生认为其参与了《东观汉纪》的撰修。②《隋书·经籍志·楚辞》下题"后汉校书郎王逸注"，与今传明嘉靖刊《楚辞补注》相同。但《楚辞补注》又云："一本云校书郎中"。"校书郎中"高于"校书郎"，可能因撰《楚辞章句》而升迁。本传又谓其"顺帝时，为侍中"，唐写本《文选集注·离骚注》引陆善经云："后为豫章太守"。明张溥辑《汉魏六朝百三名家集》中《王叔师集》所录《折武论》残句下注云："《北堂书钞》载王逸《临豫州教》云：'举遗逸于山薮，黜奸邪于邦国。'"因疑其又曾官豫州。王逸为太守，应在顺帝后期，则其一生至少经历和、安、顺三朝，已近东汉末期。

关于王逸著述，本传云："其赋、诔、书、论、及杂文，凡二十一篇。又作汉诗百二十三篇"。《隋书·经籍志四》集部"后汉南郡太守《马融集》"下附注云："梁有《王逸集》二卷，录一卷，亡。"《经籍志三》王符《潜夫论》下附注云："梁有王逸《正部论》八卷，亡。"可知王逸之作仅有《楚辞章句》一种留存。

关于《楚辞章句》的成书时间，合理的推测应是在安帝元初中，即王逸校书东观期间。只有在此时，他才有便利的条件收集关于楚辞的全部资料，特别是普通人不易看到的皇室收藏资料。其《章句·离骚经后序》云：

> 至于孝武帝，恢廓道训，使淮南王安作《离骚经章句》，则大义粲然。……逮至刘向，典校经书，分为十六卷。孝章即位，深弘道艺，而班固、贾逵复以所见改易前疑，各作《离骚经章句》。其余十五卷，阙而不说。又以壮为状，义多乖异，事不要括。

---

① 《后汉书》，第 424 页。

② 蒋天枢：《〈后汉书·王逸传〉考释》，见《楚辞论文集》，陕西人民出版社 1982 年版，第 202 页。

这里谈到的刘安、班固、贾逵所著《离骚经章句》《汉书·艺文志》和《隋书·经籍志》均不见著录。由于几人都是奉命而作，其成果自然是进奉朝廷的，特别是班固、贾逵作古未久，其书未见有流传于社会的记载。而从王逸的语气来看，他所见到的上述著述应是作者呈上的原作，只有在东观才有此机会。姚振宗《隋书·经籍志考证》云："王逸《自序》称臣，则当时尝进于朝。"唐人司马贞《史记集解序·索隐》云："称臣者，以其职典秘书故也。"当指其为校书郎而言。今传明嘉靖翻宋刻本《楚辞章句》卷一至十六皆题"校书郎臣王逸上"，也可证其书是进呈朝廷的。安帝建光元年（121）三月，"志在典籍"的邓太后卒。此后，"安帝览政，薄于艺文"，文化政策因此发生了变化。以此推测，《楚辞章句》的撰修，应在入东观的元初二年至邓太后卒时的建光元年这一段总计七年的校书郎任内最为可能。

　　《楚辞章句》是现存最早的完整楚辞注本。今本共十七卷，古今学者公认是以刘向辑录的十六卷本为底本的。由于王逸在《离骚》的后序中亦自言"作十六卷章句"，而《九思》又是自作自注，故有研究者疑为后人增补。洪兴祖便认为"逸不应自为注解，恐其子延寿之徒为之尔"。陈振孙《直斋书录解题》持相同看法。姚振宗《隋书·经籍志考证》更进一步猜测云："其十六卷本，《自序》言之甚明，是为经进本。其十七卷者，盖私家别行本也"。蒋天枢先生对此加以补充：

> 今本《楚辞》第十七卷《九思》之前，题"汉侍中南郡王逸叔师作"，与前十六卷题署不同。……倘《九思》确作于官侍中之后，则后来出任外官时私自附入。亦可能出于王延寿所补。[1]

而且，"其第十七卷《章句》中文体尤不纯，词意间与前十六卷亦不类，或附入《九思》后其他人为之注邪？"[2]

---

　　[1] 蒋天枢：《〈后汉书·王逸传〉考释》，见《楚辞论文集》，陕西人民出版社1982年版，第201页。

　　[2] 蒋天枢：《论〈楚辞章句〉》，见《楚辞论文集》，陕西人民出版社1982年版，第217页。

在编目次序上，《楚辞章句》也有争议。洪兴祖在目录每一篇下所补的《释文》编次除《离骚》外，都与今本不同，特别是《九辩》。洪氏注《九辩》云："今本《九辩》第八，而《释文》以为第二。"而《楚辞章句》在卷四《九章·哀郢》"美超远而踰迈"句下注云："此句解于《九辩》之中"。据此则《九辩》应原在《九章》之前。朱熹猜测："盖《释文》乃依古本，而后人始以作者先后次叙之，然不言其何时人也。今按天圣十年陈说之序，以为旧本篇第混并，首尾差互，乃考其人之先后，重定其篇。然则今本说之所定也欤？"①《九辩》的作者是宋玉，其时在屈原之后，不应列于屈作之中造成"混并"，故今本将其抽出置于卷八。不论朱子的揣测准确程度如何，可以肯定的是，至少从宋代开始，《章句》篇目次序已非王氏原貌，是经过后人重新编订的。

虽编次难以确考，但篇目并未缺少，在取舍之际，仍可略窥其去就原则。王逸选择了屈原的全部作品及其弟子后学和汉人部分楚辞体之作，虽然有刘向的辑本为底本，但刘向本今已不存，故难知其是据何种标准而确定的篇目。但从《楚辞章句》中，我们却可以明显地看出王逸是如何通过自己的解说将各篇集结成为一个统一的整体的：

首先，屈原作品为"楚词（楚辞）"之祖，而其主要篇目的创作目的大体相近：

《离骚》是"屈原执履忠贞而被谗邪，忧心烦乱，不知所愬，乃作……言己放逐离别，中心愁思，犹依道径，以风谏君也"；(《离骚经序》)

《九歌》《九章》是"屈原怀忠贞之性，而被谗邪，伤君闇蔽，国将危亡，乃援天地之数，列人形之要，而作……以讽谏怀王。明己所言，与天地合度，可履而行也"；(《九辩序》)

《天问》是"屈原放逐，忧心愁悴……以泄愤懑，舒泻愁思"；(《天问序》)

《远游》是"屈原履方直之行，不容于世……思欲济世，则意中愤然，

---

① （宋）朱熹：《楚辞辩证》，见《楚辞集注八卷后语六卷辩证二卷》宋端平二年（1235）刻本，《楚辞文献丛刊》第二十五册、二十六册，国家图书馆出版社2014年版。下文所引《楚辞集注》《楚辞辩证》《楚辞后语》皆出于此版本。

文采铺发，遂叙妙思……然犹怀念楚国，思慕旧故，忠信之笃，仁义之厚也。"（《远游序》）

王逸肯定了屈原有"忠贞之性"，其作品是抒发这种"忠贞"不被理解和接受所产生的愤懑和忧思，以"讽谏"其君。不难看出，王氏是将这种基于"忠贞之性"的"讽谏"定位为屈骚的基本思想内涵。"讽谏"是儒家诗教首肯的极具社会政治伦理价值的概念，而这种定位很明显反映出王逸以儒家正统思想为指导的注释理念。

其次，选录的弟子创作都是继承了屈原思想精神的：

《九辩》是"楚大夫宋玉之所作也。……闵惜其师，忠而放逐，故作《九辩》以述其志"；

《招魂》是"宋玉怜哀屈原，忠而弃斥，愁懑山泽……欲以复其精神，延其年寿，外陈四方之恶，内崇楚国之美，以讽谏怀王，冀其觉悟而还之也"；

《大招》是"屈原之所作也。或曰景差，疑不能明也。……因以讽谏，达己之志也。"

最后，刘向、王褒等汉人之作也是"咸悲其文，依而作词"（《九辩序》）、"咸嘉其义，作赋骋辞，讚其志"（《九思序》）的：

《惜誓》是"刺怀王有始而无终也"；

《招隐士》是"小山之徒，闵伤屈原，……以章其志也"；

《七谏》是"东方朔追悯屈原，故作此辞，以述其志，所以昭忠信、矫曲朝也"；

《哀时命》是"（严）忌哀屈原受性忠贞，不遭明君而遇暗世，斐然作辞，叹而述之"；

《九怀》是"（王）褒读屈原之文，嘉其温雅……莫之能识。追而愍之，故作《九怀》，以裨其词"；

《九叹》是"（刘）向以博古敏达，点校经书，辨章旧文，追念屈原忠信之节，故作……所谓讚贤以辅志，骋词以曜德者也"；

《九思》是自己"读《楚辞》而伤愍屈原，故为之作解"之后，"窃慕向、褒之风，作颂一篇，……以裨其辞。"

之所贱也。

作为臣子的最高准则是"忠正""伏节",为此可以不惜牺牲。"杀身成仁",同样出自《论语·卫灵公篇》:"子曰:'志士仁人,无求生以害仁,有杀身以成仁。'"和后来孟子所言的"舍生取义"共同体现了"仁义"的无上权威,构成了儒家积极人生观对仁人志士的最高期许。明哲保身、无道则愚和杀身成仁、宁折不弯,先师圣贤在不同情境下的不同表述形成了儒家生存方式的二元性。班固以前者的策略性要求屈原,得到的是否定的结论;王逸以后者的原则性比附屈子,生发出热烈的赞美:

> 今若屈原,膺忠贞之质,体清洁之性,直若砥矢,言若丹青,进不隐其谋,退不顾其命,此诚绝世之行,俊彦之英也。

在王逸看来,屈原的人格精神完全符合儒家最高道德伦理规范,他的沉江自杀和伯夷、叔齐不食周粟饿死首阳山一样,是"忠"和"节"的表现,并非"有求于世而怨望"。班固对屈原"露才扬己""竞于群小之中,怨恨怀王,讥刺椒兰,苟欲求进,强非其人,不见容纳,忿恚自沉"的种种指责,都是"亏其高明,而损其清洁者也。"

对班固认为屈原的创作异于经义的批评,王逸同样运用儒家思想予以反驳:

> 且诗人怨主刺上曰:"呜呼!小子,未知臧否,匪面命之,言提其耳!"风谏之语,于斯为切。然仲尼论之,以为大雅。引此比彼,屈原之词,优游婉顺,宁以其君不智之故,欲提携其耳乎!而论者以为"露才扬己"、"怨刺其上"、"强非其人",殆失厥中矣。

屈原之作是以忠正之性行讽谏之义,甚至其言辞较经典中的还要委婉平和得多,完全符合孔子所赞赏的"怨主刺上"的诗教原则。王逸甚至更进一步认为:

夫《离骚》之文，依托《五经》以立义焉：“帝高阳之苗裔”，则“厥初生民，时惟姜嫄”也；“纫秋兰以为佩”，则“将翱将翔，佩玉琼琚”也；“夕揽洲之宿莽”，则《易》“潜龙勿用”也；“驷玉虬而乘鹥”，则“时乘六龙以御天”也；“就重华而陈词”，则《尚书》之谋谟也；“登昆仑而涉流沙”，则《禹贡》之敷土也。

不辞辛苦地为诗句一一找到可以对应的经典，以说明《离骚》从立义到行文都与“五经”一致。王逸同样以儒家思想为依据，却在从人格到创作的各个方面都得出了完全不同于班固的结论。

《离骚经后序》是王逸评价屈原人格思想和创作精神的总纲领，在其《楚辞章句》的注释过程中，随时随处都贯穿着这一纲领并将之进一步细化深化、延伸扩展，从而建构起一个完整系统的屈原人格思想评价体系。

王逸所确定的屈原人格和思想的核心内涵就是“忠”，在《章句》中有很多与之相关的表述。《离骚经序》言：“屈原执履忠贞而被谗衺，忧心烦乱，不知所愬，乃作《离骚经》。”则《离骚》所表达的主要内容即是“忠贞”。

“荃不察余之中情兮”，王注：“言怀王不徐徐察我忠信之情。”

“余既不难夫离别兮”，王注：“言我竭忠见过，非难与君离别也。”

“进不入以离尤兮”，王注：“言己诚欲遂进，竭其忠诚，君不见纳……”

“余独好修以为常”，王注：“言己好修忠信，以为常行。”

“和调度以自娱兮”，王注：“言我虽不见用，犹和调己之行度，执守忠贞，以自娱乐。”

在这些自叙性的叙述中，其实并没有明确所指对象，所谓“忠贞”“忠信”，都是王逸自己揣度、引申出来的。甚至于，他还为屈原之“忠”找到了家族影响因素：“屈原言我父伯庸，体有美德，以忠辅楚，世有令名，以及于己”，很有臆测之嫌。不仅如此，对那些含义更模糊的比喻性的表述，王逸也多将其本体落实到“忠”上：

“贯薜荔之落蕊”，王注：“贯，累也。……累香草之实，执持忠信貌也。”

“鸷鸟之不群兮”，王注：“鸷，执也。谓能执伏众鸟，鹰鹯之类也。以喻忠正。”

"佩缤纷其繁饰兮，芳菲菲其弥章"，王注："言己……犹整饰仪容，佩玉缤纷而众盛，忠信勃勃而愈明……"

"恐鹈鴃之先鸣兮，使夫百草为之不芳"，王注："言我恐鹈鴃以先春分鸣，使百草华英摧落，芬芳不得成也。以喻谗言先至，使忠直之士蒙罪过也。"

在《九章》《远游》等篇的序言中，王逸也反复强调其"忠"的思想内涵。虽然没有足够的证据能表明这种凿实的正确性，但这样的注释确实可以让读者体会到屈原之"忠"无所不在。而这正是注释者的目的所在。所谓"忠贞""忠正""忠信"云云，表述方式不同，内在含义一致，共同指向对君主发自内心的忠诚。

"忠"指向君主，是屈原人格的对外表现。那么，什么是指向自身的呢？其人格的内在特征又是什么？《大学》云："自天子以至于庶人，一是皆以修身为本。"修身是儒家"修、齐、治、平"的基础，是儒者致力于自身的基本工夫。屈原所"修"的内容，王逸以为是"清洁"和"仁义"：

"扈江离与辟芷兮，纫秋兰以为佩"，王注："言己修身清洁，乃取江离、辟芷，以为衣被；纫索秋兰，以为佩饰。"因为相信佩饰能够"象德""行清洁者佩芳"，所以对《离骚》中出现的一些与香花芳草及佩饰有关的比喻，王逸便解为"修洁"：

《离骚》"朝饮木兰之坠露兮，夕餐秋菊之落英"，王注："言己且饮香木之坠露，……暮食芳菊之落花，……动以香净，自润泽也。"

《九章·涉江》"被明月兮珮宝璐"，王注："言己背被明月之珠，要佩美玉，德宝兼备，行度清白也。"

有时，还从反面来说明：

"众皆竞进以贪婪兮，凭不猒乎求索"，王注："言在位之人，无有清洁之志……"

"羌内恕己以量人兮，各兴心而嫉妒"，王注："言在位之臣，……谓与己不同，则各生嫉妒之心，推弃清洁，使不得用也。"

"謇吾法夫前修兮，非世俗之所服"，王注："我仿前贤以自修洁，非本今世俗人之所服佩。"

　　这里的"清洁"很明显是王逸给屈原的一个与世俗对立的定位，更多地体现为坚持操守、不与世俗同流合污的个体价值含义。与此相比，"仁义"范畴中的社会性内涵无疑要大得多。《离骚》"溘吾游此春宫兮，折琼枝以继佩"，王注："言己行游，奄然至于青帝之舍，观万物始生，皆出于仁义，复折琼枝以续佩，守仁行义，志弥固也。"既然认为"仁义"是万物产生的根本，王逸的关注也自然要多一些。

　　"忽驰骛以追逐兮，非余心之所急"，王注："众人急于财利，我独急于仁义也。"

　　"揽茹蕙以掩涕兮，沾余襟之浪浪"，王注："言己自伤放在草泽，心悲泣下，沾濡我衣，犹引取柔软香草，以自掩拭，不以悲放失仁义之则也。"

　　从内心的追求到外在的行为准则，"仁义"在王逸的注解下，确乎无疑就是屈原修身的目标和结果了。至于"仁义"和"清洁"的关系，"余既滋兰之九畹兮，又树蕙之百晦。畦留夷与揭车兮，杂杜衡与芳芷"，王注："言己虽见放流，犹种莳众香，修行仁义，勤身自勉，朝暮不倦也。……言己积累众善，以自洁饰，复植留夷、杜衡，杂以芳芷，芬香益畅，德行弥盛也。"王逸对一种植种芳草的行为同时注了"修行仁义"和"以自洁饰"两种内涵，说明他认为这二者是并存于屈子之身的，作为其"修身"的完美成果，共同体现为"德行"之盛。而所谓的"德行"若指向于君，便是"忠"。

　　司马迁发展了刘安《离骚》有《小雅》之怨的论点，将屈原创作的情感基调确定为"怨"，班固也以怨刺评骚，虽然他对此持否定态度。王逸一方面继承了刘安、司马迁的观点，另一方面又反驳班固的说法，而"讽谏"就是其把握分寸的立足点。

　　屈骚之中有怨刺内容，在《楚辞章句》的解说中是有明确体现的。如《离骚》"荃不察余之中情兮"，王注："荃，香草，以喻君也。人君被服芬香，故以香草为喻。恶数指斥尊者，故变言荃也。"说"恶数指斥"，实际是已承认有"指斥"之言了。其"尊者"，既指君主，也指居尊位者：

　　"怨灵修之浩荡兮，终不察夫民心"句，王注："言己所以怨恨于怀王者，以其用心浩荡，骄敖放恣，无有思虑，终不省察万民善恶之心，故朱紫相乱，国将倾危也。"

"世溷浊而不分兮，好蔽美而嫉妒"，王注："言时世君乱臣贪，不别善恶，好蔽美德，而嫉妒忠信也。"

"椒专佞以慢慆兮，樧又欲充夫佩帏"，王注："言子椒为楚大夫，处兰芷之位，而行淫慢佞谀之志，又欲援引面从不贤之类使居亲近，无有忧国之心，责之也。"

王逸也承认怨愤之情是屈原创作冲动的一个触发点。他认为《离骚》之作是因为"屈原执履忠贞而被谗邪，忧心烦乱，不知所愬"而作，又由于"遭时闇乱，不见省纳，不胜愤懑，遂复作《九歌》以下凡二十五篇"；《天问》之作是"以泄愤懑，舒泻愁思"，等等。这都是对司马迁"发愤著书"说的继承和发挥。但王逸并没有让这种怨愤发展为"疾痛惨怛"、呼天抢地的激烈程度，而是像他在《九章·惜诵》"惜诵以致愍兮，发愤以抒情"句下注所云："言己身虽疲病，犹发愤懑，作此辞赋，陈列利害，泄己情思，以讽谏君也。"以"优游婉顺"加以笼罩，将其疏导、归结到刘安、司马迁都提到的"讽谏"这一忠臣应尽的责任和义务上去，使之更符合诗教的规范和自己对屈原的形象刻画。

在指出创作目的、阐发篇章大义的诸篇序文之中，王逸特别强调其忠诚的"讽谏"意义：《离骚经序》："言己放逐离别，中心愁思，犹依道径，以风谏君也。"

《离骚经后序》："独依诗人之义而作《离骚》，上以讽谏，下以自慰。"

《九歌序》："上陈事神之敬，下见己之冤结，托之以讽谏。"

《九章序》："言己所陈忠信之道，甚著明也。"

《九辩序》："屈原……而作《九歌》《九章》之颂，以讽谏怀王。"

"谏"是臣子匡正"君过"的重要手段，就其态度和方式而言，《大戴礼》言礼有"五谏"，即讽谏、顺谏、窥谏、指谏、陷谏。《后汉书·李云传论》李贤注云："讽谏者，变患祸将崩而讽之也。顺谏者，出辞逊顺，不逆君心也。窥谏者，视君颜色而谏也。指谏者，质指其事而谏也。陷谏者，言国之害忘生为君也。"[1] 以此来衡量，王逸认为的屈原之"讽谏"与《大戴礼》列

---

① 《后汉书》，第 1854 页。

为五等之首的"讽谏"并不一致，而更似于"指谏"与"陷谏"，或可称之为"直谏"，所谓"直若砥矢，言若丹青，进不隐其谋，退不顾其命"是也。这样的定位是调和了悲怨愤懑、指斥尊者的詈责和婉转达意、依违远祸的"讽谏"的结果，是王逸对屈原人格精神的新的诠释，即是他所概括的"节"与"忠正"紧密相连的对德行的固持的一个重要方面。

"节"本义为一定的道德规范，《论语·微子》有"长幼之节"，又引申为对道德规范的遵守。王逸标榜的屈原之"节"所遵守的道德规范就是"忠"。在屈原自述不避祸患、坚守节操的诗句下，王逸几乎都要注明其"节"乃因"忠"而立。

《离骚》"余固知謇謇之为患兮，忍而不能舍也"，王注："謇謇，忠贞貌也。……言己知忠言謇謇谏君之过，必为身患，然中心不能自止而不言也。"

"虽不周于今之人兮，愿依彭咸之遗则"，王注："彭咸，殷贤大夫，谏其君不听，自投水而死。言己所行忠信，虽不合于今之世，愿依古之贤者彭咸余法，以自率厉也。"

"鸷鸟之不群兮，自前世而固然"，王注："言鸷鸟执志刚厉，特处不群，言忠正之士，亦执分守节，不随俗人，自前世固然，非独于今，比干、伯夷是也。"

"伏清白以死直兮，固前圣之所厚"，王注："言士有伏清白之志，以死忠直之节者，固乃前世圣王之所厚哀也。故武王伐纣，封比干之墓，表商容之间也。"

"亦余心之所善兮，虽九死其犹未悔"，王注："言己履行忠信，执守清白，亦我中心之所美善也。虽以见过支解九死，终不悔恨。"

在屈原的诗句中，抒发的是自己执守清白、坚持自我、不辞险难的决心，但王逸之注或将其与忠言谏君对应，或与前代圣贤相附，最终的落脚点必定在"忠"上。总之，《章句》中的屈原，以"忠"为思想的基础和人格的核心。其修身以"清洁""仁义"为内容，"仁义"产生"忠"的需求，"清洁"是尽"忠"的保障；其行为以"讽谏""伏节"为表现，"讽谏"是尽"忠"的手段，"伏节"是对"忠"的坚持。无疑，这些内涵完全符合王逸极力推崇的"人臣之义"，这样的屈原是王逸以注释话语塑造的人臣楷模。

　　从刘安、司马迁到班固、王逸，屈原的思想人格在阐释中几经变幻最终在至高处定位，这一过程中体现着时代思想文化的变迁和阐释者个人的价值选择。

　　西汉初年，与休养生息的国策相适应的主张"清静无为"——即减少国家对社会生活所加干涉的黄老思想，一度非常兴盛。直到武帝前期，儒道之间都是道家思想占据优势。从《史记》《汉书》的记载中可以看出，武帝也深受黄老神仙思想的影响，常"缥缥有凌云之志"。刘安奉其命而注《离骚》，自然要投合上意。而刘安本人又是西汉道家的领袖，他主编的《淮南子》，就是以道家思想为主，兼容了其他（主要是儒家）思想的著作，体现了儒道相互吸收和融合的历史发展态势。刘安同时采用儒道双重标准评骚，既符合这种发展态势，又符合其本人的好恶倾向。

　　司马迁生活在武帝"罢黜百家、独尊儒术"、儒家思想定于一尊之后，但他也与刘安一样兼采儒道以评屈原。"儒"源于社会主流观念和责任，"道"既有其父司马谈的家学影响，又产生于个性中对人格独立的向往和坚持。因"直谏"而遭刑的特殊经历使他对屈原的遭遇和情感有了更深切的体会和理解，激发他将儒道各因素更好地融合到一起，形成了颇带异端色彩的评价。

　　武帝中后期开始，儒学在社会意识形态中占据了统治地位。随着经学的阴阳五行化，在君臣关系方面，已经烙上了鲜明的"君尊臣卑"的记号。原始儒家主张"君使臣以礼，臣事君以忠"，还承认双方相对平等的道德义务。而汉代则以"君为臣纲"，发展成了臣子对君主的单方面的绝对忠诚。《白虎通·三教》规定："人道主忠，人以至道教人，忠之至也。人以忠教，故忠为人教也。"[1] 在这样的思想文化氛围中，在君主权威的无限膨胀中，士人的话语权不断被压缩。道德理想、个人价值的实现，甚至于个体的存亡多数候仅系于君主一念之间，生逢其时成了他们所能企盼实现的最大愿望，但这个愿望却越来越像一个遥远的梦想。"那么，士人便必然要承担与世俗社会及其统治者难以协调的命运及由此而来的生存忧惧。"[2] 旨在"保身"的"明哲"

---

① （清）陈立撰，吴则虞点校：《白虎通疏证》，中华书局1994年版，第371页。

② 于迎春：《秦汉士史》，北京大学出版社2000年版，第240页。

之智也就在"忧惧"的心灵中逐渐滋长、茂盛起来了。在践履臣责和全性保身之间，士人们艰难而自如地寻找着立足点。既然已不可能再拥有纵横捭阖的言论自由，既然为臣要"事君进思尽忠，退思补过，去而不讪，谏而不露"，既然"人臣之义，当掩恶扬美，……掩恶者，谓广德宣礼之臣"①，那么，"夫不谏则危君，固谏则危身，与其危君，宁危身，危身而终不用，则谏亦无功矣。智者度君权时，调其缓急，而处其宜，上不敢危君，下不以危身。故在国而国不危，在身而身不殆。""夫轻君之危亡者，忠臣不忍为也。三谏而不用则去，不去则身亡，身亡者仁人所不为也。"②在"智者""仁人"极有分寸的周旋之中，既满足了在上位者对"忠"的需要、尽为臣之责，又保全了身家性命，矛盾得到了有效调和。而屈原不辞其诛的"直谏"既不符合"人臣之义"，沉身汨罗的举动又有悖于"智者"之行，自然要招致批判。如果说扬雄对屈原的指责还是出于对乱世之中生存状态的理性思考后的失落和人生态度的相悖、具有一定的个人倾向的话，那么随着东汉时期君权的进一步强化，班固对屈原的批判就是自觉地以君臣之道作为理论依据，更符合社会的要求了。

　　王逸生活的东汉后期，社会道德准则、官方意识形态都在不断强调对"忠"的要求，君臣尊卑的势位限制也越来越严格，维护君权一统成为封建专制加在士人身上的义务。匡正社会思想文化、为君尽忠成了士人的自觉承担。《楚辞章句》是王逸进献朝廷之作，是其"以所识所知，稽之旧章，合之经传"而成，自然要绝对符合官方意识形态的要求。他通过自己的注释活动，将屈原塑造成为一个当代主流文化所需要的典范。以期达到端正世风、维护君主权威的现实政治效果——这就是王逸对士人之责的自觉承担方式。所以，《楚辞章句》所阐发的屈原，修身清白，信守仁义，忠诚事君，固执节操，是儒家伦理道德所要求的标准的贤臣形象。至于"进不隐其谋，退不顾其命"的忠言直谏，也是适应当时的社会形势甚至朝廷需要的。

---

① 《白虎通·谏诤》，载陈立编著：《白虎通疏证》，中华书局1994年版，第236、239页。
② 《说苑·正谏》，载（汉）刘向撰，向宗鲁校证：《说苑校证》，中华书局1987年版，第206页。

　　王逸由安帝元初四年入京师后为校书郎，入东观校书，顺帝时为侍中，可能一直生活到桓帝初年。从安帝亲自执政到顺帝时，正是东汉政权从光武、明、章、和的中兴，走向桓、灵之世衰落的渐变与转折时期。外戚、宦官专权乱政的迹象逐渐显露，政事疲敝，灾祸相续，连君主都深感不安。永初五年（111），汉安帝就曾下诏云："朕以不明，统理失中。亦未获忠良以毗阙政。传曰：'颠而不扶，危而不持，将焉用彼相矣。'公卿大夫将何以匡救，济斯艰巨，承天诫哉！盖为政之本，莫若得人，褒贤显善，圣制所先，济济多士，文王以宁，思得忠良正直之臣以辅不逮。"所谓"统理失中"的自责不过是题中应有之义，思得忠良以济时艰的愿望却是真诚的。而昏乱的时世确实也极大地激发了正直儒士的拯济热情，让他们抛开了"明哲保身"的退避主义人生态度，重持"舍生取义"、忠贞为国的操守，据理想以济时，缘道德以清世，"谏难不惧"，形成声势浩大的"婞直之风"，《后汉书·党锢列传》载：

　　　　逮桓灵之间，主荒政缪，国命委于阉寺，士子羞与为伍，故匹夫抗愤，处士横议。遂乃激扬名声，互相题拂，品覈公卿，裁量执政，婞直之风，于斯行矣。①

实际上，并非仅是桓、灵之世，东汉从光武至明、章、和帝之后各时期均有婞直之臣，危言危行、敢于冒死直谏的士人史不绝书。这些，都是王逸推崇"直谏"、盛赞"伏节"的现实基础。

　　另外，王逸坚决反对班固而积极提倡屈原的人臣之义，同他自己的人生价值观念也是一致的。与王逸先后入东观校书的马融，曾因所作《广成颂》触怒临朝称制的邓太后，后融因兄子丧自劾而归，被邓氏怒斥"典校秘书，不推忠尽节"。可见"推忠尽节"是"典校秘书"的根本要求。王逸既能胜任"典校秘书"且在此后迁升，肯定是符合这一要求的。在迁豫州刺史之初，即下《临豫州教》，"举遗逸"，"黜奸邪"。其《正部论》云："明刑审法，怜民惠下，

---

　　① 《后汉书》，第2185页。

生者不怨，死者不恨。"《楚辞章句》中充盈着对谗臣误国的痛斥，对"乱流鲜终"的预言。观其言，察其行，王逸应是一位积极入世、欲有所为的正直士人，则其对屈原的褒赞也是发自内心的高度认同了。

总之，王逸从思想文化、社会现实及其个人价值观出发，对屈原的思想精神作了全面阐发和高度评价，树立了一个忠义贤臣的完美形象。那么，这个形象是否是真实的屈原？是否有偏差呢？

王逸将屈原思想的核心定位为"忠"——忠君。儒家强调"忠君"是其宗法伦理政治的需要，汉儒更把它解释成为对天子毫无保留的效忠。但屈原作品中体现出来的情感与此实际是形似而质有别的。单就对背楚事吴又率吴军侵楚并鞭挞平王之尸的伍子胥深表同情这一点来看，就绝对不符合儒家"忠君"的要求。实际上，在战国时期，贤能之士择主而事，并无很重的忠君观念，楚才晋用的事例不胜枚举。屈原对楚王的忠诚中更多地源于与君主同宗共祖的氏族情感以及由此而生发的对楚国的执着和热爱。《史记·屈原贾生列传》言其"睠顾楚国，系心怀王"，司马迁意识到了这种爱国情怀，故而以"存君兴国"来概括屈子之"志"。"存君"和"忠君"之间所包含的个体独立程度的差别是很大的。而《楚辞章句》中屈原"怀念楚国，思慕旧故"是由于"忠信之笃，仁义之厚"，在王逸的注释话语中，"国"是称之为"君国"的，国家是君主的，君主具有绝对的权威，忧国也是"忠君"的体现。他所强调的屈原之"忠君"，是将其个人价值的实现完全依托于君主。但是，受百家争鸣、思想自由的时代文化所熏陶的屈原，其思想精神都深深地烙上了为追求和实现个人理想而百折不挠的执着的理性精神。这种理性精神包含着强烈的实现自我价值的觉醒意识。表现在言行上，就是"露才扬己""显暴君过"，甚至于自沉汨罗、以身殉志。这种言行上的"极端"和鲜明的抗争意识以及其中蕴含的主体的强烈个性，实在已经超越了儒、道两家文化所能包容的范围。当屈原以高度的自信来追求自己的理想，以全部的生命来坚持自己的清高时，体现出的是较儒家更纯粹的用世精神和较道家更高尚的个体价值。其内涵远非"忠君""仁义""伏节"所能涵盖。王逸为了使屈骚精神符合时代需要，对屈原所谓"过激"的言行都给予了合乎"经义"的解释，在这个过程中，不可避免地要抹杀其坚持自我的独立个性和对自我价值的追求精神。如果说班固之迁在于以儒家观点否定屈原个性精神的话，那么王逸以经学为指导的阐释结果，却是以扼杀屈骚中部分异端思想和对屈原人格进行部分修正为代价，把屈原的思想精神纳入了儒家经义的范围。虽结论不同，但二人同属一个话语系统。王逸根据当时社会政治和文化的需要对屈原形象的这种改塑，虽有其时代局限，但必须承认，他对屈原精神的首肯确实达到了前所未有的高度，从而确立了屈原和楚辞在儒家文化系统中的较高地位，也规定了后世屈原阐释和评价的基本方向。

第三章　宋代楚辞注释的先锋——《楚辞补注》

楚辞注释经过《楚辞章句》这座高峰之后，就沉寂下来，魏晋南北朝至隋唐五代，有文献可考的注本仅有晋人郭璞的《楚辞注》、隋代释道骞的《楚辞音》和相传为南唐王勉所著的《释文》，但郭书久佚，仅有少数条目存世；《楚辞音》亦仅余残卷；《释文》已散入洪兴祖《楚辞补注》之中，三书均已难窥全貌。可以说，这一长长的历史时期对于楚辞注释来说是个断层。至宋，情况发生了转变。宋代是封建学术文化高涨的时期，相较于前代士人，宋儒的文化积淀更深厚，因而能涵融汇通、博采众长，形成其独立、深刻、缜密的思维能力和高超、精湛的创作水平。在这种氛围之下，对楚辞的注释、解说和考证再次成为学术研究的热点，并取得了很大的成绩。宋代有文献记载的楚辞注释成果有十二家之多，简述如下：

（1）洪兴祖《楚辞补注》十七卷。

（2）杨万里《天问天对解》一卷。

（3）钱杲之《离骚集传》一卷。

（4）朱熹《楚辞集注》八卷，《楚辞辩证》二卷，《楚辞后语》六卷。

（5）吕祖谦《离骚章句》一卷。

吕祖谦（1137—1181），字伯恭，婺州人。他认为刘向典校分《离骚》为十六章，所以作《离骚章句》，"考其文之起伏，意之先后……而分之十六章"。其书今佚。

（6）林至《楚辞故训传》六卷，《楚辞草木疏》一卷，《楚辞补音》一卷。

林至，字德久，松江人，淳熙中进士，官至秘书省正字。据说曾亲到荆楚实地考察，详究各种草木，用功颇久而成书，惜各书均已佚。

（7）林应辰《龙冈楚辞说》五卷。

　　林应辰，字渭起，永嘉人。该书《宋志》没有未著录。陈振孙《直斋书录解题》云："《龙冈楚辞说》五卷，永嘉林应辰渭起撰。以《离骚》章分段释为二十段，《九歌》《九章》诸篇亦随长短分之。其推屈子不死于汨罗，比诸浮海居夷之意，其说甚新而有理。以为《离骚》一篇词虽哀痛而意则宏放，与夫直情径行、勇于蹈河者，不可同日语也；且其兴寄高远，登昆仑、历阆风、指西海、陟陞皇，皆寓言也。世儒不以为实，顾独信其从彭咸葬鱼腹以为实者，何哉？然沈湘之事，传自司马迁，贾谊、扬雄皆未尝有异说。汉去战国未远，决非虚语也。"① 其书今佚。

　　（8）周紫芝《楚辞赘说》一卷。

　　周紫芝，字少隐，号竹坡居士，宣城人。陈振孙《直斋书录解题》云："右司郎宣城周紫芝少隐撰。尝为《哀湘纍赋》，以反贾谊、扬雄之说。又为此书，颇有发明。"② 其书今佚。

　　（9）傅子云《离骚经解》。

　　傅子云，字季鲁，金溪人。其书今佚。

　　（10）黄铢《楚辞协韵》一卷。

　　黄铢，字叔垕，崇安人，有《穀城集》。其书朱熹曾采入《集注》，今佚。

　　（11）吴仁杰《离骚草木疏》四卷。

　　（12）谢翱《楚辞芳草谱》一卷。

　　本文将把除佚失外的所有注本纳入考察范围，以期用最翔实的材料得出最可信的结论。

第一节　洪兴祖与《楚辞补注》

　　洪兴祖（1090—1155），字庆善，镇江丹阳（今江苏丹阳县）人。其生

---

① （宋）陈振孙撰，徐小蛮、顾美华点校：《直斋书录解题》卷十五，上海古籍出版社1987年版，第436页。

② （宋）陈振孙撰，徐小蛮、顾美华点校：《直斋书录解题》卷十五，上海古籍出版社1987年版，第435页。

平经历在《宋史·儒林传》中有清晰叙述。北宋徽宗政和八年（1118），洪氏上舍及第。宋室南渡后，绍兴二年至四年（约1133—1134），历任著作佐郎、秘书省正字、太常博士等职。绍兴四年应诏上疏言朝廷纪纲之失，为时宰所恶，谪主管太平观。后起用，知广德军，擢提点江东刑狱，历知真州、饶州，所至皆有惠政。其为人刚正，因触犯奸相秦桧而编管昭州，卒于贬所，直至秦桧死后才获平反。

本传云洪兴祖"好古博学，自少至老，未尝一日去书"，一生著述甚丰，有《老庄本旨》《周易通义》《系辞要旨》《古文孝经序》等二十余种，但大多失传。一般认为，他传世的最重要著作即是《楚辞补注》。《直斋书录解题》卷十五《楚辞补注》十七卷下署"知饶州曲阿洪兴祖补注"，据此知该书刊行于洪氏知饶州期间。原书有序，今已不存，亦有人猜测是因惧秦桧而为人所删。同时代的目录学家晁公武在其《郡斋读书志》中著录此书时竟未署作者姓名，云：

> 未详撰人。凡王逸《章句》有未尽者补之。自序云：以欧阳永叔、苏子瞻、晁文元、宋景文家本参校之，遂为完本。又得姚廷辉本作《考异》，且言《辨骚》非《楚辞》本书，不当录。①

直到稍后陈振孙的《直斋书录解题》，才较明确地叙述了《楚辞补注》的成书经过：

> 兴祖少时从柳展如得东坡手校《楚辞》十卷，凡诸本异同，皆两出之；后又得洪玉父而下本十四五家参校，遂为完本。始补王逸《章句》之未备者；书成，又得姚廷辉本，作《考异》，附古本《释文》之后；其末，又得欧阳永叔、苏莘老、苏子容本于关子东、叶少协，校正以补《考异》之遗。洪于是书用力亦以勤矣。②

---

① （宋）晁公武撰，孙猛校证：《郡斋读书志校证》，上海古籍出版社1990年版，第806页。

② （宋）陈振孙撰，徐小蛮、顾美华点校：《直斋书录解题》卷十五，上海古籍出版社1987年版，第434页。

据以得知,《楚辞考异》是后于《楚辞补注》而成,原附于《释文》之后,带有独立性。后来才一起分散在《楚辞补注》各句之下,成了我们今天所见之貌。

《楚辞补注》是依《楚辞章句》而补,故所选篇目与《楚辞章句》一致,只在整体结构上有一点例外,即在"楚辞目录"下和"楚辞卷第一"下——即王注《离骚经》前序之前各有一段简短文字,与王逸原注无关,兹录于下:

"楚辞目录"下:

> 班孟坚云:始楚贤臣屈原被谗放流,作《离骚》诸赋以自伤悼。后有宋玉、唐勒之属,慕而述之,皆以显名。汉兴,高祖王兄子濞于吴,招致天下娱游子弟,枚乘、邹阳、严夫子之徒,兴于文、景之际,而淮南王安都寿春,招宾客著书,而吴有严助、朱买臣贵显汉朝,故世传楚辞。

"楚辞卷第一"下:

> 隋唐书《志》有皇甫遵训《参解楚辞》七卷、郭璞注十卷、宋处士诸葛《楚辞音》一卷、刘香《草木虫鱼疏》二卷、孟奥音一卷、徐邈音一卷。始汉武帝命淮南王安为《离骚传》,其书今亡。按《屈原传》云:"《国风》好色而不淫,《小雅》怨悱而不乱,若《离骚》者,可谓兼之矣。"又曰:"蝉蜕于浊秽,以浮游尘埃之外,不获世之滋垢,皭然泥而不滓。推此志,虽与日月争光可也。"班孟坚、刘勰皆以为淮南王语,岂太史公取其语以作传乎?汉宣帝时,九江被公能为楚词。隋有僧道骞者善读之,能为楚声,音韵清切。至唐,传楚辞者,皆祖骞公之音。

可以看出,前一段引班固之言叙述了楚辞的产生及之后直到汉代的流传情况,后一段则是介绍了汉代以后至宋代以前楚辞注释的一些情况,其中似乎隐含了自己传承前人的作注意图,惜乎并未明言。

在《楚辞章句》序文的补注中,洪氏依自己见解而补,多数是寥寥数语,在王氏的原文之中补缺正误,与文本的补注相近,不能算作独立的序文,仅

《离骚》后序和《天问》前序例外。这两处不仅篇幅较长——基本与王氏序文相当，而且都是附在王序之后，是表明个人观点之作。尤其是《离骚》后序，洪氏用大段文字，援引了班固、颜之推评价屈原的观点之后，"折衷其说而论之"，对屈原的精神、思想进行了全面的阐发，树立了一个忠贞爱国的贤臣形象。这段话是洪兴祖作《楚辞补注》的出发点和指导原则，具有全书总序的意义。（详见下文）

《楚辞补注》既为"补"而注，自然体现出其"补"的特点。具体行文方式为，在楚辞每句原文下，先列王注于前，后补己注于下，逐句疏通证明或考订补充，均标以"补曰"二字，以示分别，使己注与王注不相混淆。如《离骚》首句"帝高阳之苗裔兮"：

> 王注：德合天地称帝。苗，胤也。裔，末也。高阳，颛顼有天下之号也。《帝系》曰：颛顼娶于腾隍氏女而生老僮，是为楚先。其后熊绎事周成王，封为楚子，居于丹阳。周幽王时，生若敖，奄征南海，北至江、汉。其孙武王求尊爵于周，周不与，遂僭号称王。始都于郢，是时生子瑕，受屈为客卿，因以为氏。屈原自道本与君共祖，俱出颛顼胤末之子孙，是恩深而义厚也。
>
> 洪氏补曰：皇甫谧曰：高阳都帝丘，今东郡濮阳是也。张晏曰：高阳，所兴之地名也。刘子玄《史通》云：作者自叙，其流出于中古。《离骚经》首章，上陈氏族，下列祖考；先述厥生，次显名字，自叙发迹，实基于此。将及司马相如，始以自叙为传。至司马迁、扬雄、班固，自叙之篇，实烦于代。

此句王逸之注于词义解释、史实说明已属详细，但洪氏又引了皇甫谧、张晏、刘知几等人的王逸未见之说以补充证明王注，并且提出了王逸未能阐发的此章对"自叙"之文体的影响问题，既"补"王注，又有个人成果，充分显示了"补注"的价值。

据前引陈振孙之说，洪兴祖所考之本更多达数十种，这些不同的版本异文在洪氏的《楚辞补注》中也有体现。《楚辞补注》中异本的体现方式相对复杂。大致安排在两处：一在"补曰"之前；一在"补曰"之后。有两种情形，一是在王逸无注之处直接标出。既标原文之异，也标王注之异。如《离骚经序》"荣显而名著"补云："著，一作称。"《九歌·东君》"箫锺兮瑶簴"补云："王逸无注。箫，一作萧。"《九歌序》"故其文意不同，章句杂错，而广异义焉"补云："一云：故其文词意周章杂错。"这种情况比较明显，基本可以认为是洪兴祖所补。另一种则不易辨明，是承接王逸的异本标注之后的部分，包括《释文》《文选》和《文苑》等书中出现的异文。这些都是王逸之后的本子，非王逸所能见。而据前引陈振孙所言，洪兴祖"作《考异》附古本《释文》之后"，应当是洪氏将就自己所见诸家本而校楚辞的《考异》附在古本《释文》之后。但后来不知何时、何人把《考异》和《释文》散乱于注文之中，加之"补"字以上除了王逸注以外，还有后人的增补，如引《文选》的李善及五臣注等均是。这些究竟为何人所补，除所补外是否悉为王逸注原文，尚待考证。由于文献资料的缺乏，我们已很难完全分清具体哪些是洪氏所补、哪些是后人所增。除了《释文》可以看作是洪氏所引外，其余的只能凭借"补曰"中反映出的蛛丝马迹来寻绎可能的真相。"补曰"之前的部分没有辨析，偶尔有注音，用的是直音法或反切法。如《远游》"驾八龙之婉婉兮"，补云："婉，《释文》作蜿，音菀。"《九辩》"纷旖旎乎都房"句下有云："《文选》作猗柅。上音倚，下女绮切。"而在"补曰"之后，有时出现对前引异文的说明或辨析。《九歌·少司命》"竦长剑兮拥幼艾"句下有云："《释文》竦作怂"补曰："竦、怂，并息拱切。竦，立也。《国语》曰：竦善抑恶。怂，惊也。"《九歌·山鬼》"风飒飒兮木萧萧"句下有云："萧萧，《文苑》作搜搜。"补曰："搜搜，动貌，与萧同"。那么，这些异文应该可以认为是洪兴祖所引。这些异文为什么会被如此分割呢？我们是否可以这样猜测，这种排列更符合洪氏补注的体例特征，异本的标注是释义之外的部分，而考订辨析才是"补"的重点。或许，这些考订辨析即是《考异》中的内容。

"补曰"后面的异文既有针对原文的，也有针对王注的。有时注明异本，有时不注，但大多有说明或辨析。说明辨析的文字有简有繁，简者如《九歌·湘君》"苏橑兮兰旌"句补曰："诸本或云：乘荃橑。乘，一作承。或云：采荃橑兮兰旗。皆后人增改，或传写之误耳。"这是针对原文的；《离骚》"世幽昧以眩曜兮"句王注云："眩，一作眩。"洪补曰："眩，日光也，其字从日。眩，目无常主也，其字从目，并荧绢切。"这是针对王注的。繁者如：《离骚》"謇吾法夫前修兮，非世俗之所服"句，王注为"忠信謇謇"，"一云：謇，难也。"下有："《文选》謇作蹇，世作时。"洪氏"补曰"："謇，又训难易之难，非蹇难之字也。世所传《楚词》，惟王逸本最古，凡诸本异同，皆当以此为正。又李善注本有以世为时为代，以民为人之类，皆避唐讳，当从旧本。"《天问》"穆王巧梅，夫何为周流"王注云："梅，贪也。……一作痗。"洪补曰："《方言》云：梅，贪也，亡改切，其字从手。贾生云：品庶每生。是也。《集韵》云：梅，母罪切，悬也。挴，母亥切，贪也。诸本作梅。《释文》每磊切，其字从木，传写误耳。瑂，玉名，音媒，亦非也。"像这样不仅通过不同版本的相互核对订正了前人之误，而且分析了致误缘由，已经基本符合校勘学的特征了。

洪兴祖为补王逸《楚辞章句》之未详者而著书，故谓之《楚辞补注》，重点在"补"之义。"其援据赅博，考证详审。名物训诂，条析无遗。"[1] 既发王注之幽微，又抒个人之见解，是继《楚辞章句》后，楚辞学研究史上一部重要的总结性著作，"于楚辞诸作之中，特为善本。"[2] 此书集章句训释之大成，是从王逸到朱熹、从汉学到宋学的过渡之作。

第二节　《楚辞补注》对屈原思想的阐发

洪兴祖对屈原思想精神的理解和阐发也是以儒家道德伦理观念为起点和基础的。在《补注·离骚经后序》中，他针对班固、颜之推对屈原的贬斥和刘子玄的赞赏，"折中其说而论之曰"：

或问：古人有言：杀其身有益君则为之。屈原虽死，何益于怀、襄？

---

① 见《楚辞补注》后附毛表《跋》，中华书局1983年版，第328页。

② 《四库全书总目》卷148，中华书局1965年版，第1268页。

曰：忠臣之用心，自尽其爱君之诚耳。死生、毁誉，所不顾也。故比干以谏见戮，屈原以放自沉。比干，纣诸父也。屈原，楚同姓也。为人臣者，三谏不从则去之。同姓无可去之义，有死而已。《离骚》曰：阽余身而危死兮，览余初其犹未悔。则原之自处审矣。或曰：原用智于无道之邦，亏明哲保身之义，可乎？曰：愚如武子，全身远害可也。有官守言责，斯用智矣。山甫明哲，固保身之道。然不曰夙夜匪解，以事一人乎！士见危致命，况同姓，兼恩与义，而可以不死乎！且比干之死，微子之去，皆是也。屈原其不可去乎？有比干以任责，微子去之可也。楚无人焉，原去则国从而亡。故虽身被放逐，犹徘徊而忍去。生不得力争而强谏，死犹冀其感发而改行，使百世之下，闻其风者，虽流放废斥，犹知爱其君，眷眷而不忘，臣子之义尽矣。

洪氏对屈原的定位，首先还是恪守"臣子之义"的"忠臣"。认为屈原不计利害、不顾生死"事一人"，之所以自沉是为了"感发"君主以改其过失之行，以生命显示了"眷眷""爱君"之诚心。而且，与王逸一样，在洪氏的注解中，屈原之"怨"也是出于"爱君"之诚的。他对晁补之提出的"《小弁》之怨"说深为赞同：《离骚》"怨灵修之浩荡兮，终不察夫民心"，洪补："孔子曰：《诗》可以怨。孟子曰：《小弁》之怨，亲亲也。亲之过大而不怨，是愈疏也。屈原于怀王，其犹《小弁》之怨乎？"以"亲亲"来解读屈原对怀王的态度，因"爱"之深而生"怨"，将屈原之"怨"限定在"忠"的尺度之内，完全符合圣人对"怨"的规定和要求。

《离骚》"闺中既以邃远兮，哲王又不寤"，洪补："闺中既以邃远者，言不通群下之情；哲王又不寤者，言不知忠臣之分。怀王不明而曰哲王者，以明望之也。太史公所谓冀幸君之一悟，俗之一改也。韩愈《琴操》云：臣罪当诛兮，天王圣明。亦此意。"洪氏此解把一个臣子对君主的期望、苦心、规劝都体现了出来，非忠贞之臣不能有此种情感。

关于屈原"爱君""不去"的原因，洪兴祖认为是"同姓无可去之义"，从屈原和楚王同宗共祖的关系上来解释，这种说法源自王逸。但王逸仅有两处提及：一是《离骚》首句"帝高阳之苗裔兮"，王注："屈原自道本与君共祖，俱出颛顼胤末之子孙，是恩深而义厚也。"二是"回朕车以复路兮，及行迷之未远"，王注："同姓无相去之义，故屈原遵道行义，欲还归也。"洪兴祖却一再加以强调，《离骚》"悔相道之不察兮，延伫乎吾将反"，洪补："异姓事君，不合则去；同姓事君，有死而已。屈原去之，则是不察于同姓事君之道，故悔而欲反也。""忽反顾以游目兮，将往观乎四荒"，洪补："此孔子浮海居夷之意。然原初未尝去楚者，同姓无可去之义故也。"认为"屈子于同姓事君之义尽矣"。① 洪氏把王逸"同姓无相去之义"的普通提法上升到"同姓事君之道"，甚至说"同姓事君，有死而已"。这样的理论化、原则化，对个人要求如此之高，多少有些不合情理。笔者曾异想天开，试图寻找洪兴祖与赵宋皇族关系的蛛丝马迹，但一无所获。那么，排除了私人情感因素，洪兴祖对屈原忠君原因的这种归结就多半是出于学术上的考虑了。"同姓"与"异姓"相比，主要区别就在于对"国"更多了一些情感和责任，"同姓"的"忠君"中"爱国"的成分相对更大一些。而事实上，洪兴祖对屈原思想中"爱国"一面的发掘也确实是有意识且有深度的。

洪兴祖认为屈原"长太息而掩涕"、忧伤痛苦的原因是"思故国"，② 将"忧"与"国"联系在一起。《离骚》"苟余情其信姱而练要兮，长顑颔亦何伤"，洪补："有道者，虽贫贱，而容貌不枯，屈原何为其顑颔也？曰：当是时，国削而君辱，原独得不忧乎？""忧"之起因先"国"而后"君"。甚至直接概括曰："屈原之忧，忧国也。"③《补注》中的"忧"还有"忧世"，与"忧国"相连而与"忠君"更远一些："《离骚》二十五篇，多忧世之语。"《远游》"惟天地之无穷兮，哀人生之长勤"，王注："伤己命禄，多忧患也。"洪补："此原忧世之词。"王逸仅从个人命运遭遇的角度来解释，洪氏则从屈原对国家、对社会时局极度关切的高度来阐发的，突破了个人命运的小圈子，把个人的命运与国家的命运维系在一起，看到了屈原之"忧"的本质，其认识高度显然要超过王逸。

---

① 《补注·九歌·大司命》。
② 《补注·远游》。
③ 《补注·离骚经后序》。

由于国家的衰败、时世的昏暗，屈原的"爱国"以"忧"的形式而体现，对于引起国家衰败、时世昏暗的原因，自然就是"愤懑"的，所以"《骚经》《九章》皆托游天地之间，以泄愤懑"。① 即是说，屈原的创作是抒发"愤懑"之情的有感而为，这是对司马迁、王逸"发愤著书"说的继承。但王逸在《离骚》"恐修名之不立"句下又注"恐修身建德，而功不成名不立也"。《论语》曰："君子疾没世而名不称焉。屈原建志清白，贪流名于后世"。对此洪兴祖针锋相对地加以反对："修名，修洁之名也。屈原非贪名者，然无善名以传世，君子所耻，故孔子曰：伯夷、叔齐饿于首阳山下，民到于今称之。""建志清白"和"修洁"本无严格界限，洪氏所反对的其实是王逸观点中的屈原为一己之名而忧的意见。在他看来，屈原饱含忧国、忧世的博大胸怀，是不会陷于个人私意的困扰的。但洪氏同时又提出了"善名"作为屈原的追求，此"善名"与王逸所说之"名"有何区别？

王逸所言之"名"是"建德"之名，较为笼统，而洪兴祖所提的"善名"，明确以伯夷、叔齐为典范，而伯夷、叔齐是坚守节操的代名词。洪氏以此"善名"加于屈原，即是要突出其"节"。在这一点上，他对屈原的赞扬和推崇是发自内心、不遗余力的。与王逸所赞赏的以"忠君"为本的"伏节"不同，洪兴祖理解的屈子之"节"有"忠君"的成分，但更倾向于个体的自我价值实现。《橘颂》"行比伯夷，置以为像兮"，王逸注释了伯夷、叔齐的身世，特别详细叙述了二人谏武王的内容："父死不葬，谋及干戈，可谓孝乎？以臣弑君，可谓忠乎？"在其"忠""孝"之谏不被采纳后"遂不食周粟而饿死"，再言"屈原亦自以修饰洁白之行，不容于世，将饿馁而终。故曰：以伯夷为法也"。意图给读者的感觉是屈原亦因效法伯夷"忠""孝"之行而将招致相同结局。洪补："韩愈曰：伯夷者，特立独行，亘万世而不顾者也。屈原独立不迁，宜与伯夷无异。"舍弃了"忠""孝"的伦理道德评价而强调其"特立独行""独立不迁"的个体行为准则。在"兰芷变而不芳，荃蕙化而为茅"、香花与恶草"俱化"、君子与谗佞合污的社会环境中，"守死而不变者，楚国一人而已，屈子是也"。在洪氏看来，将这种行为准则、这种在浊世中坚持

---

① 《补注·远游》。

的可贵的个人操守发挥到极致的就是屈原面对死亡的选择和态度。"非死为难，处死为难。屈原虽死，犹不死也。"苏轼《屈原庙赋》有"人固有一死兮，处死之为难"，乃洪氏此句所本。面对死亡的态度而不是死亡的行为本身更能表现出个人的品行和操守，屈原之"不死"正在于此。《离骚》"虽不周于今之人兮，愿依彭咸之遗则"，王注："彭咸，殷贤大夫，谏其君不听，自投水而死。……言己所行忠信，虽不合于今之世，愿依古之贤者彭咸余法，以自率厉也。"洪补："颜师古云：彭咸，殷之介士，不得其志，投江而死。按屈原死于顷襄之世，当怀王时作《离骚》，已云：'愿依彭咸之遗则'。又曰：'吾将从彭咸之所居。'盖其志先定，非一时忿怼而自沈也。《反离骚》曰：弃由、聃之所珍兮，摭彭咸之所遗。岂知屈子之心哉！"在对彭咸的注解上，洪兴祖选择颜师古的说法，突出其"介士"而非"贤大夫"的身份，其投江原因是"不得其志"，较"谏君不听"的具体事件更宽泛、个人性更强一些，而以彭咸为则的屈原也就由此得以超越于"忠信"的约束。洪氏认为，屈原之死不是一时"忿怼"的冲动，而是"其志先定"，是理性思考后选择的结果。"屈子以为知死之不可让，则舍生取义可也。所恶有甚于死者，岂复爱七尺之躯哉！"[1] 虽然"义"也是儒家道德观念的内在要求之一，但对"义"的坚持中却能够体现出个人的节操。"余观自古忠臣义士，慨然发愤，不顾其死，特立独行，自信而不回者，其英烈之气，岂与身俱亡哉！"[2] 在自愿赴死的行为中，洪氏之注的目的是其体现的"特立独行""自信不回"的"英烈之气"这些属于个体精神人格的内容。屈原对死亡的理性选择，从容而为，就是源自这种人格精神，而不是像贾谊所哀的"不遇"。"不遇"是由君主、时命等因素导致的外在身份地位的缺失，而屈原以生命捍卫的是主体发自内心的追求。应该说，洪兴祖对屈原之"节"的理解是切近本质的。基于此，对那些批判屈子人生态度的言论他便格外不能容忍。尤其是对扬雄，不仅说其"岂知屈子之心"，还针对《反离骚》"吾驰江潭之汎溢兮，将折衷乎重华；舒中情之烦或兮，恐重华之不累与"之句表态云："余恐重华与沉江而死，不与

---

① 《九章·怀沙》"知死不可让，愿勿爱兮"句洪补。

② 《补注·离骚经后序》。

投阁而生也"，讽刺可谓尖刻辛辣。苟且偷生的扬雄是不可能理解屈原的，屈原的真正知己、也是洪兴祖引为知己的是司马迁。洪氏不仅照录了太史公"与日月争光"的大段文字，还据此反驳扬雄《反离骚》"君子得时则大行，不得时则龙蛇。遇不遇，命也。何必沈身哉"的观点，云"屈子之事，盖圣贤之变者。使遇孔子，当与三仁同称，雄未足以与此"。《离骚经后序·补注》是洪兴祖集中阐发评价屈原思想精神的重要文字，以上引文出现在这段文字的结尾处，洪氏以微妙的用字传达出了自己观点。"三仁"指纣王三臣。《论语·微子》有："微子去之，箕子为之奴，比干谏而死。孔子曰：'殷有三仁焉。'""三仁"虽行为各异，但皆是从不同角度将"忠"发挥至极致并具有坚贞操守之臣。以屈原与圣人推许的"仁"者并举，是对其"忠君"思想的极高评价。称其为"圣贤之变者"，是对屈原从"忠君"生发出的"爱国"精神以及在坚守节操中流露的个性人格的大力推举。

要之，《楚辞补注》中的屈原，既有王逸强调的"忠君"思想，又有本由"忠君"引发，但最终又在相当程度上超越了"忠君"的"爱国"精神；既有儒家推崇的坚贞节操，在对节操的坚持中又体现出其个体的独立人格。这是一个洪兴祖注释出的新的形象，在这个形象中体现着新的社会政治背景、文化氛围以及注释者个人的精神风貌。

宋代是我国封建王朝中非常特别的一个。一方面，与强盛统一的汉唐相比，宋朝的国势要逊色许多。不仅从未有真正的统一，且一直是内忧外患、矛盾重重。矛盾激化的结果，先是"靖康之变"，二帝被掳，北方沦落金人之手。康王赵构仓皇南渡，建都临安。偏安一隅的朝廷不思进取、苟且偷安；朝中奸佞当道，争权夺利，结党营私，排斥忠良，诛灭异己，政治极端昏暗，最终为元所灭。另一方面，在思想文化上，宋代又是一个蕴涵深厚、硕果累累的时代。宋儒既受加强了的封建专制的束缚而不得不较多依赖于君主、忠诚于君主，又因承受了更多的文化积淀，融汇博通而形成恢宏的学术气魄。他们是不同于传统的"坐而论道"式儒生的集官僚、士人、学者于一身的士大夫群体。在一次次拯危济难的努力和抗争中，这一群体中的精英表现出了"先天下之忧而忧"的责任承担和"了却君王天下事，赢得生前身后名"的英雄主义精神，士人的独立个性逐渐凸显。

洪兴祖即是这一群体中的佼佼者。他在徽宗政和中登上舍第，步入仕途，亲历了靖康之难。天崩地坼的大事变给了文人士大夫极大的刺激。他们"相与言及国事，或裂眦嚼齿，或流涕痛哭，人人自期以杀身翊戴王室，虽丑裔方张，视之蔑如也"。国土陷于异族这一前所未有的奇耻大辱激发了本就固守"华夷之别"的士大夫的爱国热忱，"爱国"的命题首次郑重成为时代的主旋律，也深深印在了洪兴祖的意识之中。宋室南渡后，洪氏以策论说直、切中时弊被高宗许为第一，除秘书省正字。绍兴四年，他因与父亲一起"上封事，论朝廷纪纲不正，语侵在位者，繇是父子继罢"，从中可以看出兴祖正直敢言的个性，最能体现其刚正之性的是与秦桧的交锋。《京口耆旧传》卷四云：

> 绍兴十七年，秦桧当国，兴祖见之私第，坐间论乾坤二卦。至坤上六"阴疑于阳必战"，兴祖谓"阴终不可胜阳，犹臣终不可胜君，嫌于无阳，恶夫干正者。"秦桧以为讥己，大怒，谓兴祖曰："前辈自有成说，今后不须著书"。闻者知其必重得罪，而兴祖自视无愧，处之恬然。①

风骨凛然，真有屈子遗风。朱熹在《楚辞辩证》中引了洪氏《怀沙》之注："屈子以为知死之不可让，则舍身而取义可以。所恶有甚于死者，岂复爱七尺之躯哉"，后云："伟然可立懦夫之气，此所以忤桧相而卒贬死也，可悲也哉！"正是看到了洪兴祖和他所注释对象之间人格精神的声息相通，也正是这种相通使洪兴祖满怀激情地注释了屈原并将激情投射于屈原，使其成为新的时代精神楷模。

第三节　《楚辞补注》的注释特点

洪兴祖的《楚辞补注》是为"补"王逸的《楚辞章句》而"注"，故其

---

① （宋）刘宰撰：《京口耆旧传》卷四，四库全书本。

所有的内容都是围绕"补"字展开，从文字音韵、训诂名物到史实传说无所不"补"，在"补"中出新意，体现自己的学术见解和个性风采。概括而言，大致特点如下：

第一，广征文献、援据详博，这是《楚辞补注》最明显的外部特点。洪兴祖以开明的态度征引了大量的文献、旧说作为自己注释活动的基础和重要依据，其征引范围之广、数量之大都是空前的，此点前文已述。总体说来，《楚辞补注》广征博引的目的无疑是阐发王注、发挥己见，而且也基本上达到了这一目的。就洪氏对所征引文献的态度而言，又可分如下两种：

考释异说，以明己意。征引各家说法，补充、修正或驳斥王注，引文中体现出个人的观点，这一类征引占其中绝大多数。每一句下的补文中所引文献有多有少，少者只有一两种，大体以说明问题为准则。如《离骚》"朝吾将济于白水兮"，王注："《淮南子》言：白水出昆仑之山，饮之不死。"洪补："《河图》曰：昆山出五色流水，其白水入中国，名为河也。五臣云：白水，神泉。"只引了《河图》和五臣的说法，补充王注。这种简单征引在洪补中并不多，大多数在四五种以上，多者可达十几种。如《离骚》"吾令丰隆乘云兮，求宓妃之所在"二句，《章句》只注："丰隆，云师，一曰雷师；宓妃，神女。"洪补则引《九歌·云中君》《文选》五臣注、《归藏》《穆天子传》等，凡十五六家，对云神丰隆、神女宓妃的神话故事解说十分详明。再如《天问》"斡维焉系，天极焉加"二句，洪氏引《说文》、颜师古《匡谬正俗》等凡十一家，诠释天体运转现象。《招魂》"与王趋梦兮课后先"句，征引《地理志》《左传》、孔安国所注之《书》等各家说法，用了三百余字，考证出楚地之"梦"的具体位置。洪氏勤力搜集、援引赅博，以大量材料传递翔实信息，有助于加强读者对文本的理解，这是值得肯定的。

洪氏的目的在于罗列众说，不置可否。对一些难下定论的说法，洪氏征引之后不加取舍判断，而是诸说并存。《离骚》"扈江离与辟芷兮"，洪补："江离，说者不同。《说文》曰：江离，蘼芜。然司马相如赋云：被以江离，糅以蘼芜。乃二物也。《本草》蘼芜一名江离。江离非蘼芜也。犹杜若一名杜衡，杜衡非杜若也。蘼芜见《九歌》。郭璞云：江离似水荠。张勃云：江离出海水中，正青，似乱发。郭恭义云：赤叶。未知孰是。"其他如对"忽吾行此流沙兮"中的"流沙""恐鹈鴂之先鸣兮"中的"鹈鴂"等，都是博引众说，不做取舍，不表明个人态度。

总体来说，洪兴祖的征引有一种求博求细、不厌其烦琐的倾向。其中不包含个人观点的大量材料罗列在那里，让读者自己判断，一方面可以说是表现出注释者的客观公允，另一方面也可能因诸说林列而使读者无所适从。即便是表明了注释者观点的征引，也并不是所有文献都是有必要的。像《离骚》"纫秋兰以为佩"句中的"兰"，王注："香草也，秋而芳。"确实过于简单。而洪补引了《本草》《水经》《诗》《文选》以及颜师古、陆机共计十二家之说，用了六百余字对各种兰花、兰草、蕙草详细区别、考订，如同一篇小型学术论文，最后还云："其言兰蕙如此，当俟博物者。"洪兴祖对"兰"本身的兴趣已经超过了对文本注释的注意了。洪氏此类注释开了后世楚辞注释中草木专疏的先河。而他这种务求穷尽的征引似乎比王逸还有汉儒解经的烦琐之风，但洪兴祖却并非只知爬梳故纸的迂腐之人，所以笔者认为，洪氏的广征博引中隐含着一种炫才逞学、以期与"博识"的王逸一较高下的心理。作为宋人，产生这种心理是很正常的，而且，这与他在对王注的补正中传达的不凡见解中体现出来的个人能力也是一致的。

第二，补缺正误、时有灼见，这是《楚辞补注》学术价值的体现。王逸《楚辞章句》在汉代属于注解从简的"小章句"一派，注文简洁朴素是其长，而有些注释过于简略且不予说明，或者由于各种原因有所失误，随着时间的推移就会给后人的理解造成障碍。洪兴祖对他所认为可能产生这种情况的内容进行了详细的补充、校正，显示出卓越的学术见解。其补正的范围涉及《楚辞章句》中的所有内容，有异文的考订：《离骚》"曰黄昏以为期兮，羌中道而改路"二句，洪补："一本有此二句，王逸无注，至下文'羌内恕己以量人'，始释义义，疑此二句后人所增耳。《九章》曰：'昔君与我成言兮，曰黄昏以为期。羌中道而回畔兮，反既有此他志。'与此语同。"从王注释义体例导出的推论言之成理，得到了后世大多数学者的认同。

有背景的考证：《离骚序》中，王逸曰："秦昭王使张仪谲诈怀王，令绝齐交。"洪补引《史记·楚世家》指出："使张仪谲诈怀王、令绝齐者，乃惠王，非昭王也。"史实确凿，言之有据。朱熹就此分析说："秦诳楚绝齐交，是惠王时事。又诱楚会武关，是昭王时事。王逸误以为一事，洪氏正之，为是。"①

　　有音韵字义的补正：《楚辞章句》没有明确标示语音，而《楚辞补注》于此有根本转变，对生僻字以直音、反切等方式予以明确注音，彻底弥补王注缺憾。在文字的释义上，《楚辞补注》也对《楚辞章句》做了大量工作。如《离骚》"纫秋兰以为佩"中的"纫"字，王注："纫，索也。"洪补："《方言》曰：续，楚谓之纫。《说文》云：繟绳也。""众女嫉余之蛾眉兮"，王注："蛾眉，好貌。"洪补："诗人称庄姜之贤曰螓首蛾眉，盖言其质之美耳。师古曰：蛾眉，形若蚕蛾眉也。"《九歌·湘夫人》"辛夷楣兮药房"，王注："辛夷，香草，以作户楣。"洪补："《本草》云：辛夷，树大连合抱，高数纫，此花初发如笔，北人呼为木笔。其花最早，南人呼为迎春。逸云香草，非也。"这些补注或以方言为据，或引文献以考，达到了使王注更明晰、形象、正确的效果。

　　以上内容的补注大体属于知识层面的问题，注文严谨、翔实、客观，体现出洪兴祖作为一个学者渊博的学术知识和严肃的学术态度，这与王逸是很相近的。在一些有关文义阐发的补注中，体现出洪氏的个人特点更多一些。例如《离骚经序》中，他针对王逸所言"离骚经"，引司马迁、班固、颜师古等人诠释"离骚"的文字为证，指出："古人引《离骚》，未有言'经'者，盖后世之士，祖述其词，尊之为经耳。非屈原意也。逸说非是。""启《九辩》与《九歌》兮，夏康娱以自纵"两句，王注："《九辩》《九歌》，禹乐也。言禹平治水土，以有天下，启能承先志，缵续其业，育养品类。故九州之物，皆可辩数；九功之德，皆有次序，而可歌也。"对曲名的解释迂腐不堪。洪氏引《山海经》，指明二者"皆天帝乐名，启登天而窃以下，用之。"另如前文所引的对"勉陞降以上下""偭规矩而改错""背绳墨以追曲"等句的注文，都表现出一种更为通达、理性，不纠缠细节而求其大义的态度和方法。

　　第三，阐发思想、情感激越。洪兴祖对楚辞文本的注释大多平实详

尽，旁征博引，匡谬抉微，解决的多是学术问题，不涉及个人情感。但在对屈原思想的阐发上，洪氏却一反常态，大发感慨。他把屈原定位为忠君爱国、坚贞不屈的高尚之士，对其人格精神倾心仰慕："屈子以为知死之不可让，则舍生取义可也。所恶有甚于死者，岂复爱七尺之躯哉！"[1]"非死为难，处死为难。屈原虽死，犹不死也。""余观自古忠臣义士，慨然发愤，不顾其死，特立独行，自信而不回者，其英烈之气，岂与身俱亡哉！"[2] 同时，对指责屈原的论调，洪氏表示出极大的愤慨，辛辣讽刺扬雄，批评"班孟坚、颜之推所云，无异妾妇儿童之见"[3]。情绪激动，充满了强烈的论战精神。

综合上文，我们可以看出，《楚辞补注》中体现出来的洪兴祖，同时具有冷静的学者和热情的士人的双重性格和身份。前者源于时代文化氛围的熏陶，后者来自国家危难局势的激发。宋代文官体制的成熟和与之相应的科举制度的完备刺激了文人士子读书向学的热情；官办学校、民间书院的设立提供了大量教育场所；刻书业发达使书籍大量流行，并为学子们学习和掌握丰富的文化知识提供了物质保证——所有主客观条件促进了宋代文化的全面繁荣，崇尚治学、崇尚学问是社会普遍风气。而宋代学者掌握的历史文化知识确实比前代要丰富得多，其文化视野也开阔得多。知识储备的丰富加上传世留名的意识作用，使得学者对著书立说的兴趣大大增加。除体系严密的理学著作外，史学有司马光《资治通鉴》、郑樵《通志》等大部头的开创性著作；文艺学有欧阳修、严羽等人的百余部诗话；还有一系列重要的笔记著作如沈括的《梦溪笔谈》、欧阳修的《集古录》等，宏富的学术著述体现出宋代学者超出前人的学术胆识和气魄，兼容、大气是他们创作的特点。洪兴祖也是这些学者中的优秀一员，一样的博学多识，有《老庄本旨》《周易通义》《系辞要旨》《古文孝经序》等著作行世。在这样的时代学术氛围中补注楚辞，自然会淋漓尽致地发挥学者的才能和卓识，其《补注》"特为善本"自然也

---

① 《九章·怀沙》"知死不可让，愿勿爱兮"句洪补。
② 《补注·离骚经后序》。
③ 《补注·离骚经后序》。

牒与有关地方文献，对《离骚集传》的作者及其里籍家世、学术背景做了较为详细的考察，为我们提供了新的极其重要的文献资料，其功至伟。①

钱志熙先生发现的《离骚集传序》是研究《离骚集传》的重要文献，兹录于下：

> 《诗》载十五国风，微若桧、远若秦，悉具录之。而楚以大国，近在江、汉间，良卿良臣，交政中国，亦当彬彬见于文辞，而于《诗》无传焉。至屈原赋《离骚》，忼慨感愤，远游放言，而刘安、司马迁、扬雄之徒深味其辞，以为同于《风》《雅》。至祖述其后者，遂尊之以为经。古者诗有六义，唯风、雅、颂以名其篇，而赋与比兴迭行其间，无定体。至《离骚》之作，则自其生而长，长而仕，仕而不得志，不得志而不得去，始终本末实敷言之，而赋之体具矣。骚，犹扰也，自伤离此扰扰，以名其赋也。汉王逸以离为别，骚为愁，经为径，既失其旨；而梁萧统选文，乃特名之以"骚"，彼徒习其读不得其义，又为畏之，不敢以齿诸赋，则遂摭其目而名之。夫《关雎》《鹊巢》，不系曰"诗"，而夫人知其为诗。《离骚》不系曰赋，而王逸、萧统遂不知其为赋。不亦异哉！且士怀才不用于世，其进退固有道矣。历观诸诗，若《考盘》则不仕也；若《黄鸟》则欲仕而决去者也；若《羔裘》则既仕而去之者也。至于《小明》则以畏罪而不敢去；《兔爰》则以遇患而不能去；《邶·柏舟》则以兄弟之恩而不可去，彼固各当于义也。若屈原出于三闾，为怀王左徒，王始见知而终不用，则亦已矣。而负其行能，不忍湮没，郁邑欷歔，发于词华。怨灵修之浩荡，恶众女之谣诼，怪虙妃娀女之深藏，而伤椒兰揭离之变化。问之女嬃，愬之重华，占之灵氛，质之巫咸，欲去而不能去，卒于被谗放逐，自沈汨罗。是以后之君子哀其忠，惜其死，遐想其英灵，虽千载而犹在也。予来长沙，访原遗迹，邈不可见。而土人独以原死之日，共作彩舟竞渡湘水，追寻荆楚之故事。因取《离骚》命兄子稑之稍加雠正，且采集旧注，以传于楚人。盖原之博物似子

---

① 钱志熙：《〈离骚集传〉作者里籍家世考》，《中国典籍与文化》2010 年第 1 期。

产，寓言似庄周，杀身似比干，而《离骚》之文则遂为辞赋之祖云。①

此篇序文传递出了非常丰富的信息。首先是关于撰写时间，可知是在钱文子任职湘中之时，据钱志熙先生考证是在其任醴陵县令期间，时当庆元二年（1196）至庆元四年（1198）；其次是关于作者，可知钱杲之是钱文子兄长之子，他在钱文子的直接指导下"采集旧注"撰成此书；最后是关于撰述此书的指导思想，主要包括《离骚》其文的价值和屈原其人的价值两个方面。作为永嘉学派的大师，钱文子深于《诗经》，他对《离骚》价值的定位除了继承刘安、司马迁、扬雄等人的观点、将之与《风》《雅》相比附而肯定外，还从文体的发展上加以分析。他认为《离骚》敷叙屈子生平经历详细明晰，是非常明显的赋体之作，实为赋体之祖。对于屈原人格精神的评价，钱氏主要集中在去留出处的选择上，仍是以《诗经》为基准，举出《考盘》《黄鸟》等相关内容的篇目，说明仕与隐、去与留在圣贤之作中都是"固各当于义也"，并对屈原之自沉深表惋惜，同时高度评价其行为体现出的"忠"，以比干拟之。钱文子的这些观点在《离骚集传》的注释中都得到了体现。

《离骚集传》的注释体例是先列《离骚》原文，再释词、串讲句意，也有只释词或直接出以句意，基本上是两句一注，偶尔有四句或多句一注。在注释的结尾多标出读音，一般以反切形式体现，亦有直音和协韵。而一些相异的版本信息直接体现在原文相应的字下。如"不抚壮而弃秽兮，何不改乎此度也"句，在"不"字下有"一无'不'字"；"乎"字下有"乎，一作'其'"；"也"字下有"一无'也'字"。注云："抚，犹据也。秽，秽德也。君既不能抚据壮年，弃其秽德，今何久而不能改此态度乎？"②释"度"为"态度"，与以往注家不同，但其注释还是简单明了的，能够比较清楚地传达文义。

钱曾《读书敏求记》云："杲之，晋陵人，解《离骚》而名为集传者，不敢同王叔师之注也。然其旨一禀于叔师。旁采《尔雅》《山海经》《本草》

① （宋）陈仁子：《文选补遗》，《四库全书》总集类，文渊阁《四库全书》影印本。此处用钱志熙先生引文为基础，在句读上稍有变化。
② （宋）钱杲之撰：《离骚集传》宋刻本，《楚辞文献丛刊》第三十册，国家图书馆出版社 2014 年版。下文所引《离骚集传》均出于此版本第 1—45 页，不另标注。

《淮南子》诸书。"据此，研究者多认为《离骚集传》注释大多遵从王逸之说，其实钱曾的说法并不全面，称之为"集传"绝不仅仅是为了不敢与王逸的《楚辞章句》同名，其所"旁采"的典籍也不仅仅是钱曾举出的数家。钱氏家族为东瓯望族，有着相当深厚的学术传承，钱文子更是永嘉学派的大师，能够放心将撰述之事交给侄子，则可知钱杲之在学术上必有相当造诣，所见所知亦必广博。就笔者所见，《离骚集传》中引用的典籍既有《礼记》《尚书》《左氏春秋》《公羊春秋》等儒家经典，也有《老子》《淮南子》《山海经》《穆天子传》等道家典籍，还有《史记》《汉书》等史书和《尔雅》《说文》等字书，以及《本草》《经典释文》等学术书籍，范围还是比较大的。且有一些征引为其独有，并非转自《楚辞章句》《楚辞补注》。如"纷吾既有此内美兮，又重之以修能"句，钱注"能"为"材能""协韵，宜音耐"，并引《礼记》"圣人耐以天下为一家"，推测"盖古文能耐通"，说法颇有说服力。

在文义的注释上，《离骚集传》对《楚辞章句》继承颇多，但亦有对别家注释成果的利用，除前文所引笔者所发现的马融对"巫咸"的注释外，还有洪兴祖《楚辞补注》的痕迹。在钱杲之开始注《离骚》之前，洪兴祖的《楚辞补注》已行于世。朱熹开始注楚辞的时间稍早于钱氏，在其《楚辞集注》的序文中已经提到洪氏的《楚辞补注》。按照钱志熙先生的考证，钱杲之有两个兄弟（或从兄弟）是朱门弟子。所以，钱杲之见到《楚辞补注》并利用其成果应该是很自然的。如"彼尧舜之耿介兮，既遵道而得路"句，王逸注："尧、舜所以有光大圣明之称者，以循用天地之道，举贤任能，使得万事之正也。"洪补："上言三后，下言尧、舜，谓三后遵尧、舜之道以得路也。"钱注："尧、舜之道耿然介然，三王遵之亦既得路。"再如"溘埃风余上征"句，王逸注："溘，掩也。"洪补："溘，奄忽也。"钱氏注："溘，犹奄忽也"，均与洪补一致。另外在一些引用的典籍方面，《离骚集传》也有利用洪补成果的地方，或展开，或截取其中一段，都能比较好地融合到自己的注释之中，显示出比较高的融会贯通的注释能力。如"启《九辩》与《九歌》兮"句，王逸注《九辩》《九歌》为禹乐，洪补云："《山海经》云：夏后上三嫔于天，得《九辩》与《九歌》以下……王逸不见《山海经》，故以为禹乐。……《骚经》《天问》多用《山海经》。"钱注："《山海经》云：夏后上三嫔于天，得《九辩》与《九歌》以下。今按《尚书·大禹谟》'劝之以《九歌》'，则《九歌》禹时已有之。原词多用《山海经》，不专据《尚书》也。"他用了洪补的成果，却并没有一概否定王注，反而为王注找到了出处和合理性。

钱氏的这种能力也使其在注释中时有灼见。如"怊鬱邑余侘傺兮，吾独穷困乎此时也"句，王逸注："怊，忧貌。侘傺，失志貌。侘，犹堂堂，立貌也。傺，住也，楚人名住曰傺。言我所以怊怊而忧，中心鬱邑，怅然住立而失志者，以不能随从世俗，屈求容媚，故独为时人所穷困。"洪补云："怊，闷也。鬱邑，忧貌。"钱注："怊，闷也。鬱邑，忧而不知所为之貌。侘傺，进退无所据之貌。心怊然鬱邑，使余身侘傺无所据者，实困于时使然。"整合了王逸和洪兴祖的注文，但对诗句蕴含情感的注释更为简洁而准确，且富于形象性。

《离骚集传》注解中也有钱杲之自己的观点，如"夕揽洲中之宿莽"句，钱氏云："莽，众草也。宿莽，众草之既枯者。言草木之变，遽更春秋，若朝夕然。""揽茹蕙以掩涕兮，沾余襟之浪浪"句，钱氏云："茹，犹藏也，纳也。蕙草，喻己美行，揽而茹藏之。且自掩其涕，犹沾襟浪浪然。"这些解释与前人皆不同，但在文义的整体解读中均可自圆其说，可备为一说。

《离骚集传》也有强为注释，牵强错误的地方，如"众皆竞进而贪婪兮，凭不猒乎求索"句，注云："婪，亦贪也。求得不已曰贪，未得而固得之曰婪。凭，犹据也。凭据贵势而不猒求索于人。婪，庐含反。"不仅"贪""婪"的注释不知何据，平添"贵势"二字以为训更是不可取。

总之，《离骚集传》作为宋代一部专释《离骚》的作品，吸取了相当的前人成果，亦有注释者个人的创见，瑕瑜互见，瑕不掩瑜，可以说是楚辞学史上一部比较重要的著作。

二、杨万里《天问天对解》

杨万里（1127—1206），字廷秀，号诚斋，吉州吉水（今江西吉水）人。宋高宗绍兴二十四年（1154）进士，宋孝宗时历仕国子博士、太常博士、礼部右侍郎等职，后出知漳州、常州。宋光宗时召为秘书监；在官约四十年，于宋宁宗庆元五年（1199）致仕，晚年家居十五年不出，致力于著述，有《诚斋集》传世。

杨万里在中国文学史上以诗闻名,与陆游、范成大、尤袤并称"中兴四大诗人"。据称,杨一生作诗两万有余,存世亦有四千余首,初学江西诗派,后法王安石与晚唐诸家,最后"尽弃诸家之体,自出机杼",其诗歌构思新巧、活泼自然、饶有谐趣,时号"诚斋体",对后世有相当影响。但实际上,《诚斋集》共计一百三十三卷,只有四十二卷诗歌、两卷赋和一卷"辞"与"操"可称为今天意义上的文学作品,而其余繁杂丰富的各类文章著述则显示着杨万里的不同身份和成就价值。

杨万里为官三十八载,有政声,有政绩,有气节。《千虑策》从君道、国势、治原、人才、论相、论将、驭吏、选法、刑法、冗官、民政等十一个部分全面论析弊端,深入剖析,提出解决方略,震惊朝野。杨亦力排众议,不畏权贵,主张兴兵抗金,不惧为此长期遭到权宦的排挤,甚至临终前还因"报国无路"而"惟有孤愤",堪称清正刚直的官员能吏。

杨万里涉猎广泛,勤学善思,其著作《诚斋诗话》深入探析诗文评论,《六经论·诗论》阐述诗歌的本质和作用,其文学思想以实用为主,重视社会功能,《诗论》云:"诗也者,矫天下之具也",所以要"有为而作""为时所用",使其具有社会教化作用。与《诗论》一样,《六经论》中其余《易论》《礼论》《乐论》《书论》《春秋论》均是探讨经书义理之作,和论述颜回、子思、孟子、韩愈的《圣徒论》一起,体现出作者开掘儒学深层要义、维护儒家道统的努力。《庸言》似乎得于《中庸》,论及圣人、君子、德性等,涉及很多哲学问题。另外,还有用了十七年时间撰成的《诚斋易传》。清代史学家全祖望评该书云:"《易》至南宋康节(邵雍)之学盛行,鲜有不眩惑其说,其卓然不惑者,则诚斋之《易传》乎!""中以史事证经学,尤为洞邃。"① 就其哲学体系而言,杨万里继承和发挥了柳宗元、张载、王安石等人的唯物论思想,这种思想在《天问天对解》中亦有明显体现。

楚辞诸篇之中,历代公认以《天问》最为难读难解。不仅因其以问句结篇,有问无答,更兼其涉及范围上至宇宙,下及地理,叙述三代史事,辅以

---

① 黄宗羲:《宋元学案·赵张诸儒学案》,中华书局 1986 年版。

神话传说，时空辽阔又寄托深邃、言外有意，再加上年代逐渐久远，解读便更为困难，莫衷一是也就很自然了。而在诸多解说中，柳宗元的《天对》无疑最为独特。因为它是对《天问》的回答，在"回答"中体现出作者的理解，或者说是以"对"的形式来解读、阐释原文和发挥个人见解。中华书局《柳宗元集》的《天对》解题云：

> 此篇公所作，以对《天问》也。晁无咎取此以续《楚辞》，序之曰：《天问》，盖自汉以来，患其文义不次，后之学者或不能读，读亦不知何等语，而公博学无不窥，又妙于辞，颇爱《离骚》之幽，独能高寻远抉，其有所得，如坠云出渊，于原之辞无廋焉。此唐以来《离骚》之雄也。盖屈原作《离骚》，经扬雄《反离骚》，补之尝曰："非反也，合也。而宗元为《天对》以媲《天问》，虽问对相反，其于发扬则同。《离骚》因反而始明，《天问》因对而益彰"云云。用参取《天问》附入对语，章分而条析之，庶易以考焉。①

晁补之的话充分说明了《天对》的创作动机和价值所在。虽可以发扬屈原思想、彰显《天问》精神，但是这对高深"天问"的唯一回答不可避免的和"天问"一样难懂。如黄伯思所言："《天问》之章，辞义严密，最为难诵。柳柳州独能作《天对》以应之，深宏杰异，析理精博，近世文家，亦难遽晓。"②而这种"难晓"恰是《天问天对解》出现的契机和理由。

《天问天对解》本收在《诚斋集》卷九五，明代始有单行本。卷首有杨万里引，云：

> 予读柳文，每病于《天对》之难读。少陵曰："读书难字过。"然则前辈之读书，亦有病于难字者耶？病于难，前辈与予同之。初病于难，

---

① （唐）柳宗元：《柳宗元集》第 2 册，中华书局 1979 年版，第 364—365 页。
② （宋）黄伯思：《新校楚辞·序》，《东观徐论》第 4 册，中华书局据古逸丛书三编影印 1988 年版，第 76 页。

而终则易焉。予岂前辈之敢望哉？因取《离骚》《天问》及二家旧注释文，
而酌以予之意以解之，庶以易其难云。①

很明显，其中透露出杨氏注释的缘起是有感于《天对》的难解，而注释的目
的就是改变这种"难读"的状况。但细究起来，还是有疑问的：世上"难读"
之作何止千万，杨万里为什么独独选了《天对》来解？其创作的深层动机值
得探究。

柳宗元作《天对》是在其参与王叔文改革失败、被贬永州之时，而杨万
里亦曾在永州任职。绍兴二十八年（1158），他赣州司户参军任满，改任永
州零陵县丞，并于翌年十月赴任。至隆兴元年（1163）正月县丞秩满，期间
有三四年的时间。在永州期间，杨万里多有游历，《零陵县志》卷十四《艺
文·金石》印《府志》："诚斋至永，诸岩必有题刻，今皆没灭无存。"② 其游
踪所至，当然包括与柳宗元相关之所。他的《曾叔谦哀辞》是为在零陵结识
的朋友曾敏恭所作，辞云："岁绍兴之壬午兮，余负丞于零陵。洎夫君之南
征兮，临二松之寒厅。闻趱然于逃虚兮，辞未接而情亲。分一日之光景兮，
载鸥夷乎吾与行。沛吾击其兰桡兮，乱湘流以扬舲。维予筦于愚溪兮，叩柳
子之柴荆。陟西山以茹芳兮，降钴鉧以漱泠风。吹衣以拂云兮，举手揽乎南
斗之星。君与我其俱醉兮，夜解手于丘亭……"③ 忆及与友人携手同游之事，
访柳子祠，登西山，游钴鉧潭，观其行程，俨然凭吊前贤的怀古之旅。辞为
骚体，且借用楚辞意象，对友人的追念之中亦有对前贤的感怀，颇得屈骚之
滋味。

另外，杨万里诗文中提及柳宗元的多集中在《江湖集》。而《江湖集》
辑录的诗作是作于绍兴三十二年（1162）至淳兴四年（1177），也紧承零陵

---

① （宋）杨万里撰，辛更儒笺校：《杨万里集笺校》第七册，中华书局 2007 年版，
3635 页。

② （清）稽有庆修，（清）刘沛纂：《零陵县志》第 14 卷，中国地方文献学会 1997 年版，
第 1455 页。

③ （宋）杨万里撰，辛更儒笺校：《杨万里集笺校》第五册，中华书局 2007 年版，第
2311 页。

任期。如《过百家渡四绝句》之三："柳子祠前春已残，新晴特地却春寒。疏篱不与花为护，只为蛛丝作网竿。"柳子祠为柳宗元祠堂，在愚亭内。愚亭在永州西一里愚溪处，是柳宗元在永州后期的寓所。春寒料峭，萧疏的篱笆上蛛网尘封，寂寥荒凉的景物传达着作者内心对前贤的忧郁感怀。《蒋莲店有书柳子厚寄吴武陵琴诗，三读敬哦五言》："秋晴得凉行，壁阅遇佳读。已咽犹余滋，将烬忽胜馥。语妙古未多，听难今良独。追诵惜去眼，信步遣拟足。惊心一鸟鸣，隔溪两峰绿。"①柳子厚寄吴武陵琴诗，原题为《初秋夜坐赠吴武陵》，诗云："稍稍雨侵竹，翻翻鹊惊丛。美人隔湘浦，一夕生秋风。积雾杳难极，沧波浩无穷。相思岂云远，即席莫与同。若人抱奇音，朱弦缊枯桐。清商激西颢，泛滟凌长空。自得本无作，天成谅非功。希声閟大朴，聋俗何由听。"②吴武陵，信州（今江西上饶）人，元和初进士及第，次年贬谪永州，是柳宗元在永州时最亲密的友人之一。柳诗表达了对友人的思念和对其琴艺、才华的由衷赞美，为其遭受的不公正待遇而深深愤慨。"美人"借用屈骚用法，喻指思慕之人，"湘浦"亦是楚辞意象，这里指潇水之滨。冷雨侵竹，惊鸟翻飞，迷雾渺茫，烟波无极，在如此凄凉萧瑟的景象之中，作者与友人同样孤苦抑郁的境遇、心境相互映衬、惺惺相惜，同时也暗示造成这种境遇的政局的黑暗和社会环境的险恶。结尾两句以辛辣的讽刺表达了愤慨之情，既是为友人不平，也是抒发自己的愤懑。杨万里于旅途之中，读到这首诗，追诵不已，感慨万分，怅然幽咽，"惊心一鸟鸣"，此惊心之鸟与柳诗中惊飞之鹊恍然重叠，前贤后学，思接数百载而喟然同叹。隆兴元年（1163），杨万里结束任职，返回故里。时有"符离军溃"之事，宋孝宗下《罪己诏》，万里有感而作《读罪己诏》三首，其三云："只道六朝窄，渠犹数百春。国家祖宗泽，天地发生仁。历服端传远，君王但侧身。楚人要能惧，周命正惟新。"③以楚比宋，希望君主能以楚国为鉴，不放弃收复失地、励精图治的远大理想，使国祚绵长。

---

①　（宋）杨万里撰，辛更儒笺校：《杨万里集笺校》第五册，中华书局2007年版，第82页。

②　（唐）柳宗元：《柳宗元集》第四册，中华书局1979年版，第1134页。

③　（宋）杨万里撰，辛更儒笺校：《杨万里集笺校》第一册，中华书局2007年版，第62页。

在零陵任内，杨万里还接触到对他后来为人为政影响颇大的两个人——张浚和胡铨。于北山《杨万里年谱》云："在零陵丞任。从张浚、胡铨游。"①绍兴十二年（1142），胡铨谪守新州编管，绍兴十八年（1148），再移吉阳军编管。绍兴三十年（1160），杨万里任零陵县丞的第二年，经由屡次请谒，见到了时谪居永州的张浚，浚以正心诚意之学勉之，万里乃以"诚"名其书斋，且以自号，并请胡铨为文记之，胡作《诚斋记》为之。绍兴三十一年（1161），胡铨至永州访张浚，杨万里《跋张魏公答忠简胡公书十二纸》记及此事："绍兴季年，紫岩谪居于永，澹庵谪居于衡，二先生皆年六十矣。此书还往，无一语不相勉以天人之学，无一念不相忧以国家之虑也。万里时丞零陵，一日并得二师。"②张浚、胡铨都是坚定的主战派，为此屡受排挤而不为所动，其人格精神深为杨万里所服膺，一生践行其教诲，以师礼事之，以门生自称。

综上所述，杨万里在零陵任职期间，近距离接触了柳宗元曾任职的地方，访其遗迹，读其诗文，想见其人，体会其思想精神；又因柳宗元而溯至屈原之感怀，因柳州而至楚地之联想；因师友激励而更助长忧国忧世之情怀……前贤与自身，历史与现实，在"天时""地利""人和"的机缘巧合之下沟通融汇，交织在一起。应该说，这样的融汇交织无疑是可以引发创作动机的。关于《天问天对解》的具体写作时间，没有确实可征的资料证明，各家亦说法不一。但永州任职的这段经历，应该是一个契机。从这个契机出发，也可以比较好地理解《天问天对解》的诸多特点与价值所在。

《四库全书总目提要》介绍《天问天对解》云："是书取屈原《天问》、柳宗元《天对》，比附贯缀，各为之解。"③具体到注释过程中，《天问天对解》的体例是先引《天问》一段加以解说，然后再出《天对》相应的一段予以注释，如其开篇：

---

① 于北山著，于蕴生整理：《杨万里年谱》，上海世纪出版股份有限公司、上海古籍出版社 2006 年版，第 55 页。

② （宋）杨万里撰，辛更儒笺校：《杨万里集笺校》第七册，中华书局 2007 年版，第 3820 页。

③ （清）纪昀：《四库全书总目》下册，中华书局 1965 年版，第 1269 页。

问曰：遂古之初，谁传道之？上下未形，何由考之？

（杨氏解云：）遂古，往古也。太古天地未分之说，传之者谁，何以考究？

对曰：本始之茫，诞者传焉。鸿灵幽纷，曷可言焉？

（杨氏解云：）古盖茫乎，其不可考也。传其有初者，虚诞者为之也。鸿荒灵怪，幽深纷纇，何可得而言哉？言且不可得而言也，考且得而考也耶？①

至于训解的手段方法，杨万里自己说，是取"旧注释文"为依据，再"酌以己之意"加以解说，所谓"旧注"，其实就是对前人成果的采用。而落实到具体篇目来看，杨万里对《天问》和《天对》的训解所采用前人成果的对象和数量还是有区别的。

训解《天问》时，采用最多的是王逸的《楚辞章句》。有时是直接标明"王逸云"或"王逸曰"，如"女歧无合，夫焉取九子"句，杨氏解云："王逸云：女歧，神女，无夫而生九子。""日安不到，烛龙何照"句，杨氏解云："王逸曰：天之西北有幽冥无日之国，有龙衔烛而照之。"在对《天问》的训解中，至少有十二处明确引自王逸的。而除此之外，还有更多没有明确标示但实际上是用《楚辞章句》成果的，训诂、释义皆有。如"角宿未旦，曜灵安藏"句，杨氏解云："角，东方星。曜灵，日也。"《楚辞章句》："角亢，东方星。曜灵，日也。""女娲有体，孰制匠之"句，杨氏解云："女娲，人头蛇身，一日七十化。其体如此，谁制匠而图之。"《楚辞章句》："传言女娲人头蛇身，一日七十化。其体如此，谁所制匠而图之乎？"②

杨万里对《楚辞补注》亦有所采，多与《楚辞章句》之注配合使用，且多集中于训诂。列举几例：

---

① （宋）杨万里撰，辛更儒笺校：《杨万里集笺校》第七册，中华书局 2007 年版，第 3637 页。以下《天问天对解》原文皆出此书第 3637—3679 页，不另标注。

② （汉）王逸：《楚辞章句》第十七卷，明正德十三年（1518）刻本，《楚辞文献丛刊》第一册，国家图书馆出版社 2014 年版。本节《楚辞章句·天问》部分引文皆出此书第 95—121 页，不另标注。

句，杨氏解云："祈招之诗，见《左传》。""惟粟厥文考，而虔予以徂征"句，杨氏解云："《礼》小祥以粟为主。"其引用多如此类，可以看出，引用的目的仍是释意的辅助，以简单明了为原则，并不全篇照录。

杨万里解《天对》时，对《楚辞章句》的说法亦有引用，主要是采用王逸对《天问》的解释作为基础，同样是为了阐发文意。引两例为证：

"纣台于璜，箕克兆之"句，杨氏解云："纣初作象箸，箕子叹之，知必至于玉杯，必盛熊蹯豹胎，则璜台之兆，箕子知之久矣。"《楚辞章句》："纣作象箸，而箕子叹，预知象箸必有玉杯，玉杯必盛熊蹯豹胎，如此，必崇广宫室。纣果作玉台十重，糟丘酒池，以至于亡也。"

"胡木化于母，以蝎厥圣？喙鸣不良，谩以诡正。尽邑以垫，孰译彼梦"句，杨氏解云："伊尹母妊身，梦神女告之曰：臼竈生黿，亟去。母走，其邑尽为大水，母溺死，化为空桑。有儿啼，人取养之，即伊尹也。柳子曰：或者为是说，以蠹伊尹之圣也。为是说者，不良之人，欺谩以害正道也。尽邑皆溺，果孰传此梦哉？其诞也必矣。"《楚辞章句》："伊尹母妊身，梦神女告之曰：臼竈生黿，亟去无顾。居无几何，臼竈中生黿，母去东走，顾视其邑，尽为大水，母因溺死，化为空桑之木。水干之后，有小儿啼水涯，人取养之。既长大，有殊才。有莘恶伊尹从木中出，因以送女也。"

第一例，简化王逸之注，疏通文句。第二例，用王注是为了反驳其说之荒诞，阐述的是柳宗元的观点。实际上，这种阐述就是杨万里注《天对》的主要目的。所以，他在注解中多用柳宗元自注的内容也就很自然了。所以《四库全书总目提要》对其评价不高，认为它"训诂颇为浅易"，并举了杨氏"雄虺九首，儵忽焉在"和"鲮鱼何所，魃堆焉处"两处的解说，指出其之所以能够证王逸之误，是因为采用了《天对》的注解，说明《天问天对解》虽然"有所辩证"，但也"未尝别有新义也"。

平心而论，就训诂相对浅易来说，《四库提要》的说法是有一定道理的，但之所以训诂浅易，除了如一些学者所言是杨氏脱离江西诗风而走向俚俗化、口语化在学术研究上的反映之外，更主要的是因为杨万里关注的重点根本不在于训诂。《天问天对解》的撰述是为了阐发《天问》和《天对》——又主要是后者中所蕴含的哲学思想和精神，从根本上说，这是一部哲学著作，体现的是注释者的哲学思想。

如前所言，《天问天对解》中主要体现的是唯物论思想。

如《天问》："阴阳三合，何本何化？圜则九重，孰营度之？惟兹何功，孰初作之？"《天对》："合者为三，一以统同。吁炎吹冷，交错而功。无营以成，沓阳而九。转輠浑淪，蒙以圜號。冥凝玄釐，无功无作。"杨氏解云：

> 独阴不生，独阳不生，独天不生，三合然后生，此穀梁子之言也。阴阳三合，若之何而本原，若之何而化生？天体之圜也，孰与之营造而能圜天重之九也？孰与之量度而有九，凡如此者，奚而功，谁之作哉？
>
> 阳阴之合以三，而元气统之以一。炎者，元气之吁也。冷者，元气之吹也。吁而吹，吹而吁，炎而寒，寒而炎，交错自尔功者也。其始无本，其末无化。天之九重者，阳数之合沓而积者尔。天之圜体者，一气辅轮而浑茫者尔。乌有所营，乌有所度哉！其凝而结也，冥然而凝，莫见其所以凝其釐而治也。玄然而釐，莫见其所以釐。乌有所功，乌有所作哉？[①]

杨氏在这里摒弃了王逸《楚辞章句》两句一注和《天对》的相应回答句数，而把《天问》和《天对》关于宇宙形成的问答集中起来解说，阐明了自己对这个问题的看法。他认为，"天"是元气自然形成的，"其始无本，其末无化"，具有超时空的无限性，天地万物生长寒暑轮回均是自然而然的，并不是冥冥之中的神意安排，这就否认了有意志的最高主宰者的存在。很明显，这是一种进步的无神论思想。

既然"天"是自然而然客观存在的，那么所谓的"天命"也就不存在了。《天问》："天命反侧，何罚何佑？齐桓九会，卒然身杀。"《天对》："天邈以蒙，人么以离。胡克合厥道，而诘彼尤违？桓号其大，任属以傲。幸良以九合，逮孽而坏。"杨氏解云：

---

① （宋）杨万里撰，辛更儒笺校：《杨万里集笺校》第七册，中华书局2007年版，第3639页。

　　齐桓一人之身，而始乎九合诸侯，终乎一身不保。天命之佑与罚，
何不常也？

　　天远而幽人小而散，何可合天人而论之，又从而责其罚佑之不常
哉！齐桓之事，皆自取尔，天何与焉？挟其大以号令天下，而忽于属任
之人，故幸得良臣，则能成九合之功；及不幸而遭嬖嬖小人，则坏矣。
皆人事，非天命也。①

齐桓公先任用管仲而霸，后又听信易牙、开方一类奸佞而遭祸，这证明事业
的成功与失败，全在人事，根本不存在有"罚佑"意志的"天"。这句"皆人事，
非天命也"是杨万里的结论，这种不畏天命、事在人为的进步思想，当然是
非常可贵的。而这个结论的得出，源于对"人事"规律的提炼。《天问天对解》
中，对历史人物和事件有很明显的关注，大都按照归类统一出注，解说也更
为详细。

　　《天问》"缘鹄饰玉，后帝是享？何承谋夏，桀终以灭丧？帝乃降观，
下逢伊挚。何条放致罚，而黎伏大说？"《天对》："空桑鼎殷，诰羹厥鹄。
惟轲知言，眴焉以为不。仁易愚危，夫曷揆曷谋？咸逃丛渊，虐后以刘。
降厥观于下，匪挚孰承？条伐巢放，民用溃厥疣。以夷于肤，夫曷不谣？"
杨氏解云：

　　伊尹因缘烹鹄羹，饬玉鼎以事汤。汤贤之，以为相。遂承用尹之
谋，而谋桀。桀遂灭亡。又云：汤出观风俗，而逢伊尹，遂放桀于鸣
条，而黎民大说。

　　伊尹生于空桑，负鼎干汤，羹鹄以诰，此皆妄说也。惟孟子知言，
视之以为不也。眴，视也，音胡涧切，不音方鸠切。汤之伐桀，以至仁
而革易至愚至危之桀，又曷用揆度而计谋哉？桀之于汤，为丛驱爵，为
渊驱鱼者也。民皆逃鸲獭而归丛渊，此虐君之所以为汤虔刘也。刘，杀

----

　　①　（宋）杨万里撰，辛更儒笺校：《杨万里集笺校》第七册，中华书局 2007 年版，第
3672—3673 页。

也。汤观于天下，未有如伊尹者，非尹孰承用哉？伐桀于鸣条，而放之南巢，如为民溃其身之疮疣，而平夷其肌肤也。曷不悦而歌哉？①

将传说中的圣贤圣迹斥为"妄说"，把汤、桀成败迥异的原因归结为民心的向背，圣贤走下神坛，成了仁德爱民的明君，"以至仁而革易至愚至危"，杨万里一连用了三个"至"字，这个柳氏原文中没有的字眼明显昭示着注释者强烈的情感倾向。

《天问》"昭后成游，南土爰底。厥利惟何，逢彼白雉？穆王巧梅，夫何为周流？环理天下，夫何索求？妖夫曳衒，何号乎市？周幽谁诛，焉得夫褒姒？"《天对》"水滨玩昭，荆陷弑之。缪迂越裳，畴肯雉之？穆懵祈招，猖佯以游。轮行九野，惟怪之谋。胡绐娱戴胜之兽，觞瑶池以迭谣。孺贼厥诜，爰屡其弧。幽祸挈以夸，惮褒以渔。淫嗜蓁杀，谏尸谤屠。孰鳞漦以徵，而化鼋是辜？"杨氏解云：

> 周昭王南游，以越裳氏不献白雉，亲往逢迎之，为楚人所沈。周幽王前世有童谣曰："檿弧箕服，寔亡周国。"后有夫妇卖此器者，以为妖，执而曳戮之于市。夏之衰，有二龙止于夏庭而言曰："予褒之二君也。"夏后布币精而后告之，龙亡而漦在，椟而藏之。至周厉王之末，发而观之，漦流于庭，化为玄鼋，入后宫，处妾遇之而孕，生子弃之，被戮之夫妇，哀而收之，奔褒。褒人后献此女，是为褒姒。
> ……言幽王以侵渔其民而亡，以淫于嗜欲而亡，以轻杀谏臣而亡，岂有归咎于龙漦化鼋之说，与夫檿弧之谣哉？此世儒缪说害之也。

对《天问》的注是采用《楚辞章句》之说，末世预言充满了玄幻的命定意味，屈原之问已是疑而不信，而对柳宗元的一一对答驳斥，杨万里却没有一一对应解说，而是提炼概括，用连续的排比、有力的反诘，形成一种力度和气

---

① （宋）杨万里撰，辛更儒笺校：《杨万里集笺校》第七册，中华书局2007年版，第3665—3666页。

势，再推出结论——"此世儒缪说害之"，一锤定音，颇有振聋发聩之效。王朝的兴衰取决于统治者对百姓的态度，对个人欲望的控制，以及对待谏言的方式，概括言之，即是爱民、修德、纳谏，"皆人事，非天命也"。这种对民意的重视，对君德的倡导从屈原开始，经柳宗元发挥，至杨万里"以易其难"的阐发而明确，是其解读中颇有价值的思想内涵。

张燮《刻杨氏天解序》云："屈平原本忠爱，用写其侘傺无聊之感，而警采绝艳，奋飞辞前。《天问》一篇，大率穷宇宙之所始，就中取类虽杂，其于兴衰成败，有余恫焉，钩颐抉隐，藉以竖义，非必斤斤焉事理所有，沿其垢囊也。子厚之《对》，盖亦牢愁自放，故讬天口，与屈子相酬酢。擢茧成丝，端竟自在，亦若经著而传随耳。二书从昔单行，未有为之合给者。宋杨廷秀始参错之，分疃就班，递相呼应。又为之释义以行，末学不至艰于披展矣。"① 张燮认为，屈原作《天问》，除抒发失意愤懑之情外，也是借发问探索兴衰成败之理，达到"竖义"的目的。柳宗元在愁苦郁愤之情上与屈原有相通之处，《天对》既是抒情，又可为《天问》之注，有如解经之传。而杨万里之功则在于将二书"合给""参错"释义，使后之学者能够在二者"递相呼应"的联系中，通过其"以易其难"的注解，充分了解书中之意。也就是洪湛侯先生说的，"既能从屈原发问的角度解释柳宗元《天对》中章句的意义，又能从《天对》的角度，从柳宗元对屈原《天问》理解、注释和回答问题的角度来阐发屈原《天问》中的旨意。"②"自庐陵杨诚斋先生字比句櫛，剖殆钩玄，然后灿若列眉。问奇者不没其苦心，斠若畫一；汲古者亦得修緶。视河东为三闾之忠臣，庐陵又三闾河东之功臣也。"③ 这些评价对于杨万里及其《天问天对解》在《天问》和《天对》阐释中的价值和意义的定位都是颇为肯定的。同时，就楚辞学研究来说，《天问天对解》亦是较早单独诠释《天问》的注本，是《天问》研究中的重要一环，其学术史的价值亦不容忽视。

---

① 崔富章：《楚辞书录解题》（上册），高等教育出版社 2010 年版，第 61 页。

② 洪湛侯主编：《楚辞要籍解题》，湖北人民出版社 1984 年版，第 18 页。

③ 陈朝辅：《刻天解引》，见崔富章：《楚辞书录解题》（上册），高等教育出版社 2010 年版，第 61 页。

第二节　专题注释：《离骚草木疏》与《楚辞芳草谱》

一、吴仁杰《离骚草木疏》

吴仁杰（生卒不详），字斗南，一字南英，别号蠹隐居士。昆山人。南宋淳熙五年（1178）进士。历任罗田令、国子学录。为人正直好古，学识渊博，著述颇丰，包括《古周易论》《古周易图说》《洪范图》《盐铁新论》《郊祀赘说》《两汉刊误补遗》《陶渊明年谱》《杜甫年谱》《离骚草木疏》等，涉及经史、政论、文集各类，但多亡佚，今存者仅《古周易论》十二卷、《古周易图说》三卷、《两汉刊误补遗》十卷，以及《离骚草木疏》四卷。

据清人鲍廷博刻书跋文，《离骚草木疏》成书于宋宁宗庆元三年（1197），时值宁宗初政，韩侂胄擅权，构陷赵汝愚，罢免朱熹，诬蔑朱熹之学为"伪学"，"从而得罪者五十九人"，高压之下，满朝惶惶。吴仁杰官微人轻，未敢进言，"乃祖述《离骚》，譬之草木，按《神农本草》诸书，为之别流品、辨异同。薰莸既判，忠佞斯呈。用补刘杳旧疏之亡，因以畅其流芳遗臭之旨。庶几言者无罪，闻者足戒。"[1] 可知吴氏此书是感于现实、有所寄托的。《离骚草木疏》卷末附吴仁杰《后序》云：

> 右《离骚草木疏》四卷。仁杰少喜《离骚》文，今老矣，犹时时手之，不但览其言辞，正以其竭忠尽节，凛然有国士之风。每正冠敛衽，如见其人。凡芳草嘉木，一经品题者，皆可敬也。因按《尔雅》、《神农书》所载，根茎华叶之相乱，名实之异同，悉本本元元，分别部居，次之于栔，会萃成书，区以别矣。夫楸似椒，萧艾似蘩，与夫紫菊之似兰，及茝之似杜衡，犹夫佞之于忠，乡原之于德也。得是书，形见色屈，或庶几焉举无以乱其真。……而仁杰独取诸二十五篇之文，故命曰《离骚草木疏》。夫子不云乎："《诗》可以兴，可以观，可以群，可以怨。迩之事父，远之事君，多识于鸟兽草木之名。"班固讥三闾怨恨怀王，是未

---

① 姜亮夫：《楚辞书目五种》，上海古籍出版社1993年版，第349—350页。

知《离骚》之近于《诗》，而《诗》之可以怨也。刘勰亦讥三闾鸩鸟媒娥女为迂怪诡异之说。又王逸注鸩媒，谓鸩食蛇，羽有毒，可以杀人者。按鸩有二焉，瑶碧之山有鸟如雉，其名曰鸩。郭璞谓此更一种，非食蛇者也。《离骚》之文，多怪怪奇奇，亦非凿空置辞，实本之《山经》。其言鷖、鸾皇、鸩鸟，与《诗》麟、驺虞、凤皇何异？勰何足以知之！《离骚》以薜草为忠正，莸草为小人。苏、芙蓉以下凡四十又四种，犹青史氏忠义独行之有全传也。蕡菉葹之类十一种，传著卷末，犹佞幸奸臣传也。彼既不能流芳后世，姑使之遗臭万载云。庆元岁丁巳四月三日。①

这篇序文说明了撰述的缘由和指导原则，充分体现了吴仁杰的儒家正统观念统摄下的楚辞学思想。他推崇屈原的"竭忠进节"的"国士之风"，依据孔子"诗可以怨"的思想把屈骚和《诗经》等同起来，而屈子笔下的鸟兽草木均是有所寓意寄托的。吴氏的这些观点其实都是本自王逸，王逸不但依《诗》注《骚》，而且最早系统梳理出屈骚以草木喻人的微言大义，其《离骚后序》云："善鸟香草，以譬君子。恶禽臭物，以比谗佞"，吴仁杰在现实压抑的氛围之中，把王逸的此类观点放大甚至绝对化了。

书名《离骚草木疏》，实际上的疏解包括了屈原的二十五篇作品的全部草木，全书四卷，第一卷十四种：荃荪、芙蓉、菊、芝、兰、石兰、蕙、芷芳、茝药、杜衡、蘪芜（江离）、杜若、荌、蕭；第二卷二十种：茶、薜荔、女萝、菌、茹、紫、华、菰、蕣、蘋、蒿、苴、蒌、蘋、胡、绳、芭、蔓茅、揭车、留夷；第三卷十种：橘、桂、椒、松、柏、辛夷、木兰、莽、楸、黄棘；第四卷十一种：蕡、菉、葹、艾、茅、萧、葛、萹、茅、椒、筮。一般认为，前三卷为芳草嘉木，最后一卷为恶草臭木。注释体例是先列草木名称，接以屈骚原文，次引王逸、洪兴祖诸家之说，最后以"仁杰按"详加疏

---

① （宋）吴仁杰撰：《离骚草木疏》，宋庆元六年（1200）刻本，《楚辞文献丛刊》第三十册，国家图书馆出版社 2014 年版。下文所引《离骚草木疏》均出于此版本第 47—146 页，不另标注。

解。如"菊"条：

> 菊
>
> 夕飡秋菊之落英。又春兰兮秋菊。
>
> 王逸注：英，华也。言己食菊之落英，以香净自润泽也。
>
> 五臣云：取其香洁，以合己之德。
>
> 洪庆善引魏文帝云：芳菊合乾坤之纯和，体芳芬之淑气，故屈原悲冉冉之将老，思飱秋菊之落英，辅体延年，莫斯之贵。
>
> 仁杰按：《山海经》：女几之山，其草多菊。《尔雅》："菊，一名治蘠。"郭云："今之秋华菊。"《本草》云："菊，一名日精，一名女节，一名女华，一名女茎，一名更生，一名周盈，一名延年，一名阴成。"陶隐居云："菊有两种：一种茎紫，气香而味甘，叶可作羹食；一种青茎而大作蒿艾，气味不堪食者，名薏。"《图经》云："南阳亦有两种：白菊叶大似艾，茎青根细，花白蕊黄；其黄菊叶似桐蒿，花蕊都黄。"然今服饵家多用白者。南京又有一种开小花，花瓣下如小珠子，谓之珠子菊，入药亦佳。正月采根，三月采叶，五月采茎，九月采花，十一月采实。颍川人呼白菊为回蜂菊；汝南名茶苦蒿；上党即建安顺政郡并命羊欢；河内名地薇。《高斋诗话》载东坡跋王荆公诗云："秋英不比春英落"，而荆公自谓取《离骚经》落英之意。按落英固有意义，然以为飘零满地金则过矣。东坡诗又有"漫遶东篱嗅落英"之句，亦用《骚经》语者，落之义非陨落之落。《尔雅·释诂》："文傲落权舆始也。"郭璞引"访予落止"为证。盖成王访群臣于庙中，谋始即政之事。邢昺乃云："落者，木落陨坠之始"，失义矣。《西溪丛语》引《宋书·符瑞志》沈约云："落英也。"《类篇》云："英，草荣而无实者。此言食秋菊之叶耳。"其说恐亦未然。《尔雅》："华，荂荣也。荣而不实者谓之英。"《月令》："仲夏木堇荣，谓于此时著花也。"菊叶固可食，然按《本草》采叶在三月，今云秋菊则非食叶之时矣。著花在八九月，落英云者，谓始华之时，故沈存中云："采药用花者，取花初敷时，菊性喜寒，惟寒则开早。"唐太宗诗云："细茎抽轻翠，圆花簇嫩黄。"东坡亦云："菊，黄中之色，香

味和正,花叶根实皆长生药也。"北方随秋之早晚,大约至菊有黄花乃开。独岭南不然,至冬至乃盛发。岭南地暖,百卉造作无时,而菊独后开。考其理,菊性介烈,不与百卉盛衰,须霜降乃发,而岭海常以冬至微霜故也。其天性高洁如此,宜其通仙灵也。近世菊品最多,有金铃、珠子、桃花等种类不同。东坡取朱逊之之说云:"当以黄为正,余皆可鄙。"盖本之《月令》也。今服食家多用白菊,然逊之之说亦自有理。《抱朴子》云:"南阳郦县山中有甘谷,谷上左右皆生甘菊,菊花堕其水中,水为变。居民食甘谷水,无不寿考。故司空王畅、太尉刘宽、太傅袁□为南阳太守,县月送甘谷水四十斛。"《西京杂记》云:"九月九日饮菊花酒,令人延寿。菊花舒时,并采茎叶,杂黍米酿之,至来年九月始熟,就饮焉。"《图经》云:"河内以八月合花,收暴干浸酒中,服之。"今诸州菊花酒其法得于此。

杂引《山海经》《尔雅》《图经》等典籍,对于菊的别名、属性、种类、生长范围以及菊花酒的缘起由来等做了非常详细的考辨,于名物考证用力颇勤。《四库全书总目提要》称其"征引宏富,考辨典核,实能补王逸训诂所未及,以视陆机之疏《毛诗》,罗愿之翼《尔雅》,可以方轨并驾,争骛后先,故博物者恒资焉。"[1] 这个评价是很准确的。

但吴仁杰著书的目的不仅仅在于训诂考辨,而是如前所引,是寄托了很深的现实感慨的,所以,吴氏注释特别强调物类的特征,尤其是品质的善恶。虽然从注释条目的排列顺序就可以看出其善恶大体所属,但具体辨析还是有差别的。像此"菊"条目,引了沈括"菊性喜寒,惟寒则开早"和东坡"黄中之色,香味和正"等语,推演出"菊性介烈,不与百卉盛衰","天性高洁"云云。再如"芙蓉"条,先引苏鄂《演义》:"芙蓉,花之最秀异者也",给芙蓉定位,再引周敦颐《爱莲说》:"陶渊明爱菊,世人爱牡丹,予独爱莲之出淤泥而不染,濯清涟而不夭。中通外直,不蔓不枝,香远益清,亭亭净植,可远观而不可亵玩焉。菊,花之隐逸者也,牡丹,花之富贵者也,莲,

---

① (清)纪昀:《四库全书总目》下册,中华书局 1965 年版,第 1268 页。

花之君子者也。"大段的引用只是为了确定莲花"君子"的"秀异"品性。在吴氏注解中，芙蓉、菊等与屈原相关的草木都是品性高洁坚贞之属，是可以作为屈原人格象征的。

　　与此类香草相对的，当然是恶草。如"篁"条，引《尔雅》各竹名后云："篁竹在众竹中最其下者，故见斥于《离骚》，比之谗邪，正以其丛薄幽昧蔽塞而已。"其针砭时政的用心非常明显，已经不是屈原的本意了。

　　还有一些草木品类不是单纯善恶可以概括的。如"兰"条，引诸家之说称兰之美后又按曰："兰固可用浴而不可食。顷闻蜀士云：屡见人醉渴饮瓶中兰花水，吐利而醒者。又峡中储毒以药人，兰花为第一，乃知甚美必有甚恶。兰为国香，人固服媚之，又当爱而知其恶也。《离骚》以兰为不可恃，亦不为无说。""椒"条，引贾思勰栽种之法，谓其"性不耐寒，若阳中之树，冬须草裹，不裹即死。其生阴中者，少禀寒气，则不用裹。"感慨"一木之性，寒暑异质，所谓习成性者，《离骚》于椒不能无讥切，亦以此欤?"《离骚》中兰、椒的用法确实褒贬兼有，相对复杂，但吴氏所谓"甚美必有甚恶""习成性者"云云，明显是意有所指，其品评人物、讽喻现实的倾向颇耐人寻味。清人祝德麟在其《吴仁杰离骚草木疏辨证·自跋》中云："意其时侬胄用事，奸佞盈庭，立伪学之目，绝正人之路，薰莸倒置，不免蒿目蛊心，特著书以示微意。所谓其文则史，而非徒以示绪余，夸多识也。"① 高压之下，只能以隐约之词示其"微意"、表其愤懑，用心可谓良苦。

　　吴氏虽用心良苦，但这种把屈骚草木完全对应品节的做法却不能免却穿凿之误，且吴氏认为屈原之作，多本于《山海经》，故书中引用，多以《山海经》为判断标准，新说迭出，未免瑕瑜互见。如"艾"条，引郭璞、《本草》之说证明王逸"白蒿"之解的失误，较为合理；"紫"条，引《山海经》解"苏壁兮紫坛"之"紫"为"紫草"，亦可备一说。但解"夕揽洲之宿莽"之"莽"，以《山海经》之说，断其为"可以毒鱼"之"莽草"，新则新矣，却难令人信从。《四库全书总目提要》评曰："骚人寄兴，义不一端，琼枝若木之属，固有寓言，澧兰沅芷之类，亦多即目。必举其随时抒望，触物兴怀，悉引之于大荒

---

　　① 姜亮夫:《楚辞书目五种》，上海古籍出版社 1993 年版，第 360 页。

之外，使灵均所赋，悉出伯益所书。是泽畔行吟，主于侈其博赡，非以写其哀怨，是亦好奇之过矣。"①刻意求新，过犹不及，《四库全书总目提要》的批评是切中肯綮的。

楚辞的专题研究，始于隋释智骞的《楚辞音》，该书为释音之作，惜乎仅余残卷。草木注疏，可见记载是始于梁代刘杳《离骚草木疏》，但其书早佚。吴仁杰的《离骚草木疏》是现存最早的楚辞草木专题研究著作，所以《四库全书总目提要》将其与陆机疏《毛诗》、罗愿翼《尔雅》专疏鸟兽草木虫鱼相并称，肯定其在"博物"方面的成就。明人屠本畯有《离骚草木疏补》，清人祝德麟有《吴仁杰离骚草木疏辨证》，一补其缺，一辨其意，其书影响可见一斑。

二、谢翱《楚辞芳草谱》

谢翱（1249—1295），字皋羽，号晞发子，长溪人，后移居浦城。《新元史·隐逸传》卷一百三十八有传。曾参加文天祥部队，任咨议参军。文天祥就义后，谢翱作《登西台恸哭记》以吊之。文中云："余恨死无以藉手见公，而独记别时语，每一动念，即于梦中寻之。""登西台，设主于荒亭隅，再拜跪伏。祝毕，号而痛者三，复再拜起。……有云从南来，滃泡浮郁，气薄林木，若相助以悲者。乃以竹如意击石，作楚歌招之曰：'魂朝往兮何极，暮归来兮关塞黑，化为朱鸟兮有味焉食？'"②谢翱宋亡不仕，是一位有气节的士人。喜好山水，著有《浙东西游记》，又有《天地间集》《浦阳先民传》等作。其《楚辞芳草谱》是继吴仁杰《离骚草木疏》之后的又一部楚辞专题研究之作。

《楚辞芳草谱》共注释江离、薰草、菌、兰、蕙、杜若、苣、蘪芜、卷施、蒙、菊、荃、薜荔、款冬、艾、葰、莎、匏、蓼、茨、菱、蘋、萍等植物共二十三种，每种为一条，与《离骚草木疏》相近，但注文极其简略，如"江离"条：

---

① （清）纪昀：《四库全书总目》下册，中华书局1965年版，第1268页。

② （宋）谢翱：《晞发集》卷十，《四库全书》本。

　　　　江离之草，屈原幼时所先采。盖自其初度，则固已扈江离辟芷矣。
　　　　张勃云："江离出临海县海水中。正青似乱发。"楚辞之于江离畦而种之，
　　　　则非水物。《本草》："蘼芜，一名江离。"又云"被以江离，揉以蘼芜"，
　　　　又不应是一物也。①

　　这是二十三条中字数最多的，有简单的考辨判断，但说屈原自"初度"则采
江离披扈则显武断，有主观臆测之嫌。

　　《楚辞芳草谱》的注释条目不仅限于屈原作品，如"匏"条云："匏，瓠
也。可剖以涉水。按《楚辞》王褒《九怀》称援瓠瓜兮接粮。"也不仅限于"芳
草"，如"蓫"条云："《离骚》云薋菉葹以盈室兮，判独离而不服。皆指恶草，
异蓫竹之蓫。"

　　注释的内容最多者为当时的通名，二十三条中有九条，如"薰草"："今
谓之零陵香。""蒌"："蒌，蒌蒿也。"甚至有以通名为条目名称的，如："卷
施"："卷施草拔心不死，江淮间谓之宿莽。此说见于郭璞。故《离骚经》曰：
朝搴陁之木兰兮，夕揽洲之宿莽。非宿草也。""菱"："菱生水中，实两角或
四角，一名芰。《离骚》曰：制芰荷以为衣兮，集芙蓉以为裳。盖芰叶杂遝，
荷叶博大，有为衣之象，而芙蓉若可缉者也。"

　　谢氏关于"荃"的注解得到当代学者的肯定，认为弥补了王逸的缺憾。②
《离骚》"荃不察余之中情兮"句，王逸注云："荃，香草，以喻君也。人君
被服芳香者，故以香草为喻。"洪补："荃与荪同。《庄子》云：得鱼而忘荃。"
二人都没有明确说出"荃、荪"与人君的联系。谢氏注云："荃，菖蒲也，
一名荪。楚辞曰：数为荪之多怒兮、荪佯聋而不闻。辞言香草皆以喻臣，唯
言荪者喻君，盖荪于药者为君也。"其实谢翱此说源于吴仁杰。吴氏《离骚
草木疏》第一条"荪、荃"，详细考证了荪的种类，云："溪荪自是石菖蒲一
类中尤颖耳。药有君臣佐使，而此为君。《离骚》又以为君喻，良有以也"。

---

　　①　（宋）谢翱：《楚辞芳草谱》，清宛委山堂刻《说郛》本，《楚辞文献丛刊》第三十册，
国家图书馆出版社 2014 年版。下文所引《楚辞芳草谱》均出于此版本第 473—484 页，不另
标注。

　　②　黄灵庚、毛庆等先生持此说。

谢翱省略了吴仁杰的考证过程，直接使用其结论，简洁明了却也略显单薄。

从谢翱的经历、思想，以及其书名为"芳草谱"来看，他著书应该是有所寄托的。《登西台恸哭记》尾段亦云："余欲仿太史公着《季汉月表》，如秦楚之际。今人不有知余心，后人必有知余者"，虽不能确定这是针对《楚辞芳草谱》而发，却也可证其确有著书寄怀之想。但总体来看，《楚辞芳草谱》注释简单，有一定程度的随意性，缺乏同时代著述大多具有的严谨性和系统性，注释的条目也过少，姜亮夫先生猜测这或许是谢氏的未竟之业，但笔者以为，更像是谢翱读楚辞时的随笔札记，如"菌"条云："按王逸云：菌即薰。司马云：大芝。之遁云：舜华。则王说恐非。《七谏》云：饮菌若之朝露，即庄子所谓朝菌者岂此耶？"反驳王逸的说法，却没有分析论证，只是基于猜测的判断。"蕙"条云："蕙大抵似兰，皆柔荑。其端作花，兰一荑一花，蕙一荑五六花，香次于兰。楚辞兰每及蕙。畹兰而畎蕙也，氾兰而转蕙也，蕙殽蒸兰藉也。"兰蕙以花数别的说法承自吴仁杰《离骚草木疏》，而后面的"兰每及蕙"就有些片面了，谢翱不可能不了解更多的楚辞中兰和蕙不相连的句子，这里的说法更像是一时的随感。而且，短短二十三条注解，谢氏就引了王逸、张勃、之遁、郭璞、吴仁杰诸人的说法，从中可以看出他对楚辞文本和旧注的熟悉，而其注解的随意性与这种熟悉程度是不相符合的，所以笔者才猜测可能只是随手所记，也可能是一个简单的大纲，记下时有整理完善之意，惜乎不知何故未能完成而已。

第五章　楚辞注释的丰碑——《楚辞集注》

《楚辞集注》是朱熹楚辞学说的集中体现。它全面清理总结了以往的楚辞研究成果并汲其所长，把楚辞研究推向了新的阶段，具有集大成的性质，堪称楚辞学史上的一座巍巍丰碑。

第一节　朱熹与《楚辞集注》

朱熹（1130—1200），字元晦，后改字仲晦，别号很多，有晦庵、紫阳等。徽州婺源（今江西婺源县）人，寓居建阳（今福建西北）。绍兴十八年进士及第，历仕高、孝、光、宁四朝，力主抗金，政绩卓著而仕途坎坷，晚年其学说更被视为"伪学"，被罢官出朝，是一个有气节、有政见、有能力的士大夫。朱熹一生居官十年，立朝仅数十日，却有四十余年在从事讲学和著述，致力于儒家经典的阐释与传授，以毕生的精力构筑了庞大的理学思想体系，集宋代理学之大成，为其后世的封建时代的统治建立了更为完备的思想基础。与此同时，朱熹又能诗善文，博学多识，涉猎极广，是一个集理学家、思想家、文学家、学者于一身的时代文化巨子。

朱熹作《楚辞集注》在其晚年，一般认为开始于"绍熙五年（1194）六十五岁时在潭州荆湖南路安抚使任上"，① 也即"作牧于楚"之后。《楚辞集注》由《集注》《辩证》和《后语》三部分组成，这三部分并不是同时完成的。

---

① 蒋立甫：《楚辞集注·点校说明》，中华书局 2001 年版。

《集注》最早、《辩证》次之，今存嘉定癸酉（1213）江西刊本，是在《集注》八卷后附《辩证》二卷。《辩证》题前自署"庆元己未三月戊辰"，次年朱熹即与世长辞，以致《后语》是未完稿，只注释了前十七篇，后三十五篇无注。他的弟子蔡沈《梦奠记》载其死前三日"又修楚辞一段"，疑即指《后语》而言。在朱熹去世后，其子朱在将此书遗稿整理誊写，于嘉定十年（1217）与《集注》一并刊行。后来，朱熹的孙子朱鉴把三部分合刊在一起，在《集注》中删去了复见于《后语》的《反离骚》，在《后语》中删去了复见于《集注》的《弔屈原赋》和《服赋》，书后并有邹应龙、朱在、朱鉴的三篇跋文，这是《楚辞集注》现存最早、最完备的刊本。

《楚辞集注》由《集注》《辩证》和《后语》三部分组成，虽然三部分合一不是由朱熹本人完成，但它们的确是朱熹楚辞研究的三个不可或缺的组成部分，全面系统地反映了朱熹的楚辞观，因而历来研究者都将其作为整体。我们的考察也不例外。

"融汇诸家之说，故谓之集注"。[①] 集注之要义在于聚众家之说而加以排比和简选以益己见。在集注中，"诸家所诸善者"得到保存并支持集注主体充分阐发自己的见解。这种体式出现的前提是同一典籍注释成果的积累和时代学术的繁荣，而其全面发展则赖于集注主体非凡的学识素养和卓越的学术能力。朱熹继何晏"哀八家之说"而"集解"《论语》之后，将"集注"这种体式运用到《论语》《孟子》的注释上，成为自己《四书》诠释的重要组成部分，并将其延伸至楚辞。显示出一个"遍注群经"的大学者对这一文学典籍的格外关注。

在全书的整体结构安排上，《集注》和《章句》《补注》最明显的区别就是多了两个部分——《辩证》和《后语》。《后语》是在《晁录》基础上增删的结果，是历代楚辞类辞赋的编选，显示了朱熹对楚辞一体发展概貌的理解。《辩证》则前无古人，是朱熹的首创。《辩证》分上、下两篇，涉及全部"离骚类"和"续离骚类"中的三篇以及《晁录》，共 141 条。按多少排序如下：《离骚》:64 条；《九歌》:28 条；《天问》:18 条；《九章》:11 条；《九辩》:5 条；《招

---

① （清）纪昀：《四库全书总目》上册，中华书局 1965 年版，第 294 页。

魂》：5条；《目录》：3条；《远游》：3条；《卜居》《渔父》《大招》《晁录》各1条。关于《辩证》，朱熹自言："余既注王、洪《骚注》，顾其训故文义之外，犹有不可不知者。然虑文字之太繁，览者或没溺而失其要也，别记于后，以备参考。"① 从这段话可以看出，《辩证》和《集注》实际上是一体的，是注释者在"训故文义"之"要"以外的补充说明部分。将其单独列出，一方面可以避免因注释文字过于烦琐而使读者不得要领；另一方面又可以充分表达注释者的思想观点。通观其141条，有些是《集注》中没有提及的，有些是提到而未展开的，还有些是重申加以强调的，大多是针对王、洪前注而发，兼及其他一些相关问题，辩其失、证其真。内容既涉及版本、音韵、字义等文本本身的考察，也包括天文、地理、历史、风俗等背景资料的辨析，还有对作品思想内涵、艺术手法的阐释，可谓包罗广泛，虽然有一些观点失之偏颇，甚至有以错纠正之处，但大体说来，《辩证》将"古今同异之说，皆聚于此，亦得因以明之"，且要言不烦、多真知灼见，处处闪耀着思想的光辉，是达到了注释者"庶几纷纷或小定"② 的初衷的。这种体例，虽然有不尽完善之处，如各条按其在篇中出现的先后顺序来排列的方式，主次不清、条理性较差。但总体说来，既突出了《集注》之要义，又补充丰富了《集注》的内容，给读者提供了更多的理解信息。更重要的是，它满足了注释主体在《集注》一体中不能尽情发挥的纵议得失、辨伪求真的心理需求。虽言为读者"不可不知者"，实际却是注释者不吐不快者。这种需求对古籍注释者来说未必很迫切，但在朱熹，作为一个典型的宋代学者，却是难以遏制、伴随于各种学术活动始终的。

在注释篇目的选择上，《楚辞集注》和《楚辞章句》最明显的相同之处是都注释了屈原的全部作品，显示出对朱熹和王逸对屈原人格思想价值和创作典范地位的深刻认同和高度评价。另外在其他共注篇目的作者问题上也大

---

①　（宋）朱熹：《楚辞辩证》，见《楚辞集注八卷后语六卷辩证二卷》宋端平二年（1235）刻本，《楚辞文献丛刊》第二十五册、二十六册，国家图书馆出版社2014年版。下文所引《楚辞集注》《楚辞后语》《楚辞辩证》皆出于此版本，不另标注。

②　《辩证·目录》。

多持相同观点，仅《大招》略异。王逸将范围定在屈原和景差之间，称"疑不能明也"，但接下来却以屈原之作论之。①朱熹则非常肯定地认为"决为差作无疑也"。②理由是"以宋玉大、小《言赋》考之，则凡差语皆平淡醇古，意亦深靖闲退，不为词人墨客浮夸艳逸之态"。所谓"平淡醇古""深靖闲退"，均属风格意蕴评价的语义范畴，朱熹将其与"浮夸艳逸"的"词人墨客"之态对立，既表现出对高古典雅风格的推崇，也暴露出判断标准的文学化倾向。关于《大招》的内容，王逸认为是"盛称楚国之乐，崇怀、襄之德，以比三王，能任用贤，公卿明察，能荐举人，宜辅佐之，以兴至治，因以风谏，达己之志也。"将其落实到具体史实、治国方策上面。朱熹则称："其于天道之诎伸动静，盖若粗识其端倪，于国体时政，又颇知其所先后，要为近于儒者穷理经世之学"，更赞赏其阐发"道""理"的"经世"之用，与王逸具体化的指实性描述相比，明显属于较高的形而上层面了。

另外，朱熹还将王逸单独排列的屈原以外的其他作家作品加以增删、合为《续楚辞》三卷，又增加了《楚辞后语》，看起来似乎只是多注了一些篇目。但正是在这种增删、取舍之中，体现出了两人更大的差异。

朱子《集注》篇目是在王、洪二本和晁补之辑本的基础上加以损益的结果。据《宋史》本传（卷四四〇）称晁氏"尤精《楚辞》，论集屈、宋以来赋咏为《变离骚》等三书。"其所辑《楚辞》三书今并失传。据晁公武《郡斋读书志》卷四和晁补之自己的《鸡肋集》可略知其内容一为变旧，二为编新。所谓变旧，是对原有《楚辞》注本的篇目编次重新确定，删去了王逸的《九思》，因其"视向以前所作相阔矣，又十七卷非旧录"，重订为十六卷；所谓编新，是其又自编《续楚辞》二十卷，录作家二十六人，作品六十篇；《变离骚》二十卷，录作家三十八人，作品九十六篇。"凡词之如骚者已略备矣。"③朱熹继承了晁氏的分类名称，明确标明《续离骚》一类，"盖此等文字，一皆出于怨慕，可以步《离骚》之后尘，故取之，非取其为续《离骚》而作

---

① 《章句·大招序》。

② 《集注·大招序》。

③ 《辩证·晁录》。

也。"①更突出了屈原楚辞创作的开创之功和典范地位，也体现了对楚辞情感内涵的深刻理解。在王注旧有篇目上，朱熹保留了先秦时代的全部作品，而对汉人之作大动刀斧，继晁氏删去《九思》后，又删去了东方朔《七谏》、王褒《九怀》、刘向《九叹》三篇，而将其增入的贾谊《吊屈原赋》和《服赋》加以保留。对于晁氏新编部分，朱熹加以增删后编成《楚辞后语》。莫砺锋先生在其《朱熹文学研究》一书中将晁、朱二人所录篇目对照列表，详细明晰，兹不赘述。②

在屈原作品之外的注释篇目选择上，朱子自言"精""严"去取，《四库全书提要》也称其"去取特严"、陈振孙《直斋书录解题》评其"去取则严而有意"，这个"精严"执行的"意"就体现在存此去彼的选择之中，提炼归纳之后，即可大致见其取舍原则：

一、重视精神和情感内涵及其流露的自然性。这是大多数篇章入选与否的主要原因。他在《楚辞后语序》中开篇即云：

> 盖屈子者穷而呼天，疾痛而呼父母之词也。故今所欲取而使继之者，必出于幽忧穷蹙、怨慕凄凉之意，乃为得其余韵，而宏衍钜丽之观，欢愉快适之语，宜不得而与焉。至论其等，则又必以无心而冥会者为贵，其或有是，则虽远且贱，犹将汲而进之。一有意于求似，则虽迫真如扬、柳，亦不得已而取之耳。

朱熹这里对屈骚创作动机的分析源于司马迁，在《史记·太史公自序》中，司马迁将屈原著《离骚》和文王演《周易》、孔子作《春秋》等一起定位为"圣贤发愤之所为作也"，提出了著名的"发愤著书"说。《史记·屈原贾生列传》亦云：

> 夫天者，人之始也；父母者，人之本也。人穷则反本，故劳苦倦

---

① （明）张旭：《楚辞集注》沈圻刊本序。
② 《朱熹文学研究》，南京大学出版社2000年版，第292—294页。

> 极，未尝不呼天也；疾痛惨怛，未尝不呼父母也。屈平正道直行，竭忠
> 尽智，以事其君，谗人间之，可谓穷矣。信而见疑，忠而被谤，能无怨
> 乎！屈平之作《离骚》，盖自怨生也。

司马迁将屈骚内在情感定位于忠愤悱郁的自然宣泄，应该说是深得屈子楚辞
精神真谛的，故其说从语言表达到基本内涵均为朱熹所继承。但朱熹此处所
言为自己的选篇标准，所包含的意义更为复杂和丰富一些。

　　首先是"忠"，即强调其情感的道德价值和精神境界的崇高性。按照这
个标准，朱熹高度评价贾谊其人其文：

> 谊有经世之才，文章盖其余事，其奇伟卓绝，亦非司马相如辈所能
> 仿佛。而扬雄之论，常高彼而下此，韩愈亦以马、扬厕于孟子、屈原之
> 列，而无一言以及谊，余皆不能识其何说也。[1]

言下之意，他认为应该"厕于孟子、屈原之列"的是贾谊，原因就在于贾谊
有志于"经世"，文章之"奇伟卓绝"源于道德的高尚。和司马迁一样，朱
熹也看到了贾谊在精神思想上和屈原的联系，他认为自己所收录的贾谊之作
正是最能反映这种联系的。

　　其次是"愤"，要求"必出于幽忧穷蹙、怨慕凄凉之意"，即情感的深
切性和激烈性。正是由此出发，他说明自己删除王注四篇作品的原因是它
们"虽为骚体，然其词气平缓，意不深切，如无所疾痛而强为呻吟者。就其
中《谏》《叹》犹或粗有可观，两王则卑已甚矣。故虽幸附书尾，而人莫之
读，今亦不复以累篇帙也"。[2] 不是从体裁形式来衡量，而是从情感内涵来
考察是否与屈骚有一脉相承的联系。《易水歌》"特以其词之悲壮激烈，非楚
而楚，有足观者，于是录之"；"羽固楚人"，但《垓下帐中之歌》却是因"其
词慷慨激烈，有千载不平之余愤"才得以"著之"的。一则曰"非楚而楚""羽

---

① 《集注·服赋序》。
② 《辩证·目录》。

固楚人", 地域已非绝对界限; 再则曰"悲壮激烈""慷慨激烈", 情感才是决定因素。这种不囿于前人成见的大胆取舍, 显示出朱熹超出前人的学术见解和胆识。也在某种程度上体现出他对文学基本特性的认识和把握, 虽然他本人未必愿意完全承认这种不尽符合其道学原则的特性。

最后是"必以无心而冥会者为贵", 即情感抒发的自然性, 这是抒发真情实感的一条重要附加条件。这一条件源于朱子对诗文写作的形式要求和对楚辞抒情方式的独特把握。其《语类》卷 139 中云:

> 古人文章, 大率只是平说而意自长。后人文章, 务意多而酸涩。如《离骚》初无奇字, 只恁说将去, 自是好。后来如鲁直恁地著力做, 却自是不好。楚辞平易。后人学做者反艰深了, 都不可晓。①

说"楚辞平易", 是指其"幽忧穷蹙、怨慕凄凉之意"是自然流露而非有意造作的, 与"皆生于缱绻恻怛, 不能自已之至意"的定位是一脉相通的, 思想和情感的表达符合"平说"——平易通达地自然呈露的要求。而后人不能领会此点, 刻意"著力"地"学做"的结果却导致了"艰深""酸涩"之弊。所以, 朱熹强调"必以无心而冥会者为贵", 作者"无心"之中与屈原之情感"冥会", 又自然酣畅地抒发出来, 便是好文章了。"东汉文士有意于骚者多矣, 不录而独取此者, 以为虽不规规于楚语, 而其哀怨发中, 不能自已之言, 要为贤于不病而呻吟者也。"在悲愤怨悒之情的畅然宣泄上, 蔡琰的《胡笳十八拍》的确与屈骚仿佛, 因而朱熹将其增入《后语》。而这条评语明显有针对王注四篇的倾向, 扬此抑彼的态度非常鲜明。赞扬苏轼之辞"有发于原之心, 而其词气亦若有冥会者",② 而之所以选录黄庭坚《毁璧》, 是因其"词极悲哀, 而不暇于为作, 乃为贤于它语", 这"它语"明显即是指"著力""为作"的部分。这些篇目的序文说明朱熹的选篇原则是一以贯之的。

---

① (宋) 黎靖德编, 王星贤点校:《朱子语类》, 中华书局 1994 年版, 第 3299 页。下文所引此书均出于此版本。

② 《后语·服胡麻赋》。

二、强调义理的深切阐发及其"有补于世"的价值呈现。这是朱熹着意体现的一条原则。基于此，批评"晁书新序多为义例，辨说纷拏而无所发于义理，殊不足以为此书之轻重"。① 荀子不是屈原之徒，刘向、王逸皆因此不录其篇，而朱熹却将《成相》列于《后语》第一篇，就是"以其词亦讬于楚而作，又颇有补于治道"，② 赞扬其"指意深切，词调铿锵"，希望"君人者诚能使人朝夕讽诵，不离于其侧，如卫武公之《抑》戒，则所以入耳而著心者，岂但广厦细旃、明师劝诵之益而已哉！"并表明"此固余之所为眷眷而不能忘者"，③ 对于义理治道的拳拳之心溢于言表。出于此心，他特别关注作品的思想意义。他强调屈原的"忠君"，强调文章对世道人心的整治。有碍于此的作品，文辞如何精妙都不得入选。他批评宋玉、司马相如之文"辞有余而理不足，长于颂美而短于规过"，④"其《上林》《子虚》之作，既以誇丽而不得入于《楚辞》，《大人》之于《远游》，其渔猎又泰甚，然亦终归于谀也。"唯《长门赋》和《哀二世赋》"有讽谏之意"，但《哀二世赋》"所为作者，正当时之商监，尤当倾意极言，以寤主听，顾乃低徊局促，而不敢尽其词焉，亦足以知其阿意取容之可贱也。不然，岂其将死而犹以封禅为言哉！"⑤"若《高唐》《神女》《李姬》《洛神》之属，其词若不可废，而皆弃不录，则以义裁之，而断其为礼法之罪人也。《高唐》卒章虽有'思万方、忧国害、开圣贤、辅不逮'之云，亦屠儿之礼佛、倡家之读《礼》耳，几何其不为献笑之资，而何讽一之有哉？"⑥朱熹要求辞赋要不遗余力地"规过""讽谏"，否则便悖于道义，应鸣鼓攻之。其言辞之激烈，似有苛求古人之嫌。更甚者是对扬雄的态度，不唯指责，简直是大加挞伐了："至于扬雄，则未有议其罪者，而余独以为是其失节，亦蔡琰之俦耳。然琰犹知愧而自讼，若雄则反讪前哲以自文，宜又不得与琰比矣。今皆取之，岂不以夫琰之母子无绝道，

---

① 《辩证·晁录》。
② 《后语·成相序》。
③ 《后语序》。
④ 《辩证·晁录》。
⑤ 《后语·哀二世赋序》。
⑥ 《后语序》。

而于雄则欲因《反骚》而著苏氏、洪氏之贬词，以明天下之大戒也"。[①] 扬雄因触犯了"失节"之"天下大戒"而为"屈原之罪人"，朱熹将其《反离骚》作为"《离骚》之谗贼"、[②] 典型的反面教材收入集中，并以蔡琰加以反衬，"盖琰以失节之妇犹知有子，而雄以名世大儒反不知有君"，"其责之意深矣。"[③]对蔡琰的所谓"失身胡虏，不能死义"之类的苛责固然是朱熹理学迂腐道德观的反映，不足为训，但他对扬雄"失节"紧抓不放、大加发挥却是更广泛的社会时代背景下强烈的个人情感倾向的显现。

当其道学家的理性占据意识时，对"理"的过分强调有时也会使朱熹的篇目选择发生偏差。张载《鞠歌》、吕大临《拟招》就情感和艺术性而言皆可称淡乎寡味，与全书风格格格不入，但却被作为终篇，"以告夫游艺之及此者，使知学之有本而反求之，则文章有不足为者矣。"[④] 怀着极大热情注释了大通文章，却言"文章有不足为者"，还要以此"使游艺者知有所归宿焉"，[⑤] 恐怕"游艺者"反倒会因此不知所归了。

三、重视作品在艺术形式上与楚辞的切近。《后语》中选录的都是楚辞类作品，本不必强分彼此、衡量远近。但朱熹的序言中确实体现出对那些在形式上与楚辞最为接近的篇章的关注。他将这类作品冠以"近古"之名。如在《楚辞后语序》中，朱熹特别引晁补之之言说明选入陶渊明《归去来兮辞》这篇与楚辞情感类型不甚相符的"中和"之作的缘由："特以其为古赋之流而取之"。还进一步发挥说："抑以其自谓晋臣，耻事二姓而言，则其意亦不为不悲矣。序列于此，又何疑焉！"非要给他自己也承认的"词义夷旷萧散""无尤怨切蹙之病"的"讬楚声"作品找一个更高尚的厕列理由，未免有蛇足之嫌。其他如司马相如《长门赋》："此文古妙，最近楚辞"；班婕妤《自悼赋》："其词甚古，而侵寻于楚人"；邢居实："如不经意，而无一字作今人语。同时之士，号称前辈、名好古学者，皆莫能及"。讲求思想境界的朱

---

① 《后语序》。

② 《后语·反离骚序》。

③ （明）张旭：《楚辞集注》沈圻刊本序。

④ 《后语序》。

⑤ 《后语·拟招序》。

熹甚至因《绝命辞》"其词高古似贾谊"而没有深究息夫躬人品的卑劣。仔细阅读这些所谓近古之辞,不难看出它们均是较为典型的楚辞体。特别是与《成相》一类相比更体现出在形式上与楚辞的切近。还有的篇目并不是其作者最佳之作,如苏轼《服胡麻赋》,"唯此赋为近于《橘颂》,故录其篇云。"可以认为朱熹这种对艺术形式的关注是自觉的,是其文学家的一面在某种程度上对理学束缚的突破。

综观朱熹的篇目取舍,既把握了楚辞的思想意义、情感内涵,又要对其横加规范;既要求有益教化、布道求理,又难免留意其中的审美因素,处处体现出其理学家和文学家双重身份的融合与矛盾。与王逸儒家思想统摄下的社会价值要求相比,更具有深刻性和复杂性。

《楚辞集注》亦有序文,但《集注》的序文安排和《章句》稍有差异。将每篇作品的序文都放在正文之前,作品之外,在《集注》和《后语》目录之后又各有一篇序文,以"右《楚辞集注》八卷"和"右《楚辞后语》目录"开头,均明确交代了自己注释的缘由、方法及期望所在,与现代著作的序言类似,无疑是更为符合总序的标准了。

序文也均以"《××》者,××之所作也"开头,之后介绍创作背景和题旨,形式上与王注没有区别,但是如果我们把《楚辞集注》的前序和《楚辞章句》的加以比较,就可以看出二者有很大的不同:

第一,《楚辞章句》序文多指实性,而《楚辞集注》序文则相对宽泛。如《卜居》序文:

> 《卜居》者,屈原之所作也。屈原体忠贞之性,而见嫉妒。念谗佞之臣,承君顺非,而蒙富贵。己执忠直而身放弃,心迷意惑,不知所为。乃往太卜之家,稽问神明,决之蓍龟,卜己居世何所宜行,冀闻异策,以定嫌疑。故曰《卜居》也。
>
> ——《楚辞章句》

> 《卜居》者,屈原之所作也。屈原哀悯当世之人,习安邪佞,违背正直,故阳为不知二者之是非可否,而将假蓍龟以决之,遂为此词,发

其取舍之端，以警世俗。说者乃谓原实未能无疑于此，而始将问诸卜人，则亦误矣。

——《楚辞集注》

《楚辞章句》叙述的是创作的现实缘起，王逸认为"卜居"是实有其事，是屈原因忠而被弃，"心迷意惑，不知所为"，乃去请太卜帮助自己向神明询问在现实中的处世之道。而《楚辞集注》对此予以纠正，朱熹认为是屈原哀悯世浇俗薄，背离了正直之道，所以假借占卜之事作文申明心志、宣扬正道，"以警世俗"。很明显，王注是实指"忠直"，朱注是泛言"正直"；王注中的屈原关注的是个体的行为；朱注中的屈子则具有"警世"之志。另外，"阳为""假"字样的使用，也可以看出朱熹已经注意到了文章的虚构手法。

再如《九章》序文：

《九章》者，屈原之所作也。屈原放于江南之野，思君念国，忧心罔极，故复作《九章》。章者，著也，明也。言己所陈忠信之道，甚著明也。卒不见纳，委命自沈。楚人惜而哀之，世论其词，以相传焉

——《楚辞章句》

《九章》者，屈原之所作也。屈原既放，思君念国，随事感触，辄形于声。后人辑之，得其九章，合为一卷，非必出于一时之言也。今考其词，大氐多直致无润色，而《惜往日》《悲回风》又其临绝之音，以故颠倒重复，倔强疏卤，尤愤懑而极悲哀，读之使人太息流涕而不能已。董子有言："为人君者，不可以不知《春秋》，前有谗而不见，后有贼而不知。"呜呼！岂独《春秋》也哉！

——《楚辞集注》

二人都认为《九章》是屈原放逐之后"思君念国"、抒发愤懑的作品，但相对于王逸紧抱"忠信之道"不放的指实，朱熹"随事感触、辄形于声"的宽泛判断更为合理。朱熹同样认为《九章》具有重大的思想意义——甚至可以

与《春秋》相媲美，但这个意义不是如王逸理解的是自己陈述出来的，而是通过作品强烈的情感感染力量传达给读者的。《楚辞集注》这段序文既体现了朱熹对《九章》情感内涵的准确把握，更在遣词造句中蕴含了极深的个人感慨，本身就富有一种触动人心的力量。

第二，《楚辞集注》序文比《楚辞章句》序文的引导性更强。本来，序文中都会包含注释者个人对文义的理解，这种理解自然会对读者产生一定的引导作用，这也是注释者以述为作、阐发个人思想的手段之一。但《楚辞章句》的序文多以还原历史背景以帮助读者理解文义为主，王逸个人对文义的理解和背景的介绍是结合在一起的，虽然也是直接点明，却并不独立其外。而《楚辞集注》的序文往往在背景介绍之外，明确加入注释者个人的分析和判断。如《离骚》的序文，二书都是首先介绍了屈原的经历和各篇作品的创作背景，内容基本相同，展现的是一个忠贞而见弃的贤臣形象。接下来是对楚辞艺术的理解，《楚辞章句》云："《离骚》之文，依《诗》取兴，引类譬喻，故善鸟香草，以配忠贞；恶禽臭物，以比谗佞；灵修美人，以媲于君；宓妃佚女，以譬贤臣；虬龙鸾凤，以讬君子；飘风云霓，以为小人。其词温而雅，其义皎而朗。"虽然过于凿实而失之偏颇，但仍然是承接着楚国的现实和屈原的"忠贞之志"展开的。而《楚辞集注》则采用了按语的方式，先引了《周礼》和《毛诗大序》所谓"六诗"的观点，再加以分析，分别给"风""雅""颂"和"赋""比""兴"下了定义，确定了各自的区分标准，指出这是"诵《诗》者"必须掌握的要领。再云：

> 不特《诗》也，楚人之词，亦以是而求之，则其寓情草木，托意男女，以极游观之适者，变风之流也。其叙事陈情，感今怀古，以不忘乎君臣之义者，变雅之类也。至于语冥婚而越礼，抒怨愤而失中，则又风、雅之再变矣。其语祀神歌舞之盛，则几乎颂，而其变也，又有甚焉。其为赋，则如《骚经》首章之云也；比，则香草恶物之类也；兴，则托物兴词，初不取义，如《九歌》"沅芷澧兰"以兴"思公子而未敢言"之属也。然《诗》之兴多而比、赋少，《骚》则兴少而比、赋多，要必辨此，而后词义可寻，读者不可以不察也。

王逸是仅就《离骚》的情况立言，虽然也认为《离骚》是"依《诗》取兴"，但只是一一对应，简单比附，并没有展开论述。朱熹的这一大段分析却把全部"楚人之词"的思想和艺术方面的问题都涵盖在《诗》的范围之内，以儒家经典的权威保障了自己观点的正确性，也保障了对读者阅读方向的引导和规定。

再如《九歌》的序文，王逸介绍背景后云："上陈事神之敬，下见己之冤结，讬之以讽谏。"朱注云："此卷诸篇，皆以事神不答而不能忘其敬爱，比事君不合而不能忘其忠赤，尤足以见其恳切之意。旧说失之，今悉更定。"王逸虽然不具言"讽谏"，但仍然以非常肯定的语气规定了作品的内容和情感指向。

朱熹对王逸不分章节顺文滚解的作注方式颇为不满。他认为，"凡说诗者，固当句为之释，然亦但能见其句中训故字义而已，至于一章之内，上下相承，首尾相应之大指，自当通全章而论之，乃得其意。"而王逸却是"于上半句下，便入训诂，而下半句下，又通上半句文义而再释之，则其重复而繁碎甚矣"。对此，"《补注》既不能正，又因其误。"故而，"今并删去，而放《诗传》之例，一以全章为断，先释字义，然后通解章内之意云。"① 他以韵分章，基本上是以四句（也有少量六句、八句）为一小节作注。具体格式为：先注明或辨析字音，间或标出诸本异字稍加判断，然后用一个"○"号与下面的注文隔开。"○"号后的注文仿其《诗集传》之例，以赋、比、兴等古代诗歌创作的不同表现手法为出发点，点明该章节属于赋、比、兴的哪一类或哪几类。接下来便是具体训释字词，阐发句、章大义。以《离骚》中一节为例：

"汝何博謇而好脩兮，纷独有此姱节？薋菉葹以盈室兮，判独离而不服。"注云：

　　謇，一作蹇，非是。好，呼报反。节，叶音即。薋，自资反；亦作茨。菉，力玉反。葹，商支反。服，叶蒲北反。○赋而比也。此亦女婆

---
① 《辩证·离骚经》。

言也。博謇，谓广博而忠直。纷，盛貌。姱节，姱美之节也。薋，蒺藜也。菉，王刍也。葹，枲耳也。三物皆恶草，以比谗佞。盈室，喻满朝也。判，别也。言众人皆佩此恶草，汝何独判然离别，不与众同也。

朱熹这种"通全章而论之"、把作品整体而不是单纯的字句作为自己注释对象的解读方式体现了他对作品文学特性的准确理解和把握，注文层次分明、条理清晰，显然更利于阅读者在注释者的引导下理解进而接受作品。

《楚辞集注》中也有关于相异版本文字的标注，均置于"〇"号之前，一般是先注音再标异，如果两字读音相同，则先标异再注音。如：《离骚》"椒专佞以慢慆兮"句注云："慢，马谏反，一作谩，一作漫。慆，吐刀反，一作謟。"《九歌·湘夫人》"荒忽兮远望"句注云："荒忽，一作慌惚，音同。"也有很多不注音，只以"一作……""一无……"等形式标出。"〇"号之前的部分中这样的异文标注非常多，但大多不做辨析，只间或有一些简单的说明或是与非的判断：《离骚》"循绳墨而不颇"句注云："循，一作脩，非是。"《九歌·东皇太一》"灵偃蹇兮娇服"句注云："娇服，一作妖服，古字通也。"《九章·惜诵》"惩热羹而吹兮"句注云："惩热羹，一本热作於，而羹下有者字，一本有於热者，皆非是。一作惩热於羹，而无者字，亦通"。

稍复杂些的考订辨析的内容，《集注》放在了"〇"之后，《离骚》"又重之以脩能"句注云："能，叶奴代反；一作态，非是。……〇能，才也。能，兽名，熊属，多力，故有绝人之才者谓之能。"更明显之处是对《九章·怀沙》"曾伤爰哀，永叹喟兮。世溷浊莫吾知，人心不可谓兮"一节的注文：在"〇"号之前，标异云："《史》无浊字，莫作不。一无人心字，或无人字，或无人心而有念字。一本无浊吾人心四字。"非常简单。而在"〇"号之后，用"按"字领起："此四句若依《史记》移著上文'怀质抱情'之上，而以下章'死不可让，愿勿爱兮'承'余何畏惧'之下，文意尤通贯。但《史》于此又再出，恐是后人因校误加也。"根据自己对文义的理解对文字顺序作了进一步推理。

《辩证》中也有一些关于异本考辨的内容，既有简单标注，如："桑，一作乘。驼，一作驰。憑，一作懚，又作冯。草，一作艸，又作卉。予，一作余。菹，一作葅。"但接下来即言"此类错举一二以见之，不能尽出也"。①

也有对前文标注的解说：《离骚》"求宓妃之所在"句注云："宓，房六反；一作宓，莫笔反。"《辩证》云："宓妃，一作宓妃。《说文》：'宓，房六反，虎行貌。''宓，美毕反，安也。'《集韵》云：'宓与伏同，宓犠氏，亦姓也。宓与密同，亦姓。俗作密，非是。'《洪补》引颜之推说云：'宓字本从宀。宓子贱即伏犠之后，而其碑文说济南伏生又子贱之后。是知古字伏、宓通用，而俗书作宓，或复加山，而并转为密音耳。'"参校众本考订清楚后却云："此非大义所系，今亦姑存其说，以备参考。"从这些看似不经意而道及的言论中可以看出朱熹对于异本校勘的一些观点，即是否有关"大义"是其首先关注的问题。关系不大的可以一带而过，关系密切的便要细论详说。但作为一个学术功底深厚、学风朴实细致的大家，对不同见解又会有一种本能的兴趣，以至于对那些"非大义所系"之说，也要"姑存""以备参考"。这也是学者和理学家双重身份的矛盾统一在朱熹身上的又一次体现。

《集注》的异文校订还有一个特别之处，那就是有些根本不存在"异本"，所谓"异文"，是朱熹自己"疑"出来的。受北宋以来文人学者大胆疑经之风的影响，在自己全面细致研究经典学术方法的作用下，朱熹主张，"看人文字，不可随声迁就"，②说自己"某寻常看文字，都曾疑来"。③在《集注》中，他对那些虽无异文但于文义不甚相合的文字大胆相"疑"且小心求证。简单些的在注释中解决：《天问》"洪泉极深"句注云："泉，疑当作渊，唐本避讳而改之也。"《招魂》"朕幼清以廉洁兮，身服义而未沫。主此盛德兮，牵于俗而芜秽"句注云："或疑主上有朕字。"下文解曰："此宋玉代为屈原之词。言朕者，为原之自朕也。"从抒情主体的角度出发所作的这种猜测还有相当的道理的。复杂一些的在《辩证》中详论：《辩证·九章·怀沙》云："'怀质抱情，独无匹兮'诸本皆同，《史记》亦然。而王逸训匹为只，《补注》云'俗字作疋'，则其来久矣。但下句云'伯乐既没，骥焉程兮'，於韵不叶，故尝

---

① 《辩证·离骚经》。
② 《朱子语类》，第185页。
③ 《朱子语类》，第3335页。

疑之,而以上下文义及上篇'并日夜而无正'者证之,知匹当作正,乃与下句音义皆叶,然犹未敢必其然也。及读《哀时命》之篇,则其词有曰'怀瑶象而握琼兮,愿陈列而无正',正与此句相似,其上下句又皆以荣、逞、成、生为韵,又与此同,然后断然知其当改而无疑也。"从上下文义、音韵、上下篇章多个角度来分析,即使我们未必同意他的观点,也不能不承认其论证的细致严密。在这样的论证支持下,这种"疑"出来的"异文"甚至于真有"扶正"的希望。如《天问》"启棘宾商"一句。原文《楚辞章句》《楚辞补注》相同。王注云:"棘,陈也;宾,列也。《九辩》《九歌》,启所作乐也。言启能修明禹业,陈列宫商之音,备其礼乐也。"洪兴祖看出其中牵强,于是将"棘"改释为"急",将"商"改释为契之封地,说此句意思是急于"待商以宾客之理",这于上下文义仍是难以通达。朱熹通过与《山海经》相关内容的比较,精心考校,认定"商"字为"天"字之讹,再广泛求证于《列子》《史记》所记载的周穆王、秦穆公、赵简子之事,推论"棘"为"梦"字之误。因而论定说:"'启棘宾商'四字,本是'启梦宾天'……王逸所传之本,宾字幸得不误,乃以篆文梦、天二字中间坏灭,独存四外,有似棘、商,遂误以梦为棘,以天为商。"据此释此句意为"启梦上宾于天,而得帝乐以归"。这个解释已取代王、洪之注为大多数学者所认同。

第二节 《楚辞集注》对屈原思想的阐发

朱熹在《楚辞集注序》中说自己注释楚辞的目的是因为当世所流传的王逸《楚辞章句》和洪兴祖《楚辞补注》虽然"于训诂名物之间则已详矣",但仍有不足:

> 顾王书之所取舍,与其题号离合之间,多可议者,而洪皆不能有所是正。至其大义,则又皆未尝沈浅反复、嗟叹咏歌,以寻其文词指意之所出,而遽欲取喻立说、旁引曲证,以强附于其事之已然。是以或以迂滞而远于性情,或以迫切而害于义理,使原之所为壹郁而不得申于当年

者，又晦昧而不见白于后世。予于是益有感焉。疾病呻吟之暇，聊据旧编，粗加隐括，定为《集注》八卷。庶几读者得以见古人于千载之上，而死者可作，又足以知千载之下有知我者，而不恨于来者之不闻也。

这里，朱熹提出了探寻"文词指意"的方法——"沈浅反复、嗟叹咏歌"，也就是我们所说的从文本本身出发，通过对文本的认真体悟来感受作者的精神思想，所谓"以意逆志"，而不是将自己的意志强加于文本。在他看来，王、洪旧注最严重的错误就是没有掌握好这个方法，以至于对楚辞"大义"的阐发出现了偏差——"以迂滞而远于性情"和"以迫切而害于义理"。朱熹对此深有所感，所以要予以纠正，以使读者真正了解屈原、使后人认同自己阐发的"大义"。而他所理解的屈原之"性情"和屈骚之"义理"即是：

　　原之为人，其志行虽或过于中庸而不可以为法，然皆出于忠君爱国之诚心。原之为书，其辞旨虽或流于跌宕怪神、怨怼激发而不可以为训，然皆生于缱绻恻怛、不能自已之至意。虽其不知学于北方，以求周公、仲尼之道，而独骋于变风、变雅之末流，以故醇儒庄士或羞称之。然使世之放臣、屏子、怨妻、去妇扢泪讴唫于下，而所天者幸而听之，则于彼此之间，天性民彝之善，岂不足以交有所发，而增夫三纲五典之重！

这段"窃尝论之"是朱熹对屈原的一个系统评价，从志行，即思想行为、辞旨，即作品情感内容，以及教化作用和效果三个层面进行了正反两个方面的分析，表达了否定和肯定的两种评价态度，从而强调所要阐发的"大义"——屈原能够"增夫三纲五典之重"的"忠君爱国之诚心"。其具体的方法就是通过"虽……然"的排比句式的使用，承认前者又在对后者的肯定之中部分地否定前者，以退为进，在对不同见解的反驳中树立屈原的正面形象。这种表达深婉曲折，涵蕴丰富而又有很强的分寸感，是朱熹作为一个有相当文字驾驭能力的理学大师独特的表达方式。

　　屈原的思想和行为"过于中庸"，这是对班固"露才扬己"、颜之推"显暴君过"以及"贬絜狂狷景行"等评价的概括。对于屈原评价中一直存在的这些以"中庸"的伦理道德标准为武器来批判的内容，朱熹也承认其"不可以为法"。但是，相比于此，其"忠君爱国之诚心"却是更值得关注和肯定的。关于这两者之间的是非高下，《楚辞后语》卷二亦有云：

> 屈原之心，其为忠清洁白，固无待于辩论而自显；若其为行之不能无过，则亦非区区辩说所能全也。故君子之于人也，取其大节之纯全，而略其细行之不能无弊。则虽三人同行，犹必有可师者，况如屈子，乃千载而一人哉！孔子曰："人之过也，各于其党。观过，斯知仁矣。"此观人之法也。夫屈原之忠，忠而过者也；屈原之过，过于忠者也。故论原者，论其大节，则其它可以一切置之而不问。论其细行，而必其合乎圣贤之榘度，则吾固已言其不能皆合于中庸矣。

孔子"观过知人"观点是朱熹立论的基础。根据"圣贤"的观点，朱熹提出了衡人论事的标准——取大节而略细行——一个人只要在"大节"上做到了"纯全"，就可以忽略其"细行"之"弊"。以此"观人之法"来考察屈原，则是非立辨。屈原之"忠"使他在"大节"上无可挑剔，他的"过"只是没有很好掌握"忠"的尺度，情感的克制不足，以至于操之过急，言行过激。相对于"大节"的"纯全"，这些不合于"中庸"的"细行之弊"是完全可以忽略不计的。忠君是儒家社会伦理道德体系的核心，而中庸则是一种思想方法，是一种处世和处事的原则和态度。两者相较，孰高孰低不言自明。朱熹巧妙地运用儒家思想理论的权威武器，将"忠君"的屈原引入了儒家思想的殿堂。而且，还独具深意地以"爱国"附骥于"忠君"之后，一并带入。"忠君"在对屈原的正面评价中一直是最有力的支柱，从王逸到洪兴祖更是强调的重点。"爱国"的评价萌芽于司马迁的"睠顾楚国"，至洪兴祖方予以突出表现，但《楚辞补注》中屈原对楚国的挚情是被以"忧国"的提法传达出来的。直至《楚辞集注》才第一次明确提出"爱国"的概念，将其堂而皇之地列于"忠君"之侧。"爱国"的思想在儒家典籍中的论述远不如"忠君"那样充分详细，在以"三纲五常"为核心的政治伦理道德体系中的地位更不能与"忠君"相比。但"三纲五常"的理论偏重于宗法伦理道德的阐释，而相对忽略了对国家意识的强化。这种忽略在国家危亡、纲弛纪坏的衰乱之世会格外明显，甚至产生极大的破坏性。朱熹就处于这样的乱世，他以一个理学大师、一个关注现实的士大夫的责任和敏感意识到了儒学理论的欠缺，因此力挺屈原的"爱国"思想以补正、扩充"三纲五常"的内容，以便更好地服务于现实政治，整饬世道人心。

《楚辞补注》中的屈原之所以爱国、忧国，与其和楚王"同姓"密切相关，是恪守"同姓事君之道"的结果。朱熹对此不以为然：《辩证·离骚经》："'延伫将反'，洪以同姓之义言之，亦非文意。""《楚辞补注》以为灵氛之占，劝屈原以远去，在异姓则可，在原则不可，故以为疑而欲再决之巫咸也。考上文但谓举世昏乱，无适而可，故不能无疑于氛之言耳。同姓之说，上文初无来历，不知洪何所据而言。此亦求之太过也。""求之太过"，即是强为之解，有穿凿之嫌。朱熹认为对屈原的王族宗亲身份不必过分强调，身份并非屈原爱国的理由，"诚心"才是根本。《楚辞集注》中的屈原处处体现着一个臣子的"忠君爱国之诚心"：

《离骚》中以"美人""灵修"寄意于君，或"恐美人之迟暮，将不得盛年而偶之，以比臣子之心，唯恐其君之迟暮，将不得及其盛时而事之"，[①] 或"上指九天，告语神明，使平正之，明非为身谋及为他人之计，但以君之恩深而义重，是以不能自已耳"，[②] 或以比兴寄意，或直接抒发情感，委婉而坚定地表明自己对君主的忠诚和依恋。

《九歌》是屈原被放逐之后，见到民间祀神歌舞而"感之"，"故颇为更定其词，去其泰甚，而又因彼事神之心，以寄吾忠君爱国眷恋不忘之意。"[③]其中，《大司命》"言其竭诚尽礼以事神，而愿神之欣说安宁，以寄人臣尽忠竭力、爱君无己之意"；《云中君》"足以见臣子慕君之深意"；《湘君》"情意曲折犹多，皆以阴寓忠爱于君之意"；《山鬼》"言其被服之芳者，自明其志行之洁也。言其容色之美者，自见其才能之高也。子慕予之善窈窕者，言怀

① "惟草木之零落兮，恐美人之迟暮"句注。
② "指九天以为正兮，夫唯灵修之故也"句注。
③ 《集注·九歌序》。

王始珍已也。折芳馨而遗所思者，言持善道而効之君也。处幽篁而不见天，路险艰又昼晦者，言见弃远而遭障蔽也。欲留灵修而卒不至者，言未有以致君之寤而俗之改也。知公子之思我而然疑作者，又知君之初未忘我，而卒困于谗也。至于思公子而徒离忧，则穷极愁怨，而终不能忘君臣之义也"。

《九章》是"既放"而"思君念国，随事感触，辄形于声"之作。《惜诵》"言作忠造怨，遭谗畏罪之意，曲尽彼此之情状"；《抽思》以下，死期渐迫，至《惜往日》《悲回风》，则其身已临沅湘之渊，而命在晷刻"之时，尚"顾恐小人蔽君之罪闇而不章，不得以为后世深切著明之诫，故忍死以毕其词"。①

朱熹对屈原的这些解说不能说丝毫没有牵强之处，尤其是把《九歌》直接与屈原的身世联系，句句直指现实，并关乎君臣大义，甚至有他自己批判的"取喻立说，旁引曲证，以强附于其事之已然"的嫌疑，在相当程度上偏离了屈原的本意。但是，无法否认的是，通过这些注释话语，朱熹确实塑造了一个终其一生、直至生命的最后一刻都在坚守忠君爱国信念的光辉形象。

"跌宕怪神、怨怼激发"是指屈原作品中"数责怀王、怨恶椒兰，愁思苦神""忿怼不容"以及"多称昆仑，冥婚宓妃"等"虚无之语"，后者属于题材选择的问题，将在下章讨论。前者实际就是从刘安开始的屈骚评价中一直承认的怨愤之情。对此，班固持否定态度，王逸、洪兴祖则努力将其限定在"忠"的范围之内而加以肯定，而朱熹的态度却似乎有些矛盾。一方面，他也承认屈骚中的"忿怼"因素，承认有"愤懑而极悲哀"之作；另一方面，他又明确反对屈原"怨君"之说：

> 楚词不甚怨君，今被诸家解得都成怨君，不成模样。《九歌》是托神以为君，言人间隔，不可企及，如己不得亲近于君之意。以此观之，他便不是怨君。②
>
> 且屈原一书，近偶阅之，从头被人解错了。自古至今，讹谬相传，

---

① 《辩证·九章》。

② 《朱子语类》，第3297页。

更无一人能破之者，而又为说以增饰之。看来屈原本是一个忠诚恻怛爱君底人。观他所作《离骚》数篇，尽是归依爱慕，不忍舍去怀王之意。所以拳拳反复，不能自已，何尝有一句是骂怀王。亦不见他有偏躁之心，后来没出气处，不奈何，方投河陨命。而今人句句尽解做骂怀王，枉屈说了屈原。只是不曾平心看他语，所以如此。①

如何看待这些"矛盾"的说法呢？其实，解决的关键就在于"皆生于缱绻恻怛、不能自已之至意"。在朱熹看来，屈原的内心充盈着"忠君爱国"的炽烈情感，由于这份情感不被理解、无处宣泄、"不能自已"，他才会用"怨怼激发"的形式体现出来。既然"怨"产生于"忠君爱国"、表现着"忠君爱国"，那么，"怨"即"不怨"。朱熹对屈子之"怨"的这种阐发与王逸"讽谏"君过和洪兴祖的"《小弁》之怨"的观点同属于儒家价值体系，都因其"忠君"前提和基础而得以存在。但比起王、洪二人，朱熹以"怨"即"不怨"的基调注解的屈原身上的"忠臣"气要更重一些：

《九章·抽思》"愿承闲而自察兮，心震悼而不敢。悲夷犹而冀进兮，心怛伤之憺憺。"朱注："意谓欲求承君之闲暇以自明而不敢，然又不能自已，故夷犹欲进，而心复悲惨，遂静默而不敢言也。观此，则知屈原事君惓惓之意盖极深厚，岂乐以婞直犯上而取名者哉！"

"初吾所陈之耿著兮，岂至今其庸亡？何独乐斯之蹇蹇兮，愿荪美之可完。"朱注："言昔吾所陈之言明白如此，岂不至今犹可覆视，而何用乃亡之耶？然吾非独乐为此蹇蹇，而不乐为顺从也；但以君之德美犹可复全，是以不得已而为此耳。所谓尚幸君之一寤者如此，其志切矣。"

忍让顺从、惓惓事君，其"婞直犯上"的"怨"谏之言乃"不得已而为"，是为了"复全""君之德美"。这是真实的屈原吗？这个问题并不重要。重要的是这个形象恪守了儒家政治伦理道德规范所要求的为臣之"大节"，足以为当世典范、后世楷模。

朱熹认为，虽然屈原因为"不知学于北方"而未得圣贤之学的正宗，但

---

① 《朱子语类》，第 3258 页。

其表达"忠君爱国之诚心"的创作却有着强烈的艺术感染力，能够启发世人觉悟，感发其天性之善，从而达到"增夫三纲五典之重"的效果。正是为了让屈原和楚辞真正起到这样的教化作用，朱熹以自己的注释话语重新塑造了屈原的形象。而我们从其对屈原思想的阐发中则可以发现朱熹的思想和价值观念，可以探求产生这种思想和价值观的社会文化渊源。

朱熹生活在南宋朝政极其混乱的年代，统治者渡江之初的复国激情随着偏安局面的确定而逐渐冷却，转而在新的繁华都市中重温旧梦。朝中权奸当道，迫害忠良，正直的士大夫满怀救国激情却备受排挤打击。民族矛盾尖锐，金兵压境，亡国之祸迫在眉睫。这一切与屈原所处的战国晚期楚国的形势非常相近。朱熹注楚辞，是在他任职潭州——即"作牧于楚"之后。关于当时的国家局势，他在给朝廷的封章中曾说："今天下大势，如人有重病，内自心腹，外达四支，无一毛一发不受病者。"而据《宋史·本传》载，他对此又特别提出"辅翼太子、选任大臣、振举纲维、变化风俗、爱养民力、修明军政"为六件急务。当时朝廷内部派系斗争激烈，朱熹尖锐地抨击内侍们"淫巧于内，以荡上心"，"势焰熏灼，倾动一时"。在主战主和的斗争中，朱熹也是坚决地站在主战派一边的，有着强烈的抗敌救国的愿望和抱负。他曾写文痛斥秦桧的卖国罪行，要求褒奖因反对秦桧而被贬死的士人，表现出一心为国、刚正不阿的可贵品质。

与此同时，朱熹也一直受到政敌的点名弹劾和指斥："本无学术，徒窃张载、程颐绪余，谓之道学。""妄希孔孟历聘之风，邀索高价，不肯供职，其伪不可掩。"宁宗即位，他受赵汝愚之荐，入朝任焕章阁待制、侍讲，不久即因正言获罪被贬外放。庆元年间，韩侂胄为了独擅朝政，制造了"庆元党禁"，开列了一份五十九人的"伪逆党籍"，其中宰执四人，以赵汝愚为首；待制以上十三人，以朱熹为首，对所谓的"伪学""逆党"一网打尽。此次党禁摧残了朝野的正直士风，使政局更加黑暗混乱，以朱熹为首的"道学"所受打击尤为严重。朱熹本人更有切肤之痛。庆元三年，已经六十六岁高龄、闲居授徒的朱熹被削去官职名号，这时还有人攻击他"潜行匿迹，如鬼如魅。乞加少正卯之诛，以为欺君罔世、污行盗名者之诫"，甚至要求朝廷"斩朱熹以绝伪学"。当时正人端士纷纷被贬谪到荒远之地。赵汝愚谪永州，中道暴卒于衡阳。朱熹的高足弟子蔡元定编管道州，次年即郁郁而亡。朱熹祭赵汝愚云：
"何悟反复，接踵言归。我罪未论，公行先迈。临风一恸，鸡絮是将……"① 又
遣子往哭蔡元定："精诣之识，卓绝之才，不可屈之志，不可穷之辩，不复可
得而见矣。天之生是人也，果何为耶！"② 心中之郁勃烦怨可见一斑。于是，便
有人把《楚辞集注》与这一事件联系起来。王应麟《困学纪闻》云："南塘挽
赵忠定公云：'空令考亭老，垂白注《离骚》'。"周密《齐东野语》云："赵汝
愚永州安置，至衡州而卒，朱熹为之注《离骚》以寄意焉。"《四库全书总目
提要》因此断言：朱熹《楚辞集注》的宗旨就在于"以灵均放逐，寓宗臣之贬；
以宋玉招魂，抒故旧之悲"。以具体的现实事件来对应复杂的注释活动，得出
的结论未免简单化，起码在《楚辞集注》中我们找不到直接相关的证据，但
说《楚辞集注》有现实感慨、寄寓着朱子思想、情感却是毫无疑问的。

　　现实倾向最明显的是对扬雄的批判。扬雄对屈原的评价代表了汉代一种
典型倾向，其人生态度和经历也很有特点，历来对他的评价也是高下有别、
各执一词。在宋之前，扬雄大体上是颇享盛名的，班固、韩愈等人都曾给
予很高的评价。李善注《文选》，始对其品节提出批评："王莽潜移龟鼎，子
云进不能辟戟丹墀，亢辞鲠议；退不能草玄虚世，颐性全真，而反露才以耽
宠，诡情以怀禄。素餐所刺，何以加焉！"③ 对扬雄的人生态度和行为方式进
行了全面批判，将其比作《诗经·伐檀》所刺的"君子"一类人物。这个批
判可谓尖刻，但并未引起太多的注意。在北宋，司马光《资治通鉴》中对扬
雄评价甚高。苏轼首先批评扬雄"好为艰深之辞，以文浅易之说"，④ 但也仅
是论文，并未触及其品节。晁补之将《反离骚》选入所编的《变离骚》中，
认为"《离骚》之义，待《反离骚》而益明"。⑤

---

　　① 《祭赵丞相文》，《晦庵先生朱文公文集》卷八七，见《朱子全书》第 24 册，上海古
籍出版社、安徽教育出版社 2002 年版，第 4091 页。

　　② 《又祭蔡季通文》，见《朱子全书》第 24 册，上海古籍出版社、安徽教育出版社
2002 年版，第 4093 页。

　　③ 《文选》，第 678 页。

　　④ 《与谢民师推官书》，《苏轼文集》卷 49。

　　⑤ 《变离骚序》，《鸡肋集》卷 36。

　　这些都是靖康事变以前之事。靖康事变后，洪兴祖从失节的角度切入，彻底否定扬雄的人生观，彻底推翻了他对屈原的评价，但《楚辞补注》对扬雄的批判尽管激烈却不成系统。朱熹继承了洪兴祖的观点并进一步深化。《辩证·晁录》云："雄乃专为偷生苟免之计，既与原异趣矣，其文又以摹拟掇拾之故，斧凿呈露，脉理断续，其视宋、马犹不逮也。"指出扬雄和屈原在人生态度上有本质区别，故而不可能真正理解屈原，其文也就一无是处。《楚辞后语序》云："至于扬雄，则未有议其罪者，而余独以为是其失节，亦蔡琰之俦耳。然琰犹知愧而自讼，若雄则反讪前哲以自文，宜又不得与琰比矣。"甚至不惜对违背理学大义的蔡琰网开一面，以她作"参照"来突出扬雄之"恶"。朱熹认为，扬雄之罪之大者是"失节"。《后语·反离骚序》称其为"汉给事黄门郎、新莽诸吏中散大夫"，就是以对比介绍身份的方式批判扬雄以汉臣而事新朝王莽的失节行为。而且，与蔡琰的"知愧"相比，扬雄不仅不"自讼"，还提出"龙蛇"的观点，制造了一种变节的理论。这就不只是扬雄个人的人生态度问题，而是关系到引导人们如何处世、如何做人、如何对待君国的大是大非的问题，所以要对其痛加批判。在朱熹看来，扬雄以他自己"爱清静，作符命；唯寂寞，自投阁"的行为否定了自己的理论，而屈原则恰恰是以自己的行为树立了忠君爱国的典范。"雄固为屈原之罪人，而此文乃《离骚》之谗贼矣，它尚何说哉！"[1]朱熹以这样慷慨激昂的结束语把扬雄其人其文一笔抹杀，以彻底推翻反对者言论的方式突出了屈原的忠君爱国的高大形象，既是借古讽今、隐晦地批判秦桧一类毫无气节的投降派，也是以屈原的正面形象来激励世风，具有明显的现实教化意义。

　　除了像批判扬雄这样有明显指向的以外，《楚辞集注》中还有一些议论虽没有具体指明，却也暗含着注释者的感慨。如：《离骚》"闺中既以邃远兮，哲王又不寤。怀朕情而不发兮，余焉能忍与此终古"，王注："言我怀忠信之情，不得发用，安能久与此暗乱之君，终古而居乎？"洪补："此言当世之人，蔽美称恶，不能与之久居也。"朱注："闺中深远，盖言宓妃之属不可求也；哲王不寤，盖言上帝不能察司阍壅蔽之罪也。言此以比上无明主、下无

---

　　① 《后语·反离骚序》。

贤伯，使我怀忠信之情不得发用，安能久与此暗乱嫉妒之俗终古而居乎？意欲复去也。"王注指"君"、洪补指"世人"，都仅就一点而论。朱熹却一反其简练的作风，详为之说。所谓"壅蔽""上无明主、下无贤伯"，均似有所指。又如"何昔日之芳草兮，今直为此萧艾也？岂其有他故兮，莫好修之害也"一节，朱注云："世乱俗薄，士无常守，乃小人害之，而以为莫如好修之害者，何哉？盖由君子好修，而小人嫉之，使不容于当世。故中材以下，莫不变化而从俗，则是其所以致此者，反无有如好修之为害也。东汉之亡，议者以为党锢诸贤之罪，盖反其词以深悲之，正屈原之意也。"朱熹此处的阐释和议论已经偏离了屈子原意而蕴涵着个人很深的现实感触。"士无常守"乃是"世乱俗薄"的根源，而"世乱俗薄"又加快了士人偏离操守的步伐。《辩证》评洪兴祖释《怀沙》"知死之不可让，则舍生而取义可也。死恶有甚于死者，岂复爱七尺之躯哉"之言云："其言伟然，可立懦夫之气，此所以忤桧相而卒贬死也，可悲也哉！近岁以来，风俗颓坏，士大夫间遂不复闻有道此等语者，此又深可畏云。"国家的危难、世俗的衰乱、士人操守的丧失，这一切都让这位高度富有责任感的士大夫、以整饬世道人心为己任的理学大师扼腕痛惜、苦寻良方。作为一个理学大家，他通过对一系列儒家经典的注释，改造和完善了儒学思想体系，使之更适合于封建制度和封建大一统思想发展的需要。而当他为情感、兴趣、世事所触发而注楚辞的时候，一方面能够从情感体验上理解屈原，另一方面又不自觉地从现实需要出发对屈原的思想进行了部分的修正和整合——突出强调其忠君爱国的一面以励世，淡化削减其指斥尊者的怨愤以合于儒道，试图以这样的屈原和表达这种思想精神的楚辞来达到"增夫三纲五典之重"的社会教化效果。从对屈原评价的整体发展历史来看，朱熹既以强化忠君、淡化怨愤抹杀了屈原的抗争性精神和人格的独立性，又以其对忠君爱国的褒扬将屈原的品格评价上升到儒道允许的最大高度。清人吴世尚撰《楚辞注疏》，在叙中全引《楚辞集注序》，且说："原之所以千古，骚之所以千古，朱子此论尽之矣！"至少在封建时代，吴氏的这个判断是正确的。

下 编
汉宋楚辞注释之转变

第一章 从外向经世到内省治心
——注释目的的转变

　　封建时代没有单纯"为学术而学术"的研究，即使是楚辞这样一种文学性很强的研究对象，被选作注释对象的根源也可以追溯到时代主流思想文化的影响，占统治地位的思想观念的变化也会导致注释目的发生相应的转变。

　　汉代是继先秦孔孟儒学之后，又一个儒学系统化的时代。董仲舒融汇各家思想建立的新儒学理论体系不仅要解决中国传统社会的一般统治原则问题，而且具有极强的实践品格，反映了时代的要求，满足了社会政治的需要。同时，汉王朝处于历史的上升时期，相当长的一段时间是太平盛世，统一、强盛、繁荣，士人们普遍具有朝气蓬勃的进取精神，怀着强烈的建功立业的理想。而随着尊儒政策的实施，明经之士开始被有计划、有目的地招纳进政权，士人们的理想与现实政治之间的联系愈加紧密。他们把对"立德""立功"之"不朽"的追求投射到对现实的改造与完善之中，把自己的人生目标确立在"经世"的目的之上。汉代士人对现实政治的热衷是空前的。从贾山、贾谊、晁错的西汉鸿文，到盐铁会议、白虎观会议；从董仲舒的"天人三策"，到王符《潜夫论》、仲长统《昌言》，都表现出极大的"经世"热情，他们力图通过外向的"有补于世"来实现自己的价值和理想，其著作、学说的现实针对性非常明显。

　　宋代是第三次儒学系统化的时代。宋学和汉学已经有了很大的不同。经过汉唐盛世，封建社会的鼎盛时期已经过去。宋儒与汉唐士人相比，无疑少了一些朝气蓬勃、昂扬奋发的精神气质，宋儒更成熟、内敛，倾心于内在人格的自足要多于追求外在的事功。处于国家内忧外患的情况之下，他们也有强烈的拯时济世的愿望并为之做出了很多努力，但政治体制对士人控制的强化使他们的努力难以产生足够的影响现实政局的实际效用，反倒是思想理论的建构取得了前所未有的成功。但宋代理学并没有像汉代经学那样一开始就成为官方意识形态，甚至在整个宋代，理学对政治实践的作用都远逊于经学，它的影响更多集中在思想文化领域。宋学以心性义理为核心，将万事万物之理归本于人心固有的道德理性，主张通过主体对自身内心的省察来达到道德的自觉和完善。如果说汉代经学以干预社会现实为价值体现，那么宋代理学则主要是寻求一种安顿主体心灵的有效措施，以对人心的唤醒来保证道德的实现。

在这样的思想文化氛围之中，汉宋两代的学者在注释楚辞时体现出来的目的性指向也有差别，具体而言，就是外向经世和内省治心的不同。

第一节　汉代楚辞注释的现实性倾向

两汉是经学昌明的时代。在经历了立国之初短暂的休养生息和一段时间的内外经营之后，强盛起来的统一的封建专制帝国迫切需要与之相应的统一的思想体系来证明其专制政体的合理性并为其提供思想和文化支撑，"经学"即产生于这一背景之下。经学大师董仲舒以《公羊春秋》为线索，把战国以来各家学说以及儒家各派，在孔子名下统一起来，"否定了法家强调法治、以吏为师、不要文教德治的片面性，吸收了它的集权专制和注重刑、法的思想；否定了黄老消极无为、忽视人的主观能动性的片面性，吸收了它的自然观阴阳刑德思想"。[①] 在肯定大一统专制的合理性的同时，又为这一政治制度的完成，建构起一个庞大的学术思想体系，为当时的政权提供了一套最能取信于人的理论学说，并在统治者的提倡下迅速成为社会统治思想，具有"独尊"的权威地位。很快，或由自愿的认同欣赏、或由与入仕之途相连而不得已接受，经学和经义占据了士人的思想领地。之后，虽几经周折，无

---

① 金春峰：《汉代思想史》，中国社会科学出版社 1987 年版，第 213 页。

论是谶纬化的迷失，还是今古文之争的消耗，都不曾真正动摇经学的地位。直到汉末经学衰落，它也还是保持着至高的名义。而对于经学教育以明经行修为基本要求培养出来的士人们来说，经学的影响早已根深蒂固地盘踞于意识之中。即使是那些"疾虚妄"类的批判声音，传递出来的也是内心深处对失落了的真正"经义"的呼唤与渴望。"宗经"已内化为士人思维的基本原则，任何学术活动都在自觉不自觉地遵循着这一原则，典籍的注释也不例外，儒家经典的注释本就是经学理论建构的基石。

汉代是楚辞学的初始阶段，更明显地体现出主流思想文化的影响和制约。对屈原和楚辞的评价中表现出研究者以经学实用原则为价值标准的评判取向。最明显的是对屈原和屈骚"讽谏"意味的着重强调，这是这一时期楚辞研究的一个重要内容，与《诗经》研究中对"美""刺"的归纳和强调一样，都是可以直接作用于现实政治、得到实际的效果的。

对楚辞"讽谏"作用的意识开始于刘安这个最早的注释者，他最早把屈骚和儒家经典《诗经》联系在一起，认为《离骚》体兼《风》《雅》，所谓"怨悱而不乱"中隐含着委婉托讽的精神内质。

其后，司马迁《太史公自序》云："作辞以讽谏，连类以争义，《离骚》有之。"把刘安意识到的"讽谏"明确提了出来，"讽谏"和"争义"并列，都是"诗教"提倡的可以服务于现实政治的手段。

刘安、司马迁之后，班固对屈骚"讽谏"内涵有了更具体的阐释，前文所引《离骚赞序》云：

> 《离骚》者，屈原之所作也。屈原初事怀王，甚见信任。同列上官大夫妒害其能，谗之王，王怒而疏屈原。屈原以忠信见疑，忧愁幽思而作《离骚》。离，犹遭也。骚，忧也。明己遭忧作辞也。是时周室已灭，七国并争。屈原痛君不明，信用群小，国将危亡，忠诚之情，怀不能已，故作《离骚》，上陈尧、舜、禹、汤、文王之法，下言羿、浇、桀、纣之失以风。怀王终不觉寤，信反间之说，西朝于秦。秦人拘之，客死不还。至于襄王，复用谗言，逐屈原。在野又作《九章》赋以风谏。卒不见纳。不忍浊世，自投汨罗。原死之后，秦果灭楚。其辞为众贤所悲

悼，故传于后。

班固的这段序文是他注释《离骚》的题解，叙述屈原的生平经历和《离骚》的创作目的和命名、题旨，基本史实与刘安、司马迁、刘向的记述相同，甚至用语亦多沿袭。但在对屈骚的创作目的的阐发上，班固明显在强调其"风谏"的用意。从在朝时作《离骚》"风"怀王，到在野又作《九章》"风谏"襄王，屈原以言语匡正君过的努力是一以贯之的。最后说君王不纳屈原之"风谏"、屈原"自投汨罗"，而"原死之后，秦果灭楚"，以不纳谏的恶果来反衬屈原之"谏"的意义和价值。班固在这里对屈原"风谏"的肯定与他在《离骚经章句序》中对屈原"露才扬己""责数怀王"的批评是矛盾的，一般学者认为是两篇序文写作时间的不同、作者观点发生变化造成的。《离骚赞序》较早，而《离骚经章句序》是写于班固经历变故之后更自觉维护绝对化的君权之时。这种说法是有道理的，但实际上两序对"风谏"的肯定是一致的，批评屈原"责数怀王"，只是在于其没有掌握好"风谏"的尺度而已。

王逸生活在一个政局不稳、官方经学趋于衰落而努力挣扎、几番起落的特殊阶段。《后汉书·儒林传》云：

> 及邓后称制，学者颇懈。时樊准、徐防并陈敦学之宜，又言儒职多非其人，于是制诏公卿妙简其选，三署郎能通经术者，皆得察举。自安帝览政，薄于艺文。……顺帝感翟酺之言，……试明经下第补弟子，增甲乙之科员各十人，除郡国耆儒皆补郎、舍人。[1]

富于责任感的正直士人在此时会格外激扬起道义承担的自觉，而他们所仅能利用的武器只有儒家经义。本来，在"独尊儒术"的时代思想氛围中，"尊经"和"言必称经"就是汉代士人普遍的行为与思维模式，《楚辞章句》又是在这样的思想文化背景下，是在王逸被选入东观校雠典籍（包括五经、诸子传

---

① 《后汉书》，第 2546—2547 页。

记、百家艺术）时期所作的进献朝廷之著，以经义为注释的准则就顺理成章了。在这一点上，王逸实际上仍是与他所反驳的班固同在一个既定的语境系统中阐述自己的话语，这也恰恰说明了经学在汉代的强大影响力。但与班固在《离骚经章句序》中将屈原排斥出这一系统不同，王逸把屈原和屈骚纳入了经学系统且依托经义将其塑造成具有典范意义的楷模。可以说，依托"五经"的价值判断和以经释骚的阐释理念支配了《楚辞章句》中对楚辞文本尤其是屈原作品的全部注释过程。

　　王逸首先选择了章句这种汉儒解经的体例来注释楚辞，并设计了符合此种体例的形式：以《离骚》为"经"、其他作品为"传"。其《离骚经序》云："屈原执履忠贞而被谗邪，忧心烦乱，不知所愬，乃作《离骚经》。离，别也。骚，愁也。经，径也。言己放逐离别，中心愁思，犹依道径，以风谏君也。"明正德十三年黄省曾刊及隆庆五年夫容馆刊王逸《楚辞章句》，其目录标《离骚》为"经"，其他作品皆为"传"，如《离骚经章句第一》《九歌传章句第二》等。洪兴祖补注本《楚辞章句》正文各篇名之下，屈原作品皆署"离骚"二字，如《离骚经章句》第一　离骚、《九歌章句》第二　离骚等，宋玉以下各篇名之下皆署"楚辞"二字，如《九辩章句》第八　楚辞，可见《楚辞章句》统称屈原作品为"离骚"，独称《离骚》为《离骚经》，屈原之外作品则统称为楚辞了。《楚辞补注》目录"《九歌》第二"下亦有"一本《九歌》至《九思》下皆有'传'字"，则此所谓之"一本"应是保留了王逸《楚辞章句》的原有体例。关于《离骚》称"经"的时间、用意一直是一个争议颇多的问题。章学诚云："至宋人注屈，乃云'一本《九歌》以下有传字'，虽不知称名所始，要亦依经而立传，名不当自宋始也。夫屈子之赋，固以《离骚》为重，史迁以下，至取《骚》以名其全书，今犹是也。然诸篇之旨，本无分别，惟因首篇取重，而强分经传，欲同正《雅》为经，变《雅》为传之例。"[1] 按此说法，"王逸称《离骚》为'经'是受经学注释体例的影响，亦可见王逸称《离骚》为'经'是对《离骚》的推崇，是为了突出《离骚》在楚辞中的地位"[2]。王

---

① 章学诚：《章学诚遗书·经解下》，文物出版社 1985 年版，第 9 页。
② 王德华：《〈离骚〉称"经"考辨》，《浙江师大学报》2000 年第 1 期。

逸的这种努力在形式抹平了楚辞和经典的差距，是他为自己以"经"释"骚"准备的前提条件，是他"稽之旧章，合之经传，作十六卷《章句》"的第一步。

接下来，在预设了依托经义的阐发思路之后，他必须为自己研究的每一文本、每一方面都提供和经学相当的阐释依据。为此，王逸建立了一个具有因果式联系的说明系统。首先，他把屈原塑造成一个拥有理想人格精神的道德楷模——忠诚于君主、修行仁义、洁身自好、坚守节操，总之，完美具备儒家伦理观念对臣子的一切要求。其次，说明屈骚是这位有"绝世之行"的"俊彦之英""讽谏"其君的载体。不独屈骚，其他所录楚辞作品也都是其作者"嘉其（屈原）义，作赋骋辞，以赞其志"的文字表现，故亦在屈原精神感召下继承了此"讽谏"之义：《九辩序》："屈原作《九歌》《九章》之颂，以讽谏怀王。……宋玉者，屈原弟子也。闵惜其师，忠而放逐，故作《九辩》以述其志。"《招魂序》："宋玉怜哀屈原，忠而弃斥，愁闷山泽，……故作《招魂》，……以讽谏怀王，冀其觉悟而还之也。"《大招》："因以讽谏，达己之志也。"《惜誓》："盖刺怀王有始而无终也。"《七谏》："谏者，正也，谓陈法度以谏正君也。"等。总之，"讽谏"这一儒家诗教推崇的原则是楚辞的核心内涵。最后，围绕"讽谏"的目的，屈原是采用了"依诗取兴""依托五经以立义"的方法来结撰诗篇，于是成就其诗"金相玉质、百世无匹"、其人"名垂罔极、永不刊灭"[①]的崇高地位。这样，王逸将楚辞从作者人格、创作动机到思想表现、艺术手法都做了合乎经义的发明，彻底将其纳入了符合儒家规范的社会思想文化体系之中。

实际上，屈原和屈骚都不是经学理念和规范可以涵盖的。无论是忠臣的道德人格定位还是"讽谏"的创作意图确立，都是修正屈原、屈骚某种精神内涵的结果，而遭其"修正"的恰恰是其中最可贵、最有光彩的部分。对此，王逸并非一无所知，他一向以和屈原"同土共国，悼伤之情与凡有异"自许，也确实对屈骚激切怨愤的情感有所理解和表现，但最终他还是将这类违背诗教原则的情感疏导到了"婉顺"的名义之下，纳入儒教许可的范围之内。而王逸之所以煞费苦心地把屈原塑造成符合时代现实要求的道德楷模，根本的

---

① 《章句·离骚经后序》。

目的就是经世致用。

经世致用是汉代儒学的典型特点，是经学之所以产生的原因，也是注经者应该努力的方向。王逸依经注骚的动机之一，就是经世致用。他说自己注楚辞的首要原因是有感于屈原的道德文章对后世的影响，即"屈原终没之后，忠臣介士游览学者读《离骚》《九章》之文，莫不怆然，心为悲感，高其节行，妙其丽雅"（《九思序》）。自己"稽之旧章、合之经传，作十六卷《章句》"的目的就是要"究其微妙"、使其"大指之趣，略可见矣"。（《离骚经后序》）所谓"究其微妙"，就是要发明屈骚中蕴含的"忠贞""讽谏"等的"大指之趣"，以求有补于现实政教。就具体操作而言，从思想的阐发到艺术问题的分析都贯穿着王逸索求现实的努力。诸如人格之"忠贞""伏节"，修身之"清白""仁义"，以及创作的缘由、比兴的本体、神话的原型，都要不厌其繁地为其寻找在现实中的根据。在《楚辞章句》注文中，王逸经常会联系到政教问题：《离骚》"不抚壮而弃秽兮，何不改此度"，王注："言愿令君甫及年德盛壮之时，修明政教，弃去谗佞，无令害贤，改此惑误之度，修先王之法也。"

"彼尧舜之耿介兮，既遵道而得路"，王注："尧、舜所以有光大圣明之称者，以循用天地之道，举贤任能，使得万事之正也。"

"怨灵修之浩荡兮，终不察夫民心"，王注："言己所以怨恨于怀王者，以其用心浩荡，骄傲放肆，无有思虑，终不省察万民善恶之心，故朱紫相乱，国将倾危也。夫君不思虑，则忠臣被诛；忠臣被诛，则风俗怨而生逆暴，故民心不可不熟察之也。"从这些注文中体现出来的是一整套君主的为政治国之道，有屈原的原意，更有注释者的借题发挥，像最后一条中的诛杀忠臣的恶果、省察民心的意义明显寄托着王逸对时局的感慨，且不说屈骚此句之"民"当训为"人"，"朱紫相乱"更根本不可能是屈子的观念，而是经学推尊正统之说的理论，反映的是东汉后期的社会现实。

《离骚》："固时俗之工巧兮，偭规矩而改错"，王注："……以言佞臣巧于言语，背违先圣之法，以意妄造，必乱政治、危国君也。"《九辩》中亦有语意相似的句子："何时俗之工巧兮，背绳墨而改错"，王注："世人辩慧，造诈伪也。违废圣典，背仁义也。夫绳墨者，工之法度也。仁义者，民之正路也。绳墨用，则曲木截；仁义进，则谗佞灭。二者殊义，不可不察也。"二注相较，注释内容大体相同，但后者的指向性更强，所谓"圣典""仁义"的议论饱含着深沉的现实感慨。

第二节 宋代楚辞注释的启示性探索

经过魏晋南北朝的动荡分裂导致经学的衰微，思想桎梏的松弛带来了"人的觉醒"，由此，个体的价值逐渐得到认识和重视。而随着时代条件的变化，这种个体价值的最终指向也会有所不同。如果说，政治开明、思想开放的唐代，士人如激情澎湃的青年，向往"使寰区大定、海县清一""致君尧舜上，再使风俗醇"，把追求建功立业作为人生价值的体现，那么，在君主政体成熟和文化高度发达的宋代，士人已步入沉稳冷静的中年，加之理学思维方式的影响，使他们对个体价值的关注首先转向自身人格的完善，以道德的自足作为追求事功的保证和求而不得时的自我慰藉，相对于前代，宋儒这种对个体价值的认识和实现方式无疑独立性更强。

在楚辞的注释中，这种对个体独立价值的认识也有体现。如《橘颂》"行比伯夷，置以为像兮"句，王逸注云："像，法也。伯夷，孤竹君之子也。父欲立伯夷，伯夷让弟叔齐，叔齐不肯受，兄弟弃国，俱去首阳山下。周武王伐纣，伯夷、叔齐扣马谏之曰：'父死不葬，谋及干戈，可谓孝乎？以臣弑君，可谓忠乎？'左右欲杀之，太公曰：'不可。'引而去之。遂不食周粟而饿死。屈原亦自以修饰洁白之行，不容于世，将饿馁而终。故曰：以伯夷为法也。"洪兴祖补曰："韩愈曰：'伯夷者，特立独行，亘万世而不顾者也。'屈原独立不迁，宜与伯夷无异。乃自谓近于伯夷，而置以为像，尊贤之词也。"很明显，王氏的伯夷是忠孝的典范，而洪氏舍弃了这种依附性极强的特质，而特别强调"特立独行""独立不迁"这些属于个体性的精神内涵。

《离骚》"虽不周于今之人兮，愿依彭咸之遗则"，王注："彭咸，殷贤大夫，谏其君不听，自投水而死。……言己所行忠信，虽不合于今之世，愿依古之贤者彭咸余法，以自率厉也。"洪补："颜师古云：彭咸，殷之介士，不得其志，投江而死。按屈原死于顷襄之世，当怀王时作《离骚》，已云：'愿依彭咸之遗则'。又曰：'吾将从彭咸之所居。'盖其志先定，非一时忿恚而自沈也。《反离骚》曰：弃由、聃之所珍兮，摭彭咸之所遗。岂知屈子之心哉！"在对彭咸的注解上，洪兴祖选择颜师古的说法，突出其"介士"而非"贤大夫"的身份，其投江原因是"不得其志"，较"谏君不听"的具体事件更宽泛、个人性更强一些，而以彭咸为则的屈原也就由此得以超越"忠信"的约束。

《离骚》"余固知謇謇之为患兮，忍而不能舍也"，王逸注："謇謇，忠贞貌也。言己知忠言謇謇谏君之过，必为身患，然中心不能自止而不言也。"钱杲之注："謇謇，忠直不阿世貌。余知忠直为身之患，将舍忍不言，又爱其君，不能弃置。"虽然二人的注在忠君上是一致的，但王逸所言重在"忠言谏君"的现实行为，而钱氏则强调的是"不阿世"的"忠直"品格，个人性要明显得多了。

出于士人固有的责任感，宋代的学者注释楚辞也是要"有补于世"的，朱熹甚至不惜通过对屈原人格精神的改造和修正来砥砺士风。但他们所谓的"有补于世"却不是以自己的注释活动直接地对应现实，为政教出谋划策，而是通过屈原的人格精神的感召和楚辞艺术魅力的功能来作用于读者内心，如朱熹所谓的"使世之放臣、屏子、怨妻、去妇扷泪讴唫于下，而所天者幸而听之，则彼此之间，天性民彝之善，岂不足以交有所发，而增夫三纲五典之重"，[1] 在期待在上者"幸而听之"、有所作为的同时，更强调楚辞对"天性民彝之善"的启发作用。《远游》"内惟省以端操兮，求正气之所由"，王注云："捐弃我情，虑专一也。……棲神藏情，治心术也"。讲的是摒弃世情、凝神专一之"术"，侧重其可操作性；朱注云："知愁叹之无益而有损，乃能反自循省，而求其本初也"。注重向内的自我反省、探求其"本初"之"心"。

即便对于君主，个人的心志也是政教成功的决定性因素。《天问》"彼纣王之躬，孰使乱惑？何恶辅弼，谗诌是服"句，王逸注云："惑，妲己也。服，事也。言纣憎辅弼，不用忠直之言，而事用谄谗之人也"。柳宗元《天对》："纣无谁使惑，惟志为首。逆图倒视，辅诌以宠。"杨万里《天问天对

---

[1] 《集注序》。

解》:"纣谁使之惑哉?志使之尔。志使之惑,故倒行逆施。惟谗是宠……"王逸将纣王乱政的罪责归于妲己,柳宗元认为个人心志才是根本原因,杨万里对"志使之尔"的反复强调则明显体现着对柳氏观点的高度认同。

再如《离骚》"怨灵修之浩荡兮,终不察夫民心",王逸注云:"上政迷乱则下怨,父行悖惑则子恨。灵修谓怀王也。浩犹浩浩,荡犹荡荡,无思虑貌也。言己所以怨恨于怀王者,以其用心浩荡,骄傲放恣,无有思虑,终不省察万民善恶之心,故朱紫相乱,国将倾危也。夫君不思虑,则忠臣被诛;忠臣被诛,则风俗怨而生逆暴,故民心不可不熟察之也"。钱杲之注云:"浩荡,纵放貌。怨王以灵修之德,纵放不自守,故于人心不能察。"如前所云,王逸此注感慨颇深,现实性非常突出,而钱注的"自守"二字很令人玩味,王本有"灵修之德",但因其不能"自守"而丧失了对人心的体察。言下之意,即使贤德如"灵修",也要自我约束,"自守"其心。

要"致用",就需要可操作性,给出相对具体的方法,所以王逸的注释致力于具体落实,以便于从正面或从反面起到指导现实的作用;要"治心",就需要启发自觉,留出领悟的空间,所以朱熹侧重于义理的阐发,以引导读者自觉的方向。而洪兴祖的注释既有依附补充王注的内容,又有留意大义、概括提升的部分,介于二人之间,呈现过渡的特征。关于此点,前文列举已多,此处仅补充两例:《九章·悲回风》"悲回风之摇蕙兮,心冤结而内伤。物有微而陨性兮,声有隐而先倡"一节,王注:"言飘风动摇芳草,使不得安。以言谗人亦别离忠直,使得罪过也。故己见之,中心冤结,而伤痛也。……言芳草为物,其性微眇,易以陨落。以言贤者用志精微,亦易伤害也。……言谗人之言隐匿其声,先倡导君,使乱惑也。"朱注:"亦上篇悲秋风动容之意。言秋令已行,微物凋陨,风虽无形,而实先为之倡也。世之治乱,道之兴废,亦犹是也。"王注把"秋风"具体落实到谗人贤者之比,显示现实矛盾。而朱熹仅点出世道的本体意义却不予说明,以简洁的注释语言给读者留了领会二者联系的思考空间。

《九章·橘颂》"精色内白,类任道兮",王注:"言橘实赤黄,其色精明,内怀洁白。以言贤者亦然,外有精明之貌,内有洁白之志,故可任以道,而事用之也"。洪补:"青黄杂糅,言其外之文;精色内白,言其中之质也。"朱

注："精色，外色精明也。内白，内怀洁白也。外精内白，似有道也。"王注把橘和"贤者"简单对应，所谓"外有精明之貌"的比附牵强可笑；洪补和朱注均为泛言，其所言"质""似有"既接近文义，又点到即止。王注明言之后即无余地，反不如洪、朱之注让其在暗示中生长更有意味。

第三节　汉宋楚辞注释话语中的君臣观念变化

屈原在汉宋各家的注释话语中毫无疑问都是"忠君"的，在这一点上并无不同。但注释者对笔下注释形象的阐释中不可避免地会带有时代政治思想和文化影响的印记，虽然"忠君"是由汉至宋乃至整个封建社会中的最高原则，但在不同的时代形势和文化背景下，其"忠"的内涵和表现方式还是有差别的。在我们的讨论范围里，这种差别的影响尽管细微但确实存在，而从各人不同的注释话语中也就可以看出士人君臣观念的某种变化。

"士"是中国古代社会中一个极其重要的特殊阶层，本文无意对此阶层的产生缘起和发展源流做出梳理和说明——诸多前贤对此已多有精辟之见，毋庸置喙了，与我们论题相关的是"以道自任"的这个阶层在逐渐发展壮大的过程中对于"道"与"势"关系的认识也在逐渐调整。士阶层自认掌握着社会的最高价值——道，但他们却没有保证此价值实现的足够外部条件，因为社会的最高权力——势——掌握在君主的手中，那么，如何实现"道"就成了一个复杂而微妙的问题。"道统是没有组织的，'道'的尊严完全要靠它的承担者——士——本身来彰显。因此，士是否能以道自任最后必然要归结到他和政统的代表者——君主——之间是否能保持一种适当的个人关系。"①"适当"是一个具有极强分寸感的要求，需要士人对社会政治和文化的现实环境有正确的理解和认识，并在此基础上摆正自己在君臣关系中的位置。而对于一个因掌握了文化而在精神上高度自许的阶层，这个"适当"位置的寻找注定是一个艰难的、不断调整的过程。

---

① 余英时：《士与中国文化》，上海人民出版社1987年版，第101页。

在以原始儒家为代表的早期士人的观念中，"道"是高于一切的终极价值，当然也高于"势"。"笃信好学，守死善道。危邦不入，乱邦不居。天下有道则见，无道则隐。邦有道，贫且贱焉，耻也；邦无道，富且贵焉，耻也。"①（《论语·泰伯》）"天下有道，以道殉身；天下无道，以身殉道。未闻以道殉乎人者也。"②（《孟子·告子上》）"古之贤人，贱为布衣，贫为匹夫，食则饘粥不足，衣则竖褐不完，然而非礼不进，非义不受……子夏贫，衣若县鹑。人曰：子何不仕？曰：诸侯之骄我者，吾不为臣；大夫之骄我者，吾不复见。"③（《荀子·大略》）因为"道"高于"势"，则掌握着"道"的士人在君臣关系中也扮演着引导者的角色："君子之事君也，务引其君以当道，志于仁而已。"④（《孟子·告子下》）士可以为君主之"师"，竭尽心力导君以"道"，使之归"仁"。"士与王侯在政统中可以是君臣关系，但在道统中则这种关系必须颠倒过来而成为师弟。"⑤"道统"是理论范畴，而"政统"才是现实的存在，虽然在某种时刻确实存在过君主师事士人的胜景，但事实是，不论是凄惶一生"志于道"的孔子，还是藐视王侯养其"浩然之气"的孟子，都不曾真正有机会引领哪一个君主走向他们理想的"道"的境界，而他们在这一过程中始终坚持的带有理想主义色彩的近乎悲壮的抗争，则激励了后世无数士子为达到这一境界而不懈奋斗。

经过了暴秦的压抑和汉初短暂的自由与振奋之后，随着专制政治的巩固和思想统治的强化，西汉中期以后，士人被越来越多地正式纳入封建统治系统之中，成为国家机器的重要组成部分，"士"逐渐转化为"士大夫"，而随着身份变化而变化的是思想上的认同。在某种程度上，这个"被体制化"的过程实际上是自觉进行的，士人们以自己的学问和识养制定了一系列典章制

---

① 程树德撰，程俊英、蒋见元点校：《论语集释》，中华书局 1990 年版，第 696—697 页。

② （清）焦循撰，沈文倬点校：《孟子正义》，中华书局 1987 年版，第 1019 页。

③ （清）王先谦撰，沈啸寰、王星贤点校：《荀子集解》，中华书局 1988 年版，第 606 页。

④ 《孟子正义》，第 918 页。

⑤ 余英时：《士与中国文化》，上海人民出版社 1987 年版，第 103 页。

度和礼仪规范，确立了"君尊臣卑"的原则，把君主置于纲常教化的顶端。在这个体系之中，他们自己的位置又能在哪里呢？司马迁《报任安书》中云："上之不能纳忠效信，有奇策才力之誉，自结明主；次之又不能拾遗补阙，招贤进能，显岩穴之士；外之又不能备行伍，攻城野战，有斩将搴旗之功；下之不能积日累劳，取尊官厚禄，以为宗族交游之光宠。"① 这段"所以自惟"是太史公惨遭不幸后的愤懑之语，有批判嘲讽之意蕴涵其中是毫无疑问的，但是从中我们可以看出当时社会对于士人价值的主流评判取向。当君臣之间不再有相对的平等，士人需要通过效忠君主而取得禄位，在对君主保持绝对忠诚的前提下来实现个人价值的时候，依附性的增强就不可避免了。但是，这个以"道"相尚的阶层从来不曾放弃自己的价值立足点，在规划社会思想文化统治体系时依然将其作为最高的理论范畴，君主拥有现实中的权威，但要在理论上受"道"的约束，士人们期望着"道"与"势"能够在新的时代条件下达成新的动态平衡。而除了维护"道"的满腔热忱之外，这一并不掌握其他实用技能的群体仅能凭借的就是自己的文化素养——这种素养又大多只能以文辞言语的形式表达出来。从战国纵横之士的"以唇吻奏功"到汉末党锢诸子"以口舌救世"，这个人类最柔软的器官在士人那里被赋予了最重要的使命。在社会常态之下，这个使命相对单一，就是"谏君"。"臣"对"君"的依附性越来越强，自然不可能再以"师"的身份来"引其君以当道"，所剩下的就只有"谏"之一途了。虽然"谏"不始于汉，但汉代却是"谏"真正确立地位和发挥作用的重要时期。"士"通过"谏"来补阙拾遗，匡正君过，实现自己的道义承担；"君"通过"纳谏"来完善品行，巩固统治，树立良好的舆论形象，君臣由此各得其所。

　　汉代君王的纳谏从高祖就开始了，"昔高祖纳善若不及，从谏若转圜，听言不求其能，举功不考其素"②。（《汉书·梅福传》)史家的说法多少有美化的成分，但刘邦虽有轻侮大臣的无赖习气，却并不缺乏知人善任的眼光

　　①　严可均校辑：《全上古三代秦汉三国六朝文》卷二十六，中华书局1958年版，第271页。
　　②　《汉书》，第2917页。

和气度，他明了自己所以得天下的主要原因就是任用了"人杰"，为了保有这个偌大的天下，也采纳了陆贾的建议而初步奠定了社会思想文化的基础。以宽俭仁惠著称的文帝多次下诏"举贤良方正能直言极谏者，以匡朕之不逮"①。（《汉书·文帝纪》）"每朝，郎官者上疏，未尝不止辇受，其言不可用，置之；言可采，未尝不称善。"②（《汉书·爰盎传》）武帝好大喜功，其纳谏亦充满了个人的喜好和随意的倾向："孝武皇帝好忠谏，说至言，出爵不待廉茂，庆赐不须显功，（颜师古曰："谓谏诤合意即得官爵，不由荐举及累功也。"）是以天下布衣各厉志竭精以赴阙廷自衒鬻者不可胜数。"③（《汉书·梅福传》）谏诤成了入仕之一途，自然会更加激起士人的热情。"四方之士多上书言得失，自炫鬻者以千数。"④（《汉书·东方朔传》）随着选举制度的日趋完善，这种熙熙攘攘、群情高涨的景象也成了历史，进谏逐渐恢复了常态。

当进谏褪去了谋官求禄的世俗作用，其本来的道义承担价值才能开始彰显。但这一过程又是与君主专制政体的完善和强化进程相一致的，就不能不染上异样的色彩了。"谏"的本义就是要限制君主不可肆意妄为，在君权绝对化的大势之下，"谏"能否起作用、起多大的作用更多地取决于君主个人的气度容量，甚至一时的情绪。《汉书·元帝纪》有记载："宣帝所用多文法吏，以刑名绳下，大臣杨恽、盖宽饶等坐刺讥辞语为罪而诛。"颜师古注云："刑名者，以名责实，尊君卑臣，崇上抑下。"⑤一方面是对君主的忠诚越来越成为主动的自觉，另一方面是"谏"之不慎就会危及身家性命，既要践履臣责，也要全性保身，对"谏"的坚持程度和方式选择就成了士人所必须面临的最艰难、也是最能考验其品性的问题。一般来说，在相对太平的社会之中，面对强势君主，士人对全身的需求更强一些，会更多地注意进谏的方式方法，典型者如东方朔之流；而衰微的乱世会激发起士人基于道义承担的济世的热情和勇气，不再过多顾忌自身安危，典型者如汉末诸贤的"以口舌救世"。

① 《汉书》，第 116 页。

② 《汉书》，第 2272 页。

③ 《汉书》，第 2918 页。

④ 《汉书》，第 2841 页。

⑤ 《汉书》，第 277—278 页。

东汉自王莽的篡夺中重新确立了汉室政统，政权前期的相对稳定也令人振奋，历来重视名分的士人当然欢欣鼓舞，对各种保障君主权威的措施高度认同，忠诚愈加发自内心。"其君天下也，炎之如日，威之如神，函之如海，养之如春。是以六合之内，莫不同原共流，沐浴玄德，禀养太和，枝附叶著。"班固的这篇《答宾戏》是针对东方朔《答客难》而发，却完全没有了汉初士人束缚初加于身时的那种压抑和痛苦之感，而仿佛一件原本尺码过小的衣服穿久了也会适应甚至喜爱了一样，完全是一派如沐春风的心悦诚服。在这种心境之下，屈原指斥君过的直言极谏当然不合时宜，遭到批判就顺理成章了。

王逸生活在东汉由盛转衰的时期，外戚擅权、宦官乱政的迹象逐渐显露，士大夫的济时清世活动亦由此触发。和帝时，外戚窦氏兄弟权倾天下，朝廷便多有谏争："永元之际，天子幼弱，太后临朝，窦氏凭盛戚之权，将有吕、霍之变。幸汉德未衰，大臣方忠，袁、任二公正色立朝，乐、何之徒抗议柱下，故能挟幼主之断，剿奸回之逼。不然，国家危矣。"[1]（《后汉书·朱乐何列传》）何敞屡次切谏，招致窦氏嫉恨，敞云："夫忠臣忧世，犯主严颜，讥刺贵臣，至以杀身灭家而犹为之者，何也？君臣义重，有不得已也。"[2]（《后汉书·何敞传》）再如虞诩，"好刺举，无所回容，数以此忤权威，遂九见谴考，三遭刑罚，而刚正之性，终老不屈"。甚至准备着"将从史鱼死，即以尸谏"[3]。（《后汉书·虞诩传》）士人们所标榜的"忠"和"君臣之义"无疑是他们危言危行、不避祸患的主要心理支撑，而这种以"忠"为前提的"君臣之义"也正是王逸对屈原的定位，对屈原"进不隐其谋，退不顾其命"之"谏"的赞赏无疑源于这种"婞直之风"的激发。王逸与班固对屈原之"谏"所持态度迥异，但在恪守君臣之道的意义上其实是完全一致的，同属君尊臣卑、臣附属于君的话语系统。

南北朝的动荡和分裂导致了君权的衰落和儒学思想统治地位的式微，随

---

[1]　《后汉书》，第 1487 页。

[2]　《后汉书》，第 1484 页。

[3]　《后汉书》，第 1873、1870 页。

之而来的是人的觉醒，士人比以往更为强烈地意识到了自身独立价值的存在。建安士人慷慨激昂地追求功名事业，要"建永世之业，流金石之功""勤力上国，流惠下民"，着眼点主要在个体声名的确立而非对君主的忠诚。正始之音的主旋律是"忧生之嗟"，其所忧的内涵更多倾向于个体生命的存亡而非曹魏政权的危机。甚至，在西晋最为兴盛的太康时期，朝野上下弥漫的却是肆于物欲、贪图权势的风气，而不是为新政权效力的高昂激情。东晋南朝的世家大族在政坛上举足轻重，但他们更为关注的还是自身权势的保持和扩张……如此种种现象，虽然个中原因复杂，但最根本之处其实就在于士人对"自我"的重视，这"自我"既包括传统价值观赞许的建功立业的精神追求，也包括其不认同甚至反对的权力富贵的物质享受。在这样的"自我"意识里面，"忠君"所占的比例无疑不会很高。可以说，整个魏晋南北朝是士人和君主关系相对疏离、士人群体"忠君"观念较为淡薄的一个时期。

至唐，情况有所改变。唐代大一统的社会政治形势和较长时期稳定上升的国势重新激发了士人投身其中的热情，而唐代社会特有的开放性、包容性和君主政体的逐渐成熟也为促进君臣关系向一个新的方向发展提供了可能。《新唐书》卷九十七《魏征传》记录了魏徵对唐太宗的一次进谏，他直言不讳地批评太宗与贞观初年相比，在生活奢侈、纵欲劳人、亲近小人等十个方面不能恪守始终，言辞激烈，毫不留情。而太宗闻奏后，曰："朕今闻过矣，愿改之，以终善道。有违此言，当何施颜面与公相见哉！方以所上疏，列为屏障，庶朝夕见之，兼录付史官，使万世知君臣之义。"[1]唐太宗的从谏如流自是史家津津乐道的话题，但这番言辞体现出来的不仅仅是一个封建君主虚心接受了大臣的批评，这种接受的态度倒是更值得注意的，它不是高高在上的施舍性的接受，那种坦诚和谦逊更像是对待一个诤友的逆耳忠言。在唐敬宗宝历年间的一次"贤良方正直言极谏"科的考试之中，一个叫舒元褒的考生在对策中写道：

> 我太宗、玄宗，明圣之资，海内从化。而房、杜、姚、宋，当至理

---

[1]　（宋）欧阳修、宋祁撰：《新唐书》卷九十七，中华书局 1975 年版，第 3879 页。

之代。皆尽启沃之力，咸有匡辅之道，主圣臣贤，君臣道合，是以贞观、开元与汉之功臣有异，而两朝功德事业，光乎史册。[①]

这段话虽不免稍有溢美之词，但还是基本符合事实的。唐代之所以迅速发展兴盛，与"主圣臣贤"密不可分，而这种被称为"君臣道合"的合作，已经有了基于共同奋斗目标的些许平等意味了。

宋王朝虽然积贫积弱，国势不盛，却是我国封建社会的成熟形态，也是对君臣关系的认识有了更进一步的发展。首先是君主延续了唐代明君对君臣之间这种同道共治的相对平等关系的意识。《续资治通鉴》卷一十二太宗太平兴国八年十一月条载：

帝又曰："朕历览前书，大抵君臣之际，情通则道合，故事皆无隐，言必可用。朕励精求治，卿等为朕股肱耳目，设有阙政，宜悉心言之。朕每行一事未当，久之寻绎，惟自咎责耳，固不以居尊自恃，使人不敢言也。"[②]

君臣之间首先要"情通"，之后才能"道合"，臣下才能尽心竭力，畅所欲言，而要做到"情通"，君主就要放下身架，"不以居尊自恃"。如果说太宗此言或多或少还有些自我标榜的空泛之意，神宗在面临王安石不愿奉诏任职的时候所说的一段话就更为切实和有意味了。《续资治通鉴》卷六十七神宗熙宁三年六月条载：

乙巳，安石谒告，请解机务。帝怪安石求去，曰："得非为李评事乎？朕与卿相知，近世以来所未有。所以为君臣者形而已，形固不足累卿；然君臣之义，固重于朋友。若朋友与卿要约勤勤如此，亦宜少屈。朕既与卿为君臣，安得不为朕少屈？"安石欲退，帝又固留，约令入中

---

① 李昉：《文苑英华》卷490，《直言》，1966 年版。
② 毕沅编著：《续资治通鉴》卷十二，中华书局 1957 年版，第 287 页。

书。安石复具奏，而合门言："有旨，不许收接。"安石乃奉诏。①

宋神宗的这段话和前面唐太宗对魏徵所言的那段有相似之处，但明显语调更恳切，那种言语之中蕴涵的殷切渴望之意使君主的姿态放得更低。

与君主这种认识相应的是宋代士大夫对自身价值和责任的更高期许。宋代是封建王朝中文官政治的顶峰，"偃武修文"的国策方针和科举制度的完备使得大批士人进入官僚机构。这其中不仅包括作为此前各王朝官僚主体的上层士人，更包括大批来自社会下层的寒门士子，而后者因其早年困顿的生活经历而深知民生疾苦和政事之弊，亦由此奠定了他们坚定而切实的济世之志的思想基础。同时，时代文化的全面高涨也给宋代士人提供了较前代任何一朝都优越的读书进学条件，活字印刷术的发明使典籍的流传和获得更为容易，书院的广泛设立使学习和讨论更为便捷，科举与入仕的紧密结合则是向学的极大动力……如此等等，既造成了如苏轼所言的"释耒耜而读书者，十室而九"的盛况，也使得宋代学者掌握了远超于前辈的知识，具备了源于此种高深学识素养的宏大眼界和恢宏气魄。他们比前代士人更自信、更有担当，而且在富于个性的同时，也更理智。在与君主的关系这个重大问题上，这种个性和理智都体现得非常明显。作为儒学的重要发展阶段，宋学和汉学相比，显然更具有怀疑精神，这也显示了宋人的学术气魄和思考的独立性，但这种怀疑不是针对君主政体的，相反，君主集权经过漫长历史时期的检验，已经被证明了是行之有效的，宋代士人对君主自觉的忠诚是无可置疑的，他们所有的努力都是为了使这一政体更加完备而已，其中也包括为他们自己寻找和确定一个合适的位置。他们怀着"先天下之忧而忧，后天下之乐而乐""以天下为己任"的道义承担，怀着"为天地立心，为生民立命，为往圣继绝学，为万世开太平"的宏大抱负，觉醒的富于独立性的人格自然不愿意接受汉唐士大夫笼罩于君主权威之下的卑微和顺从，所以，"打破'士贱君肆'的成局自始至终是宋代儒家的一个最重要的奋斗目标"②。但是，这

① 毕沅编著：《续资治通鉴》卷六十七，中华书局 1957 年版，第 1682—1683 页。
② 余英时：《中国知识人之史的考察》，广西师范大学出版社 2004 年版，第 323 页。

种"打破"又不是停留在先秦儒家那种基于批判立场的单纯强调道高于君的舆论阶段，而是在承认君主权势和地位的前提下尽可能地张扬自己的价值，以此来帮助甚至指导君主达到更高的道德水平，从而实现自己的济世之志。"有笔头千字，胸中万卷，致君尧舜，此事何难？"（苏轼《沁园春》）苏轼虽然化用了杜甫的成句，但其中的自信和乐观却远远过之，即使受挫也不改昂扬情调，实际上也是代表了一代士子的典型心理。

在这种心理的作用下，宋代士大夫们在和君主的交往中，往往有意识地追求一种相对的平等，甚至以师友自居，前引王安石对宋神宗的态度就是明显例证。相同者还有反对王安石变法的司马光，也是因君主不用其言而不惜违命不肯奉召。他们是"以天下为己任"的，他们对君的态度取决于君对他们所持之"道"的态度，如此一来，在忠诚于君的大前提下，他们关注的焦点会随着天下大势而有所调整。

两宋之交是国家存亡的危急关头，异族入主的奇耻大辱极大激发了士大夫的英雄主义精神，爱国成为时代的最强音。而封建时代的爱国若想成为现实，首先离不开君主的支持，而从根本上讲，君主与国也是不可分割的；其次要求个体执着的信念。所以，在洪兴祖的注释话语中，屈原对国家的忠诚与对君主的忠贞是连接在一起的，但在其中又蕴涵了具有某种独立意义的个体人格操守。《离骚》"苟余情其信姱而练要兮，长顑颔亦何伤？"王注："言己饮食清洁，诚欲使我形貌信而美好，中心简练，而合于道要，虽长顑颔，饥而不饱，亦何所伤病也。何者？众人苟欲饱于财利，己独欲饱于仁义也。"洪补："言我中情实美，又择要道而行，虽颜色憔悴，形容枯槁，亦何伤乎？彼先口体而后仁义，岂知要者。或曰：有道者，虽贫贱，而容貌不枯，屈原何为其顑颔也？曰：当是时，国削而君辱，原独得不忧乎？"洪兴祖这里和王逸一样肯定了屈原对"仁义"的坚持，但更强调其"忧"至"顑颔"的原因是"国削而君辱"，在他的观念中，"国"与"君"是紧密相连的，如果国家受到损害，君主自然首当其冲。而士人，则是可以凭借其高迈的人格精神超越乱世，甚至以自身的毁灭将这种精神张扬到极点。

朱熹生活的时代朝政更为昏乱，整个社会都弥漫着愚妄贪婪之风，"士无常守""世乱俗薄"。作为通晓古今、以整治世道人心为己任的旷世大儒，朱熹对君主的忠诚是绝对自觉且不容置疑的，并且他也在努力倡导这种忠诚，在他通过遍注儒家经典所建立的庞大的理学思想体系中，君主也是高居顶端的。而在此危急之时，他是比较清楚地意识到了改变现状的根源就在君主身上，也企图以自己的努力来引导君主奋发有为，在其短暂的几十日立朝时期，他所做的工作就是为宁宗讲《大学》，这似乎就是一种暗示，暗示着这位儒学大师在某种程度上扮演着"帝王师"的角色。这种角色意识在楚辞的注释语言中也有流露。

《离骚》："忽奔走以先后兮，及前王之踵武。"王注："言己急欲奔走先后，以辅翼君者，冀及先王之德，继续其迹而广其基也。"朱注："言所以趋君之所向，而或出其前，或追其后，以相导之者，欲其有以蹑先王之遗迹也。"王注是"辅翼"——帮助，而朱注是"相导"——引导，这其中作用的区别是如此分明。

《离骚》："昔三后之纯粹兮，固众芳之所在。"王注："言往古夏禹、殷汤、周之文王，所以能纯美其德而有圣明之称者，皆举用众贤，使居显职，故道化兴而万国宁也。"朱注："言三王所以有纯美之德，以众贤辅之也。"君主之所以有德，王逸以为是任用众贤的结果，而朱熹以为是众贤辅之的结果，体现出来的仍然是被动和主动的分别。

《离骚》："汤禹严而求合兮，挚咎繇而能调。"王注："挚，伊尹名，汤臣也。咎繇，禹臣也。……言汤、禹至圣，犹敬乘天道，求其匹合，得伊尹、咎繇，乃能调和阴阳，而安天下也。"朱注："挚，伊尹名。咎繇，舜士师。言升降上下，而求贤君与我皆能合乎此法者，如汤之得伊尹，禹之得咎繇，始能调和而必合也。"首先，双方对咎繇身份的解释值得重视，"臣"与"士师"的差别不在实际的政治地位，而是"道"与"势"的关系不同，在朱熹的注解中，"道"是高于"势"的。其次，抛开所谓"调和阴阳"的阴阳观念不说，二人注释话语中臣与君的主体性也是不一样的。王注中君是主体，臣子是君主"敬乘天道"加以选择的对象，是被动的；朱注中臣是主体，需要君与自己在"合乎此法"的基础上才能建立良好的合作关系。

《九辩》："骥不骤进而求服兮，凤亦不贪馁而妄食。"朱注："言士不求君，君当求士也。"《九辩》："愿寄言夫流星兮，羌倏忽而难当。"王注："欲讬忠

策于贤良也。行疾去巫，路不值也。"朱注："寄言，欲附此言以谏讳其君
也。"此处的"谏诲"一词很有意味：既有臣对君的"谏"，又有师对生的"诲"，
恐怕这是朱熹煞费苦心造出的词语，很真实生动地反映了这位大儒的理想和
无奈。就像他总结《九辩》最后一章的文义时说的："此章首言前圣之可法，
次言己志之不伸，次愿乞身以远去，而终不忘于籲天以正其君，文意方足。"
时刻把"正其君"作为自己自觉的责任承担，甚至不在意得志与否，但所能
凭借的武器呢？除了形而上的"道"之外，恐怕也只能是"籲天"了。他们
和原始儒家站在在野的批判立场不同，他们是体制之中不可或缺的部分，并
且对此有相当的自觉。从王逸到朱熹，士人的君臣观念在变化，但封建社会
士人依附于君的共同命运，是不会改变的。而对于那些意识到了这种命运并
努力与之抗争的士人来说，他们的失败虽然强化了这种命运的悲剧性，但却
在身躯倒下的同时树立起了精神的尊严，并以此启迪和激励了后来者对成功
的渴望。

第二章　偏重训诂到阐发义理
——文本注释的转变

"前汉今文说，专明大义微言；后汉杂古文，多详章句训诂。章句训诂不能尽餍学者之心，于是宋儒起而言义理。此汉、宋之经学所以分也。"① 重视对经书文字名物的训诂是汉代经学尤其是东汉古文经学的重要特征。虽然其下者有"分文析义，烦言碎辞"之弊，招致后世学者的严厉批评，但亦有保存文献、解读原文之功。经学大师郑玄集两汉经学之大成，融通今、古文，自成一家之说。其在治经过程中，通过训诂，对整理古代经书作出了突出贡献。汉儒对经书的训诂之学对后世影响很大。唐代经学仍延续了汉学重章句训诂的传统，提倡注不驳经、疏不破注的注疏之学，而不重视对经书义理的探讨。至宋，这种情况有所改变。

宋代学者们认为汉唐经学无所作为，不利于儒学的发展和创新。很多学者从自己的立场出发，对汉唐的注释活动进行了猛烈的抨击。"汉之经术安用？只是以章句训诂为事。"② 在宋代学者看来，重新解释经典已经成为振兴儒学、复兴国家的一项学术使命。宋儒治经，重在探究义理，不受传统传注之学的束缚，而敢于直抒胸臆，探索经书之精义。司马光《论风俗札子》有云："新进后生，未知臧否，口传耳剽，翕然成风。至有读《易》未识卦爻，已谓《十翼》非孔子之言；对《礼》未知篇数，已谓《周官》为战国之书；读《诗》未尽《周南》《召南》，已谓毛、郑为章句之学；读《春秋》未知十二公，已

---

① 皮锡瑞：《经学历史》，中华书局 2004 年版，第 56 页。

② 《伊川先生语四》，见《二程遗书》卷 18，上海古籍出版社 2002 年版，第 283 页。

谓'三传'可束之高阁。循守注疏者，谓之腐儒；穿凿臆说者，谓之精义。"这里所说的将循守注疏者称之为腐儒，是指对谨守汉唐注疏之学的批评；而所说将穿凿臆说者，称之为得其精义，是指以己意说经已经替代了墨守《正义》。从中虽然可看出所谓的"新进后生"已经走到了弃经空论的另一个极端了，但由此亦可见宋代义理之学的崛起使学风发生了根本性改变。

对经典的注释是经学的基础，对时代学术和文化活动有相当的示范作用，会不知不觉地形成一种学术的风气和习惯，并保持一定的延续性，汉宋之际的楚辞学即体现了这种影响及其延续。

第一节　《楚辞章句》的训诂意义

汉代经学对训诂的重视也影响了楚辞的注释活动，现存的《楚辞章句》之外的汉代楚辞注释文献中，训诂的成果占了绝大多数。刘安、贾逵、班固、马融所残存的注释部分都是对词义的解说，《楚辞章句》中所引的旧注更是集中在释义上，且有相当部分可资借鉴。如《离骚》"折若木以拂日兮，聊逍遥以相羊"，王注："或曰：拂，蔽也。以若木鄣蔽日，使不得过也。"拂，轻唇音，蔽，重唇音。上古无轻唇，拂读如蔽。而《楚辞章句》作为汉代楚辞注释的集大成之作，在充分吸收了前人成果的基础上取得了更大的成绩，在楚辞的训诂方面做出了更大的贡献。

王逸注楚辞采用的是源自汉今文经学的"章句"体，本就兼有阐发大义和名物训诂之长，王逸对训诂也非常重视，在其《离骚经后序》和《天问后序》中，他对前人解说楚辞之作有一个大略的描述和评价：刘安作《离骚经章句》，"大义粲然"，但释"五子以失家巷"之"五子"为伍子胥；刘向、扬雄曾"援引传记"，以解说《天问》，但"不能详悉，所阙者众"；班固、贾逵"复以所见改易前疑，各作《离骚经章句》"，但"以壮为状，义多乖异，事不要括"。王逸所批评的各家注释缺点，主要集中在词义的注解上，所以他在自己的注释中，要力克其弊，使"章决句断，事事可晓"。（《天问后序》）其《楚辞章句》的主要注释体例是字注加串讲的形式，以训诂为基础来阐发"微言大义"。在具体注文中，王逸根据"因字而生句，积句而成章，积章而成篇"的"立言"顺序，①先注生僻字，再注单句意，最后串讲文义。以训诂为释义基础，一般以单音词训单音词，双音词相对较少。大体释义格式为，单句注释用"某，某也。言……也"；串讲时用"言己……也"的形式与现实相联系。形式简单，训诂简洁明了，语言平实朴素，极少有议论文字。刘勰说王逸"博识有功，而绚采无力"②，王逸不长于文采，故其《九思》被指为"绚采无力"，其注释文采绚烂的楚辞同样是以朴素踏实的作风取胜，以"博识""多传先儒之训诂""有功"于楚辞学的发展。

一、《楚辞章句》的语音训释

《楚辞章句》中有个别地方使用反切标注了语音：《九辩》"擥騑辔而下节兮"，注："擥，一作擎，音启妍切。"和《招魂》"臑若芳些"。注："臑，一作臑，一作胹。臑，仁珠切。臑，音臾。胹，音而。《释文》作燸，而兖切。"而据现代语言学者的研究，反切注音法出现于汉末，晚于王逸。而《释文》的作者，大多数学者认为是五代时南唐的王勉，也在王逸之后。因而这些反切非王氏原注，可忽略不计。这样，王注之中就没有专门标注所释文字的语音。但王逸在解释部分词义的时候，使用了声训的方法。声训即因声求义，萌芽于先秦、盛行于两汉，是一种以读音相同或相近的字来解释词义的训诂方法。虽然，声训实际上是传统训诂学探求词义的方法之一，是以释义为目的，但和形训、义训相比，毕竟是以语音为探求的前提和基础，所以这里将其作为语音训释来讨论，聊补王氏未有专门注音之缺憾。王注中的声训两个词之间大致有这样几种情况：

（一）音同义同。《大招》"尚三王只"注云："尚，上也。"按："尚""上"均阳部禅纽。《广雅·释诂一》："尚，上也。"《一切经音义》二十五引《仓颉训诂》："尚，上也。"《仪礼·觐礼》："尚左。"注："古文尚与上同。"

---

① （南朝·梁）刘勰撰，黄叔琳注，李详补注，杨明照校注拾遗：《增订文心雕龙校注》，中华书局 2000 年版，第 440 页。

② 《文心雕龙·才略》，同上，第 575 页。

（二）音同义近。《惜诵》"事君而不贰兮"注云："贰，二也。"按："贰"、"二"均脂部日纽。《说文》："二，地之数也。"王力认为，"'贰'一般不用作数词，而是'二'的抽象意义"①。

（三）音近义同。《离骚》"厥首用夫颠陨"注云："首，头也。"按："首"，幽部审纽；"头"，侯部定纽。定审邻纽，侯幽旁转。《说文》："首，头也。"《广雅·释亲》："首谓之头。"

（四）音近义近。《招魂序》"招者，召也。以手曰招，以言曰召。"按："招"，霄部照纽；"召"，霄部定纽。定照邻纽，叠韵。《广雅·释诂二》："召，呼也。"《说文》："招，手呼也。"按：所谓"义同"，指两个词的内涵外延完全重合；所谓"义近"，指两个词的内涵或外延有部分重合。

声训是汉代经学家普遍使用的一种训诂方法，这决定了它或多或少会有某种政治倾向。早在西汉初年，今文经学家董仲舒就将声训理论化，来解释名实关系。他继承孔子正名说，主张"治天下之端，在审辨大；辨大之端，在深察名号"②。在《春秋繁露》中，他广泛地运用声训释义，如"民者，瞑也。""王者，皇也。"等，大多带有明显的政治目的。声训的这种政治倾向，反映在汉代的多种著作之中。班固的《白虎通义》《春秋元命苞》，甚至于《史记》《淮南子》《汉书》《说文解字》中都有一些带有政治倾向的声训例子。王逸也受到了影响，如《离骚》"昔三后之纯粹兮"、《天问》"启代益作后"等所有人称义的"后"王逸均注为"君"。"后"，侯部匣纽；"君"，文部见纽，见匣旁纽。《离骚》"众女嫉余之蛾眉兮"注云："众女，谓众臣。""女"，鱼部泥纽；"臣"，真部禅纽，泥禅准旁纽。这一类声训在王注中并不多。王逸的声训运用的主要意义在于：

（一）推求语源。这是声训在汉代的一个非常重要的作用，像刘熙的《释名》就是一部通过声训探索语源的专著。《楚辞章句》中也有这种努力的倾向。《涉江》"被明月兮佩宝璐"注云："在背曰被……言己背被明月之珠。"按："被"，歌部并纽；"背"，职部帮纽，帮并旁纽。《离骚》"鸷鸟之不群兮"注

---

① 王力：《同源字典》，商务印书馆 1982 年版，第 422 页。
② （汉）董仲舒：《春秋繁露·深察名号》，中华书局 1975 年版。

云："鸷，执也。谓能执服众鸟，鹰鹍之类也。"按："鸷"，质部章纽；"执"，缉部章纽，双声。

另外，《楚辞章句》当中有很多以同源词相训的情况，可以看作是在释义的同时对语源的一种探求。如《离骚》"来违弃而改求"注云："改，更也。"按："改"，之部见纽；"更"，阳部见纽，之阳旁对转，双声。《说文》："改，更也。""更，改也。"《云中君》"横四海兮焉穷"注云："穷，极也。"按："穷"，侵部群纽；"极"，职部群纽，职侵通转，双声。《说文》："穷，极也。"《离骚》"精琼靡以为粮"注云："粮，粮也。"按："粮"，阳部端纽；"粮"，阳部来纽，端来旁纽，叠韵。《说文》："粮，谷食也。"《说文新附》："粮，食米也。"《尔雅·释言》："粮，粮也。"

（二）破除通假。在文献典籍中，有的词在偶然的情况下不用本字而用了音同字或音近字，这就是通假。后来的注释者为了更准确地训释古书词义，就会循着语音的线索来破除通假。这在《楚辞章句》中也有体现。《天问》"干协时舞"注云："舞，务也。"按："舞"，鱼部明纽；"务"，侯部明纽，鱼侯旁转，双声。"舞"本义为乐，王氏认为此处借为"时务"之"务"，故以本字来释假借字。《山鬼》"岁既晏兮孰华予"注云："晏，晚也。"按："晏"，元部影纽；"晚"，元部明纽，叠韵。晏本无晚义，王逸认为此处是借"晏"为"旰"，故以假借字当作本字来解。

（三）沟通方言。语言会因地域不同而发生变异，导致"同实而殊号"，但在音义结合关系上还是有明显的脉络可寻。注释者便可由此而沟通方言，阐释经义。《楚辞章句》中也有此类。《离骚》"邅吾道夫昆仑兮"注云："邅，转也。楚人名转曰邅。"按："邅"，元部定纽；"转"，元部端纽，端定旁纽，叠韵。《说文》："转，运也。"《广韵》："邅，移行。"《云中君》"灵连蜷兮既留"注云："灵，巫也。楚人名巫为灵子。"按："灵"，耕部来纽；"巫"，鱼部明纽，鱼耕旁对转，来明邻纽。《说文》："灵，灵巫，以玉事神。"对于楚地以外的方言，王逸虽未特别指明，但在其声训中也有体现。《国殇》"操吴戈兮被犀甲"注云："戈，戟也。"按："戈"，歌部见纽；"戟"，铎部见纽。歌铎通转，双声。《方言》："戟，吴越之间谓之戈。"

王逸的语音训释，开启了楚辞音韵训诂的先河，对后世的楚辞注释影响深远。

二、《楚辞章句》的方言注释

王逸与屈原"同土共国",其乡南郡宜城即是楚国旧地。这样的乡土之便使王逸非常熟悉楚地方言。据笔者统计,《楚辞章句》中共明确标注方言词语 21 个,除去重复注释的 2 个,实际注释 19 个。其中,仅有两处为秦地方言:

《离骚》"制芰荷以为衣兮"、《招魂》"芙蓉始发,杂芰荷些",皆注云:"芰,菱也,秦人曰薢。"

《九章·惜往日》"乘氾沔以下流兮",注云:"编竹木曰泭。楚人曰栁,秦人曰拨也。"

后一例还是楚、秦兼注,除此以外均为楚方言。涉及词语类别广泛:

《离骚》"夕揽洲之宿莽",注云:"草冬生不死者,楚人名曰宿莽。"

《涉江》"带长铗之陆离兮",注云:"长铗,剑名也。其所握长剑,楚人名曰长铗也。"——此为具体物名。

《九歌·云中君》"灵连蜷兮既留",注云:"灵,巫也。楚人名巫为灵子。"——此为人称名词。

《招魂》"倚沼畦瀛兮,遥望博",注云:"瀛,池中也。楚人名池泽中曰瀛。"——此为地点名词。

《离骚》"扈江离与辟芷兮",注云:"扈,被也。楚人名被为扈。"

《九章·惜诵》"又众兆之所咍",注云:"咍,笑也。楚人谓相嗣笑曰咍。"——此为动作行为词。

《离骚》"愿不猒乎求索",注云:"愿,满也。楚人名满曰愿。"——此为心理动作词。

《九章·惜诵》"心郁邑余侘傺兮",注云:"楚人谓失志怅然住立为侘傺也。"——此为状态词。

甚至于,还有语气虚词:

《离骚》"羌内恕己以量人兮",注云:"羌,楚人语词也,犹言卿何为也。"

王逸的方言注释比较简单，一般是用一个同义词或近义词直接作为解释语，然后指出与这个解释语相对应的方言词。王逸主要根据自己所熟悉和掌握的方言来注释，不引书证，基本上与他的其他字词注解一致。可以看出王逸对于方言注释并没有特别关注。但由于在后人所能见到的楚辞注本中最早使用了方言、尤其是楚方言来释义，王逸的方言注释对后代的楚辞方言注释有开创之功。

明人王鏊云："逸之注，训诂为详。朱子始疏以诗之六义。……朱子之注楚辞，岂尽朱子说哉？无亦因逸之注，参订而折衷之。逸之注，亦岂尽逸之说哉？无亦因诸家之说会萃而成之。"[①] 这便是《楚辞章句》文献价值之所在。

第二节　《楚辞补注》《离骚草木疏》对训诂的发展

洪兴祖《楚辞补注》全面继承了王逸的训诂成果，并加以拓展，以补充发挥王注为主，同时也体现出新的特点。一是大部分训诂以征引文献和前人旧说完成，《说文》《尔雅》等字书是其主要训诂依据，据笔者统计，《楚辞补注》中共征引小学类文献 450 余次，其中《尔雅》《尔雅注》和《尔雅疏》共计 120 余次，《说文》160 余次，且全部注明出处，比王逸不注明是否征引或征引出处的训诂更严谨可信。有补出王逸未注明的出处，如《离骚》"摄提贞于孟陬兮"，王注："太岁在寅曰摄提格。孟，始也。贞，正也。于，於也。正月为陬。"洪补："并出《尔雅》。"《大招》"大侯张只"，王注："侯，谓所射布也。王者当制服诸侯，故名布为侯而射之。古者，选士必于乡射。心端志正，射则能中，所以别贤不肖也。言楚王选士，必于乡射，明旦既设礼，张施大侯，使众射之，中则举进，不中退却，各以能升，民无怨望也。"洪补："射侯见《周官·考工记》《礼记·射义》。"

有证明王氏失误的，如《离骚》"辛夷楣兮药房"，王注："辛夷，香草，

---

① 引自姜亮夫：《楚辞书目》，上海古籍出版社 1983 年版，第 21 页。

以作户楣。"洪补:"《本草》云:'辛夷,树大连合抱,高数仞。此花初发如笔,北人呼为木笔。其花最早,南人呼为迎春。'逸云香草,非也。楣,音眉。《说文》云:'秦名屋棟联也。'《尔雅》:'楣谓之梁。'注云:'门户上横梁。'"《天问》:"吾告堵敖以不长",王注:"堵敖,楚贤人也。屈原放时,语堵敖曰:'楚国将衰,不复能久长也。'"洪补:"《左传》:'楚子灭息,以息姬归,生堵敖及成王焉。楚子,文王也。庄公十九年,杜敖生。二十三年,成王立。'杜敖,即堵敖也。《天对》注云:'楚人谓未成君而死曰堵敖。堵敖,楚文王兄也。今哀怀王将如堵敖不长而死,以此告之。'逸注以堵敖为楚贤人,大谬。然宗元以堵敖为文王兄,亦误矣。"洪氏征引王逸未见的文献匡正其谬,无疑更为可信。而且,在征引典籍、旧说的过程中,《楚辞补注》保存了前人大量的训诂成果,具有重要的文献价值。

二是训诂常与考证相伴,特别是有关名物的训诂,广征博引以详考其来龙去脉。如《离骚》"求宓妃之所在"一句,王注云:"宓妃,神女。……宓,一作虙。"非常简单,而洪补曰:"《汉书·古今人表》有宓羲氏。宓,音伏,字本作虙。《颜氏家训》云:'虙字本从虍,宓字从宀,下俱为必。孔子弟子宓子贱,即虙羲之后,俗字以为宓,或复加山。'《子贱碑》云:'济南伏生,即子贱之后。'是知虙之与伏,古来通用,误以为密,较可知矣。《洛神赋》注云:'宓妃,伏羲氏女,溺洛水而死,遂为河神。'"通过大量文献考证,辨析二字差别,去伪存真。《九歌·云中君》"华采衣兮若英",王注:"华采,五色采也。若,杜若也。"洪补:"荀卿《云赋》云:'五采备而成文,衣华采之衣,以其类也。'《本草》云:'杜若,一名杜蘅,叶似薑而有文理,味辛香。'今复别有杜蘅,不相似。按杜蘅,《尔雅》所谓'杜土卤'者也。杜若,《广雅》所谓'楚蘅'者也。其类自别。古人多杂引。"考证出杜若、杜蘅两种植物分属不同类别,翔实可信。

三是运用各种训诂方式。王逸以声训、义训为主,而洪氏则既有声训,如《九章·抽思》"倡曰:有鸟自南兮",洪补:"倡,与唱同。"又有义训,如《离骚》"阽余身而危死兮",洪补:"阽,音檐,临危也。《小尔雅》曰:疾甚谓之阽。《前汉》注云:阽,近边欲堕之意。"还有相当数量的形训,如前引对"求宓妃之所在"之"宓"字的考证等。

四是对方言解说的重视。《楚辞补注》中明确标注为方言的词语共41个，其中包含王逸已注的5个。在所注词语类别上与王逸基本相同。具体内容相对于《楚辞章句》仍有明显的"补注"特点：

有对王逸未注的方言予以补充的：

《离骚》"喟凭心而历兹"，王注："……喟然舒愤懑之心。"补曰："《方言》云：凭，怒也，楚曰凭。"王逸注出了"凭"的"愤懑"之意，但未指明方言，洪氏则明确指出这一点。

《远游》"鸾鸟轩翥而翔飞"，王注："鹓鹏玄鹤，奋翼舞也。"补曰："《方言》：翥，举也。楚谓之翥，章庶切。"王逸只注了句意，洪氏补充其词义。

有对王逸已注出的方言予以补充的：

《离骚》"忳郁邑余侘傺兮"，王注："傺，住也。楚人名住曰傺。"虽指出"傺"为楚地方言，却未言其据。洪补曰："《方言》云：傺，逗也，南楚谓之傺。郭璞云：逗，即今住字。""逗"，《说文》训"止"，有"住"义。《后汉书·光武纪》："不拘以逗留法。"王注："逗，古住字。"与郭璞说同。此处洪氏引《方言》为据，加强了王注的可信性。

《九章·抽思》"长濑湍流，溯江潭兮"，王注："潭，渊也。楚人名渊曰潭。"补曰："一说楚人名深曰潭。徒含切，又音淫。"指出了"潭"在楚方言中的另一种意义及其两种读音。

还有以方言驳王注之误的：

《离骚》"倚阊阖而望予"，王注："阊阖，天门也。"补曰："……《说文》云：阊，天门也。阖，门扇也。楚人名门曰阊阖。"注出"阊阖"为"门"的楚方言，表明王氏以"阊阖"为"天门"的失误。

《九歌·湘夫人》"辛夷楣兮药房"，王注："辛夷，香草，以作户楣。"补曰："《本草》云：辛夷，树大连合抱，高数仞。此花初发如笔，北人呼为木笔。其花最早，南人呼为迎春。逸云香草，非也。"以方言为旁证，辨王逸之失。

较之王逸，洪兴祖的方言注释有了很大开拓。

首先，在地域范围上扩大了许多。王逸所注的绝大多数是楚地方言，偶尔有秦地方言，涉及的地域范围很小。而《楚辞补注》中出现的方言则不同：

《离骚》"纫秋兰以为佩"，补曰："纫，女邻切。《方言》曰：续，楚谓之纫。"

《离骚》"汩余若将不及兮"，补曰："汩，越笔切。《方言》云：疾行也，南楚之外曰汩。"

《离骚》"齐玉轪而并驰"，补曰："轪音大。《方言》云：轮，韩、楚之间谓之轪。"

《九歌·湘夫人》"辛夷楣兮药房"，补曰："《本草》云：辛夷，……北人呼为木笔，……南人呼为迎春。……楣，音眉。《说文》云：秦名屋楗联也。"

《九章·惜往日》"妒佳冶之芬芳兮"，王注有："佳，一作娃。"补曰："娃，於佳切。吴、楚之间，谓好曰娃。"

《九章·橘颂》"曾枝剡棘"，补曰："《方言》曰：凡草木刺人，江湘之间谓之棘。"

《九辩》"被荷裯之晏晏兮"，补曰："裯，音刀。……《方言》：汗襦，自关而西谓之祇裯。"

《招魂》"何为四方些"，补曰："些，苏贺切。……沈存中云：今夔峡湖湘及南北江獠人，凡禁呪句尾，皆称些，乃楚人旧俗。"

《招隐士》"蟪蛄鸣兮啾啾"，补曰："蟪蛄……《方言》云：蛥蚗，齐谓之螇螰，楚谓之蟪蛄。"

既有楚、又有韩、齐、秦、晋等指出确切地理位置的，还有江湘、江淮、关西甚至南北这样注出大致范围的，包含的地域相当广大。

其次，在注释方式上复杂了许多。从以上所引的例子可以看出，洪兴祖的方言注释不仅有注音、有详细的地域说明，还有与王逸最大的区别——征引典籍以为证。洪氏征引的书证主要有《方言》《说文》《尔雅》《本草》及《文选》注和《淮南子》注，其中引用最多的是《方言》，占其方言注释近一半。这自然因为《方言》是最早的专门、系统的方言学著作，材料丰富、考订详实，有很高的参考价值。值得注意的是，洪氏引用《方言》的方言注释，王逸都未提及是方言。《方言》的作者扬雄是西汉末著名辞赋家、哲学家和语言学家，其著述影响很大。而生活在东汉后期的王逸却在自己《楚辞章句》的方言注释中没有涉及《方言》的材料。如果说王逸没有见过《方言》，难免让人觉得有些奇怪，也许是由于对"时人"的忽略，也许是由于对方言注释的重视不足。总之结果是切实存在的，原因却只能猜测。

洪兴祖的方言注释地域广、规模大、征引详，都可以说明他是在有意识地注释方言词语，而不完全等同于普通的词语释义。换句话说，洪兴祖的方言注释有着相对独立的地位。这既能体现语言学的发展进步带来新的注释关注点，又因其仍属于词语的注解而使洪氏的详注博引更详于训诂的特色。

"汉人注书，大抵简质，又往往举其训诂，而不备列其考据。兴祖是编，列逸注于前，而一一疏通、证明、补注于后，于逸注多所阐发。又皆以'补曰'二字别之，使与原文不乱，亦异乎明代诸人妄改古书，恣情损益。于楚辞诸注之中，特为善本。"《四库全书总目提要》这段对《楚辞补注》的说明主要着眼点即在于训诂，既点明了王逸《楚辞章句》之失，又指出了《楚辞补注》训诂详于考据的补充、阐发，严谨客观之功，其"特为善本"的评价是很准确的。

但洪氏的名物训诂在详于征引的同时也相应地有过于烦琐之弊，如《远游》"服偃蹇以低昂兮，骖连蜷以骄骜"句中的"服"与"骖"，王逸只泛注"驷马""骖骓"，而洪补："《说文》云：骓、骖，旁马。则骓、骖，一也。初驾马者，以二马夹辕，谓之服。又驾一马，与两服为参，故谓之骖。又驾一马，乃谓之驷。故《说文》云：骖，驾三马也。驷，一乘也。两服为主，参之两旁二马，遂名为骖，总举一乘，则谓之驷。指其骓马，则谓之骖。《诗》曰：两骖如舞。是二马皆称骖也。服马夹辕，其颈负轭，两骖在衡外，挽靷助之。服，两首齐；骖，首差退也。"如此详为训诂考证，注释结果对文意理解的意义与其烦琐的程度又不成正比，反比王逸还有汉儒注经之风格。朱熹只注："服，衡下夹辕马也。骖，衡外挽靷两马也"，就吸收了洪补最有意义的部分，简洁明了。

洪兴祖对训诂考证的高度重视，自然是其《楚辞补注》的体例起了决定作用，如前文所论，亦有逞才的意识影响。但联系到社会学术风气，恐怕在某种程度上也是对宋初以来流行的空疏妄论学风的一种在实践上的反拨与抗议。

《楚辞补注》继承了王逸《楚辞章句》的训诂成果并有所拓展，"于逸注多所阐发"，而《离骚草木疏》则让这种拓展蔚为大观，几乎发挥到了极致。《四库全书总目提要》称其"实能补王逸训诂所未及"，实际上，不仅是王逸，《离骚草木疏》就其详博来说，在某些方面也是洪兴祖《楚辞补注》所远远不及的。如其卷首"荪荃"条，出自《离骚》"荃不察余之中情兮"，三家注如下：

> 王注：荃，香草，以谕君也。人君被服芬香，故以香草为谕。恶数指斥尊者，故变言荃也。

> 洪补：荃与荪同。《庄子》云："得鱼而忘荃。"《音义》云："七全切，崔音孙，香草，可以饵鱼。"疏云："荪，荃也。"陶隐居云："东闲溪侧有名溪荪者，根形气色极似石上菖蒲，而叶正如蒲，无脊，诗咏多云兰荪，正谓此也。"

> 吴疏：王逸注：荃，香草，以喻君也。恶数指斥尊者。人君被服芬香，故以香草为喻。洪庆善曰：荃与荪同。《庄子》得鱼忘荃。崔音孙。香草，可以饵鱼。疏曰：荪，荃也。《九歌》"荪桡""荪壁"，皆一作荃。荪不察余之中情，荪何为兮愁苦，数惟荪之多怒，荪独宜兮为民正，荪详聋而不闻，愿荪美之可全，皆以喻君也。沈存中云：香草之类，大率多异名。所谓兰荪，即今菖蒲是也。东坡先生《石菖蒲赞》引《本草》注云：生下湿地大根者，乃是昌阳，不可服。韩退之云：訾医师以昌阳引年，欲进其狶苓也。不知退之即以昌阳为菖蒲耶？抑谓其似是而非、不可以引年也。（吴氏引洪兴祖《补注》与原文差异较大，笔者以为，此处至"皆以喻君也"为吴仁杰所引《补注》内容，而联系下文考察，沈存中、东坡先生、韩退之等诸家之说当属《离骚草木疏》）

> 仁杰按：《本草》："菖蒲久服，轻身不忘，延年不老，一名昌阳，谓石上菖蒲花也。"《汉武帝内传》云："九疑仙人闻中岳有石上菖蒲，食之长生，故来采之。"《抱朴子》云："韩蓺服菖蒲十三年，身上生毛。日视书万言，皆诵之。冬袒不寒。菖蒲须得石上，一寸九节，紫花尤善。"故李卫公《平泉草木记》有《芳荪》诗，自注云："茅山溪中谓之溪荪，其花紫色。"又《寄茅山孙鍊师》诗云："石上溪荪发紫茸。"陶

　　隐居乃云:"乐闲溪侧有名溪荪者,根形气色极似石上菖蒲,而叶正如蒲,无脊,俗人误呼此为石菖蒲。诗咏多云兰荪,正谓此也。"又云:"生下湿地大根者名昌阳。"陈藏器云:"水菖蒲一名昌阳,一名白昌,即今之溪荪也。根色正白。"陶以菖蒲、昌阳、溪荪为三物,陈别出菖蒲,而以昌阳、溪荪为一物,皆误也。《图经》云:"菖蒲,叶一二尺长,中心有脊,状如剑,无花实。"此与《抱朴子》、李卫公所云不同,盖石上菖蒲。无剑脊而有紫花者为昌阳。昌黎盖曰:"引年当用溪荪,若进猪苓,则谬矣。"《本草别说》云:"今阳羡山中生水石间者,其根上略无,少泥土,极紧细,一寸不啻九节。二浙人家以瓦石器种之,旦暮易水则茂。近方多用石菖蒲,必此类也。其池泽所生,肥大节疏,恐不可入药。唯可作果盘,盖气味不烈耳。"雷公云:"勿用泥菖、夏菖二件,根如竹根鞭,气秽味腥。"又陈藏器云:"水菖生水畔,与石上菖蒲都别,大而臭。"则知菖蒲种类甚多。生下湿地者曰泥菖、夏菖;生溪水中者曰水菖;生石上者为石菖蒲,而石上者又自有三种。《图经》所载,生蜀地,叶作剑脊而无花,一也;《别说》所载,生阳羡山中,不作剑脊,有花而黄,二也;卫公所载,生茅山溪石上,亦不作剑脊,而花紫,三也。《抱朴子》以紫花为尤善,即所谓昌阳、溪荪者也。如溪荪自是石菖蒲一类中犹颖耳。药有君臣佐使,而此为君。《离骚》又以为君喻,良有以也。诸家以此种叶不作剑脊,遂谓非真,其实不在此。如泥菖蒲虽复叶、作剑脊,亦安所用耶?大抵菖蒲生溪石上,自然根硬节密,暴乾坚实而辛香,与泥菖、水菖不可同日而语也。昌阳名谓彼,乌足以当之?越繇王闽侯遗江都王荃葛,服虔曰:"荃,音荪,细葛也。"臣瓒曰:"荃,香草也。"颜思古谓:"字本作绘,音千全切,又千岁切。今筲布之属。"服虔二说皆非,此误以绘为荃耳。

　　比较三家对"荃"的注释,王逸仅注为用以"谕君"的"香草",确实过于简单,洪兴祖通过征引文献考证出荃之异名及其形貌性状,作为对诗作中一种草木的训诂,应该是足够帮助读者理解诗意的了。但吴仁杰的训诂却用了九百余字,详征博引,反复考证,从名称、产地、种类、性状、气味、颜色等面面俱到地解释分析，驳斥谬说，还据此引申出《离骚》用以喻君的缘由，俨然一篇关于荃荪的考释文章了。虽然按照吴仁杰自己的说法，他疏草木的目的是借以讽刺世事，寄托了现实感慨，清人祝德麟《吴仁杰〈离骚草木疏〉辩证·自跋》也说吴氏有感于现实的善恶不分、黑白颠倒，"特著书以示微意。所谓其文则史，而非徒以示绪余、夸多识也"。但综观其著述，不得不说，其感慨现实的"微意"在某种程度上已经湮没在他过于详博的训诂之中了，反而喧宾夺主，倒令人真有些许"夸多识"之感。

吴仁杰与朱熹交谊颇深，亦多讨论楚辞，《离骚草木疏》成书早于《楚辞集注》两年，鲍廷博跋文赞其"先得朱子之心"，但实际上，朱熹对这种过于详细的训诂是有异议的。他在《答吴南斗书》中说："若论为学，则考证已是末流，况此又考证之末流，恐自此不经更留意。却且收拾身心，向里做些工夫。以左右之明，其必有所至矣。若遂困于所长，而不知所以自反，则熹之愚，窃为贤者惜之。"朱熹的批评缘于他重视阐发大义的学术观点（详见下），但吴仁杰与朱熹同时，学风已经发生了转变，而《离骚草木疏》却在训诂上下了如此功夫，个中原因值得探讨。笔者认为，这与注释主体对所注释对象的定位有关。王逸、洪兴祖、朱熹等人是将楚辞作为诗歌总集来阐释其义的，钱杲之、杨万里也是把自己的注释对象作为整体来解说的，但吴仁杰所疏解的是屈骚当中的"草木"，以名物训诂为本就很自然了。而且，从朱熹的信中可以看出，对于草木的深厚学养是吴氏"所长"。虽然他也要阐发屈骚大义，寄托现实感慨，但采取的方式却是发挥所长，专疏草木，学术研究的气息更浓厚，以其极其详博的训诂成果奠定了楚辞专门注疏的基础。而《离骚草木疏》之所以被称为楚辞专门注疏，体现的就是对这种学术价值的承认，是宋代深厚文化孕育的硕果。

第三节 《离骚集传》《天问天对解》
《楚辞集注》的大义解说

宋代学者在批判汉唐经学的同时，也对汉唐经学重视训诂的治学方法进行了扬弃，这种倾向从北宋就开始了，从前文所引程颐的责问和司马光对"新进后生"的批评中可见端倪。时代学风的转变自然会透射到楚辞注释上，我们现在看到的宋代楚辞注释文献，除《楚辞章句》和《离骚草木疏》之外，都是更侧重于诗篇大义的解说。

《离骚集传》是在"采集旧注"的基础上撰成的，于前人、特别是王逸的训诂成果多有继承，但比较起来，《离骚集传》对词语的释义明显更为简单，能疏通文意即可，很少考辨分析。如"荃不察余之中情兮"中的"荃"，《离骚集传》云："荃，未详，旧说荃，香草，喻怀王也。"连王逸注中为何以此喻怀王的解释都未引出，可以看出注释者关注的焦点并不在此。《离骚集传》通常是将几句合并出注，更重视文义的阐发，特别注意揭示引申义和比喻义。如"冀枝叶之峻茂兮，愿俟时乎吾将刈。虽萎绝其亦何伤兮，哀众芳之芜秽。"王逸是每句一注，而《离骚集传》将这几句合并，仅注："萎，草坏也。言己斥弃萎绝不足伤，但哀贤材犹众芳草败于百草而芜秽。"对于语意明显的前两句忽略不注，只阐发了后两句的引申义。再如"朝饮木兰之坠露兮，夕餐秋菊之落英"句，注云："饮兰露，餐菊英，盖处穷约自洁清。"直接指出比喻义，对兰露、菊英这些前人着意训释的内容则无一词解说。钱氏的这些注文简练而含义明晰，足以帮助读者理解诗篇大义。

杨万里的《天问天对解》对《天对》的解说占了相当的篇幅，注释《天问》的部分，也重在串讲诗句、疏通文义，对词语的训诂更不留意，大部分注文中没有单独释词。少数意义明显的地方则以释词代替串讲，如"出自旸谷，次于蒙汜。自明及晦，所行几里？夜光何德，死又何育？厥利维何，而顾兔在腹？"这一节中包含着古人对日月运行的猜测，蕴藏着美丽的神话传说，但杨氏仅注云："旸谷、蒙汜，日出入之所也。夜光，月也。"而把大量精力放到了《天对》对此节的回答上：

> 对曰：辐悬南晝，轴奠于北。孰彼有出次，惟汝方之侧。平施旁運，恶有谷、汜？当焉为明，不逮为晦。度引久穷，不可以里。燬炎莫儸，渊迫而魄，遐违乃专，何以死育！玄阴多缺，爰感厥兔。不形之形，惟神是类。

（解）云：辐以喻天体，轴以喻天极。天运而极不动。日之行溯天而旋以成昼者也。彼孰有所谓出、孰有所谓次也哉！惟人见其方之仄而东，则谓日出；而东见其方之仄而西，则谓日次于西。彼未始有出次也。平施旁运，亦未始有旸谷与蒙汜也。当日之所及，则为昼而明；不当日之所及，则为夜而晦。历家引三百六十五度之说为日之行者，其说久则亦穷矣，又岂可以里而计哉！日之炎也，可违而不可并也。月迫而并焉，则月之光不胜日，是以魄而缺焉，乌有所谓死？月违而远焉，则月之光得以专，是以明而盈，乌有所谓育月之阴也？以缺为体也，以阴感阴兔者，阴之类也。以缺感缺兔者，缺之形也。

杨万里以唯物主义的思想观念解释了这个问题，充满了理性精神。杨氏如此注解，个中原因很明显，《天问天对解》从根本上说是哲学著作，以表现注释者的哲学思想为主，而杨万里既是"诚斋体"的开创者，亦深谙理学要义，自然不会把训诂作为重点。

朱熹作为理学大家和时代文化巨子，对学风的变化和其中得失自有精辟见解。他对汉唐注释及宋初注释中出现的弃经空论的现象进行了理论分析。他说："祖宗以来，学者但守注疏。其后便论道，如二苏直是要论道。但注疏如何弃得！"[1]"窃谓秦汉以来，圣学不传，儒者惟知章句训诂之事，而不复求圣人之意，以明夫性命道德之归。至于近世，先知先觉之士始发明之，则学者既有以知夫前日之为陋矣。然或乃徒诵其言以为高，而又初不知深求其意。甚者遂至于脱略章句，陵藉训诂，坐谈空妙，展转相迷。而为患反有甚于前日之为陋者。"[2] 即使对一向尊重的"二程"等人，他也说："且如伊川解经，是据他一时所见道理恁地说，未必便是圣经本旨。"[3] 表现了一种理性的学术态度。为了纠正其中不足，朱熹在自己的注经活动中，既摆脱了汉唐注疏"做得絮气闷人"[4] 的缺憾，又改造了宋初凿空论理的空疏学风，形成

① 《语类》卷129第8册，第3091页。
② 《中庸集解序》，《晦庵先生朱文公文集》卷七五，见《朱子全书》第24册，第3640页。
③ 《语类》卷105第7册，第2625页。
④ 《语类》卷51第4册，第1218页。

了自己既不弃词语训诂、又重在传达义理的注释风格。因而他的注释就出现了一般词语注释与前人之注有相当大的一致性，而思想观念又与之有别的特殊现象。

朱熹非常重视文本的基本注释，对字词的训诂下了很多功夫。这是对当时学风的一种纠正，是坚持自己的治学方法。他曾说："字画音韵是经中浅事，故先儒得其大者多不留意。然不知此等处不理会，却枉费了无限辞说牵补，而卒不得其本义，亦甚害事也。"① 在朱熹看来，只有通过注音、解字、释词等基本训诂手段将自己对经典的理解表达清楚，才能够使自己的理解真正具有说服力，真正被读者认同和接受。钱穆曾言："盖欲真识古人之义理，则必先求之于文义，而章句亦不可忽。朱子毕生解经，功力实在此。"② 这种概括准确地把握了朱熹注释活动的特点。正是基于对训诂作用的正确认识，朱熹对前人的训诂成果大多持尊重态度，在自己的注释活动中广泛采用了包括汉代在内的大量训诂材料，在注经书的《四书集注》《诗集传》等是如此，在楚辞的注释中也是如此。通过前文的描述我们可以看到他在《楚辞集注》中对王逸、洪兴祖的训诂成果引用颇多。但这种引用并不是简单照搬，而是从自己的注释目的出发，经过审慎选择，或用王注、或用洪补；或直接引用、或提炼简化，其中都包含着注释者自己的观点。朱熹的注释中还有一些对前人之注的校正，如关于《离骚》中"摄提"的注释，王逸解为"摄提格"，指"太岁在寅"，由此断定屈原生于寅年、寅月、寅日，得"阴阳之正中"，反映了汉代经学的阴阳观念。朱熹则认为"摄提"是星名，"摄提贞于孟陬"是说斗柄指寅位之月，并不是太岁在寅之意，所以屈原出生虽有寅月、寅日，却未必是寅年，否定了王逸的"阴阳"之说。这一类的训诂成果很多已成定论，显示了注释者深厚的学术功力，对后世影响很大。

王逸的训诂大多以文本本义的理解为基本目的，朱熹则与他有根本区别。在表达上，其一字之义的辨析，也是为了获得文本中所蕴含的义理。"学

---

① 朱熹：《答杨元范》，《晦庵先生朱文公集》卷50，见《朱子全书》第22册，上海古籍出版社、安徽教育出版社2002年版，第2289页。

② 钱穆：《朱子新学案》下，巴蜀书社1986年版，第1415页。

者千章万句，只是理会一个心。"①朱熹批评吴仁杰时说的"却且收拾身心，向里做些工夫"，也是这个意思。钱穆评价朱熹的注释"或用俗语，或引古籍，而古籍有可据有不可据，务使字义明显而义理正确，其所下工夫与务求自立说者不同，亦与专致力于训诂考据者不同"②。朱熹注释楚辞的目的是要以此来启发自觉，唤醒天性之善，作用于世道人心，是要申明前注因"迂滞""迫切"而损害了"性情"和"义理"。所以，《楚辞集注》的训诂虽然占较大比例，也有很多以字词注解取代简单文句释义的情况，但从中仍然可以看出朱熹对训诂的定位——只是注释的工具、释义的基础而不是目的。《辩证·离骚》中，朱熹对"宓"和"虙"二字结合洪补作了细致的辨析，之后云"此非大义所系，今亦姑存其说，以备参考"。就是说，"大义"才是他最关心的问题。所以，在注释中朱熹才会侧重对屈原人格思想、精神内涵的阐发，致力于分析发掘其中蕴含的"义理"，由此也体现出楚辞文本注释由汉至宋的转变。

作为理学宗师，朱熹所发掘的"大义"遵循着理学的标准。朱熹是宋代理学的集大成者，"理"是其学说的最高范畴："宇宙之间，一理而已，天得之而为天，地得之而为地，而凡生于天地之间者，又各得之以为性，其张之为三纲，其纪之为五常，盖皆此理之流行，无所适而不在。"③"理"不仅是宇宙间的终极存在，也是人类社会的最高道德准则，自然也就是衡量一切精神文化活动的最高标准。他注释儒家经典，以阐发义理为宗旨，建构起庞大的理学思想体系，既要传承儒家传统文化，又要开拓现实王道事业。对使命承担的高度自觉使得这位理学大师的一切文化学术活动都不可避免地贯彻着理学的标准和原则，楚辞的注释亦不能幸免。他对屈原和楚辞的肯定之处，主要是从儒家教化的角度来立论的。所谓"忠君爱国之诚心""缱绻恻怛、不能自已之至意"，都是符合三纲五常的伦理道德规范的，因而能够起到"增夫三纲五典之重"的教化作用。为了使其真正达到这一理学"高度"，朱熹

---

① 《朱子语类》，第 1081 页。
② 《朱子新学案》下，第 1434 页。
③ 《朱子语类》，第 1765 页。

甚至不惜煞费苦心地以抹杀屈原的人格独立和屈骚的抗争精神为代价，对屈原思想和创作进行部分修正，以"归依爱慕，不忍舍去"来描述屈原对君主之"忠"，以"变风""变雅"将屈骚与《诗经》比附，加以肯定。同时，对那些不符合理学要求的地方，从不合于中庸之道的"志行"，到"流于跌宕怪神"的素材选择，朱熹都毫不留情地通通予以严厉批判。无论批判还是肯定，朱熹遵循的都是同一原则，即理学的道德标准。在这一标准的覆盖下，朱熹对屈原和楚辞的评价和理解都发生了偏差。《天问》的开头一段关于宇宙生成的富有哲理的发问，表现了积极的探索和大胆的怀疑精神，而朱熹却引理学家周敦颐的"无极而太极"，邵雍的"天依乎地""地依乎天"的言论来予以解释，阐发其"其理则具于吾心""太极"即"理"的客观唯心主义思想。另外，在《楚辞后语》的选篇上，特别增加了张载的《鞠歌》和吕大临的《拟招》，"曲终奏雅"，标榜"特著张夫子、吕与叔之言，盖又以告夫游艺之及此者，使知学之有本而反求之，则文章有不足为者矣"[1]，表现了重道轻文的理学文艺观。要之，朱熹作为一个理学家在思想上的局限性使得他的楚辞注释时常散发着陈旧迂腐的气息。

在以理学的道德标准评价和规范屈原和楚辞的过程中，朱熹的注释活动也体现出注重阐发义理的倾向。重义理，通过治经来阐发经书中的义理，这是宋学的一般特点，也是朱熹在几十年的注经活动中一贯坚持的原则。注释楚辞，他同样关注"大义"的阐发而反对拘泥于具体现实事件的牵强附会。与王逸一成不变的以字义解释句意、以句意叙述文义的方式不同，《楚辞集注》对文字的训诂较为简练，对意义简单的一般句意也一带而过，而更热衷于分析那些关乎思想、包蕴"义理"的章节。如《离骚》"屈心而抑志兮，忍尤而攘诟。伏清白以死直兮，固前圣之所厚"一节，王注："言己所以能屈按心志，含忍罪过而不去者，欲以除去耻辱，诛谗佞之人，如孔子诛少卯正也。……言士有伏清白之志，以死忠直之节者，固乃前世圣王所厚哀也。故武王伐纣，封比干之墓，表商容之间也。"朱注："言与世已不同矣，则但可屈心而抑志，虽或见尤于人，亦当一切隐忍而不与之校，虽所遭者或有耻

---

① 《后语序》。

辱，亦当以理解遣，若攘却之而不受于怀。盖宁伏清白而死于直道，尚足为前圣之所厚，如比干谏而死，而武王封其墓，孔子称其仁也。"此处姑且不论二人的注释孰是孰非，单看王逸把"屈心抑志"理解为等待时机以雪耻辱，把"死直"落实为诛杀"谗佞之人"的具体行为，释义明确、不留余地。朱熹则仅以"直道"概括而言，不涉具体行为，而对屈原的心理仔细分析，提出"以理解遣"的消解痛苦方式，这种内心的修养功夫正是理学家所提倡的。所以，尽管未必符合屈子本意，还是被其"阐发"出来了。

另如"惟兹佩之可贵兮，委厥美而历兹。芳菲菲而难亏兮，芬至今犹未沫"一节，王注："言己内行忠直，外佩众香，此诚可贵重，不意明君弃其至美，而逢此咎也。……言己所行纯美，芬芳勃勃，诚难亏歇，久而弥盛，至今尚未已也。"随文释义，不作引申，洪补与之相同。而朱注："言琼佩有可贵之质，而能不挟其美以取世资，委而弃之，以至于此。然其芬芳实不可得而减损昏暗。此原之自况也。然上章讥兰既有委厥美之文矣，此美琼佩又以为言者，盖彼真弃其美之质以从俗，此则弃其美之利以徇道，其事固不同也。故彼虽苟得一时之势，而恶名不减；此虽失其一时之利，而芬芳久存。二者之间，正有志者所当明辩而勇决也。"联系上下文，大加发挥，"美之质""美之利"的分析非常细致，而其最终的指向明显是所谓"有志者所当勇决而明辩"的"徇道"。

碍于注释体例，朱熹在《楚辞集注》中还不便过多分析和议论，于是专设《辩证》一体，以辨析"训故文义之外"之"不可不知者"[①]。此文体所"辩证"的内容驳杂丰富，大致说来，对文本本身的考察和背景资料的分析大多客观、精辟，体现了朱熹作为学者的卓识；对"义理"的阐发则议论感慨兼而有之，既发挥屈原思想，也论及王、洪得失，甚而兼及批判世俗。如对前引"攘诟"一节，《楚辞集注》释义与《楚辞章句》不同，但未及辨析，《辩证》云："旧注以'攘诟'为'除去耻辱，诛谗佞之人'，非也。彼方遭时用事，而吾以罪戾废逐，苟得免于后咎余责，则已幸矣，又何彼之能除哉？为此说者，虽若不识事势，然其志亦深可怜云。"不仅分析屈原处境心态，证

---

① 《辩证序》。

明己说，连王注之所以如此的深意都揭示出来了。其"辩证"《九歌》大义云："楚俗祠祭之歌，今不可得而闻矣。然计其间，或以阴巫下阳神，或以阳主接阴鬼，则其辞之亵慢淫荒，当有不可道者。故屈原因而文之，以寄吾区区忠君爱国之意，比其类，则宜为《三颂》之属；而论其辞，则反为《国风》再变之《郑卫》矣。及徐而深味其意，则虽不得于君，而爱慕无己之心，于此为尤切，是以君子犹有取焉。盖以君臣之义而言，则其全篇皆以事神为比，不杂它意。以事神之意而言，则其篇内又或自为赋、为比、为兴，而各有当也。然后之读者，昧于全体之为比，故其疏者以它求而不似，其密者又直致而太迫，又其甚则并其篇中文义之曲折而失之，皆无复当日吟咏情性之本旨。盖诸篇之失，此为尤甚，今不得而不正也。"既阐发了《九歌》中蕴含的"忠君爱国"之大义，又以前人之失做反面例证，说明了如何领会其大义的方法，可谓用心良苦。发掘"大义"时的朱熹，其注释的主观倾向性明显增强，指导现实的动机亦随之呈现。

第四节　宋代楚辞注释中的语音训释

语言发展到宋代，已经有了很大变化。随着音韵学的进步，注释者们为了减少读者阅读古代典籍文本的障碍，大多在注本中专门标注出语音的信息。楚辞的注释中，专门注释《离骚草木疏》和《楚辞芳草谱》限于注释对象，没有专门的注音。杨万里的《天问天对解》侧重思想表现，仅有少数地方用直音或反切标示了读音，是单纯的注音。《离骚集传》注音的比例很高，方法亦各异，直音、反切、如字、叶韵均有，以反切数量最多。但大体上也属于单纯注音，与释义无关。只有《楚辞补注》和《楚辞集注》情况比较复杂，虽然洪、朱也运用了声训法，但数量不多且与注音不相混淆，是将其作为释义方法来看待的。相反，古书注音的主要方法——读若、如字、读破、直音、反切、叶音等在二书中均有使用且明确标示，说明他们已经有了音义相别的意识而更多关注了语音。但由于古代语言的声义同源现象使得声和义从其产生之初就有了密不可分的联系，而古汉语特有的以字注音方式又不可避免地导致声中寓意、义随声转，况且释义实际上也是这两位注释者最重要的初衷之一，因而我们对两注本注音的探讨也不可能完全离开释义。归纳起来，《楚辞补注》和《楚辞集注》的注音体现出来的目的有这样几个：

一、单纯注音

与释义无关，主要由直音法和反切法来实现。这也是二书中运用最多的两种方法。据笔者不完全统计，《楚辞补注》中共出现直音 600 余次、反切近 500 次；《集注》中共出现直音 600 余次、反切近 600 次。其中，反切本就是一种利用两个字来拼读另一个字的单纯注音方法，其反切上字和反切下字只提供声母和韵母，与所拼之字没有任何意义关系。而直音是用一个字来给另一个同音字注音，两个字之间除了音同之外，有时还会有义的联系。像《离骚》"扈江离与辟芷兮"洪、朱均注："扈，音户。"《湘夫人》"桂栋兮兰橑，辛夷楣兮药房"均注："橑，音老。""楣，音眉。"《怀沙》"怀瑾握瑜兮"均注："瑾，音僅。""瑜，音逾。"等，都是单纯地标注注释者所认为的可能引起阅读障碍的生僻字读音。

二、以音别义

涉及释义，最为复杂，如字法、读破法、直音法中都有体现。具体分析，又有几种情况：

1. 区别多音多义字。古书中常有这样的现象，同一个字，由于语言环境的不同和所表现的词性词义的不同，读音也会有所不同。注释者就会通过注音来昭示其在具体语境中的涵义。有读作基础音、表现基本义的，称"如字"：《九歌·大司命》"吾与君兮齐速"朱注："齐，如字，又音咨，又侧皆反。"释义云："齐速，整齐而疾速也。"在三个音中"如字"的一个才是符合本句之义的。《九章·怀沙》"文质疏内兮"洪注："内，旧音讷。……《释文》：内，如字"。释义云："讷，木讷也。"这里的"如字"则不是本句所需了。

还有局部地调整音节、改变字的读音来区别词义的，称"读破"：《离骚》"哀朕时之不当"洪注："当，平声。"以与王注"自哀生不当举贤之时"相应。《九章·涉江》"冠切云之崔嵬"朱注："冠，去声。"此处用的是表示

"戴"义的动词。

有时注释者会对多音字的各项音义一一指出:《九章·怀沙》"浩浩沅湘,分流汨兮"王注:"汨,流也。"洪注:"汨,音骨者,水声也;音鹘者,涌波也。"二义有近似之处,亦均可释本句之义,故两出之。

2.指出异文。由于时代的发展,汉字发生了许多变化,既有字形上的,也有意义上的,还有二者兼具的,这种与"本字"相异的变化会给读者理解文义带来困难。《楚辞补注》和《楚辞集注》通过读若、直音等方式指出了古今、异体、通假等字际之间的相异关系,凸显了"本字"的意义。

古今字:古今字多直接标明:《天问》"蜂蛾微命,力何固"洪、朱皆注:"蛾,古蚁字。"也有不标明的:《九章·思美人》"登高吾不说兮"朱注:"说,音悦。""羌冯心犹未化"二人皆注:"冯与憑同。""悦"与"憑"均不见于《说文》,是后起字,与"说""冯"是古今字的关系。

异体字:《天问》"汤出重泉,夫何辠尤"洪、朱皆注:"辠,古罪字。"按照王力《古代汉语》中的说法,"罪"与"辠"的意义完全相同,在任何情况下都可以互相代替,为异体字。

通假字:通假是用音同或音近的字来代替本字,所用之字与本字意义毫不相干。清人王念孙说:"字之声同声近者,经传往往假借,学者以声求义,破其假借之字,而读其本字,则涣然冰释;如其假借之字,而强为之解,则诘鞫为病矣。"既然"以声求义"是破除通假的唯一途径,那么以本字注音也就意味着到达终点了。《九歌·大司命》"导帝之兮九坑"洪、朱皆注:"坑,音冈。"释义云:"山脊也。""冈"本义为山脊,"坑"是其通假字。《抽思》"苏详聋而不闻"洪注:"详,与佯同。"朱注:"详,音佯。"释义皆云:"诈也。""详"无"诈"义,是"佯"的假借字。

三、以音明韵

以音明韵是对韵脚的探求,由叶音来体现。叶音指为了押韵而临时改变字音,在《楚辞补注》与《楚辞集注》中都有应用。但据笔者统计,洪兴祖仅注叶音18次,朱熹却注了近400次。大量应用叶音与其《诗集传》相同,是朱熹《楚辞集注》最明显的特点之一,也是历来争议最多、最为人诟病之处。前代学者多持批评态度。明末焦竑、陈第首发其难，指责朱熹"强为之音"。近代学人进一步引申，认为朱熹"不懂得语言是发展的，缺乏历史观点",① 甚至"按自己口音中可以押韵的字去读诗",② 是违背语言学规律的。当代也有学者对这些观点予以反驳，特别是刘晓南先生做了大量工作，写了《朱熹诗骚叶音的语言学根据及其价值》等一系列文章，从实际语音、音理、文献旧读三个方面证明朱熹的叶音有所根据，而非"乱改字音"，具有语音史和语音学史的重要价值。凡此种种，诸论已详。可以说，对朱熹叶音在音韵学上的是与非都做了极其深入的探讨，浅薄如笔者，已实难置喙。

但我们可以换个角度来看这个问题，朱熹的叶音是否有文学价值，或者说对于楚辞这部文学典籍是否有存在的必要？叶音的目的是为了押韵，这是学者历来公认的事实。朱熹如此大规模叶音恰恰反映了他对"韵"的重视，《楚辞集注》中经常出现对"韵"的标注：《湘夫人》"沅有茝兮澧有兰，思公子兮未敢言"一节注云："而以'茝'叶'子'，以'兰'叶'言'，又隔句用韵法也。"《惜往日》"宁溘死以流亡兮"一节注云："自'可佩'至此，十二句为一韵。"亦有仅据"韵"覈校版本的：《天问》"应龙何画？河海何历？"注云："一作'河海应龙，何画何历？'失韵，非是。"声韵和谐是诗歌的基本特征之一，我们可以认为朱熹努力地在自己的注释活动中体现这种特征。那么，不论其成果是否符合学理，他的努力无疑都是有价值的。

第五节　汉宋楚辞注释中的义训比较

词语是语言最基本的应用单位，是构成句子及篇章的基本材料。要将典籍文本的意义传达给读者，首先就要从对词语的解释入手，这是古代的注释

---

① 王力：《汉语音韵》，中华书局 1980 年版，第 119 页。

② 许世瑛：《朱熹口中已有舌尖前高元音说》，《许世瑛先生语言学论文集》，弘道文化事业有限公司 1974 年版，转引自刘晓南：《朱熹诗骚叶音的语言学根据及其价值》，《古汉语研究》2003 年第 4 期。

者们普遍认同的观点。许慎云："文字者，经艺之本，王政之始。前人所以垂后，后人所以识古。"① 戴震云："治经先考字义。"② 江藩云："说经必先通训诂。"③ 而朱熹自己亦云："凡读书，先须晓得他底言词了，然后看其说于理当否。"④ 王逸、洪兴祖亦在此观点支配下，将词语的解释作为最重要的训诂手段，解释词语作为注释者传义的最基础的载体，应该受到我们充分的重视。汉宋现存的楚辞注释文本，仅有《楚辞章句》《楚辞补注》和《楚辞集注》注释了屈原的全部作品和宋玉等人的大部分作品，所以，本节主要比较这三个注本的词语解释。

《楚辞章句》《楚辞补注》和《楚辞集注》所解释的词语，大体以名词、动词和性质状态词等实词为主，虚词很少。可以将其分成共注词语和单注词语两大类来进行比较，下面分类而述。

一、共注词语

共注词语，指三人共注之词或王逸、朱熹共注之词。之所以如此划分，是因为洪氏为"补"王注而作注，其未"补"之处，表示认同王氏观点，在这种情况下，可以认为王注即等于洪注，也可以将王、朱共注词当作三人共注之词来考察。包括共注而同、共注微异和共注不同等三种情况。

王逸、洪兴祖和朱熹共注名词、性状词和动词1449组。其中名词776组，三人对同一名词的解释内涵完全相同的有539组，比例为69.5%；所释词的基本意义相同但附加意义不同的有76组，比例为9.8%；解释结果不同的有161组，比例为20.7%。三人共注性质状态词244组，对同一词的解释完全相同的有171组，比例为70.1%；基本意义相同但附加意义不同的有16组，比例为6.6%；解释结果不同的有57组，比例为23.3%。三人共注动词429组，对同一词的解释相同的有285组，比例为66.4%；基本意义相同但附加意义不同的有36组，比例为8.4%；解释不同的有108组，比例为25.2%。详见下表：

---

① 《说文解字》，中华书局1985年版，第314页。
② 《与某书》，见《戴震集》，上海古籍出版社1980年版，第187页。
③ 《说经必先通训诂》，见《经解入门》，天津古籍书店1990年版，第98页。
④ 《朱子语类》卷11第1册，第185页。

共注词语对照

共注相异词语对照

名词（共 161 组）				性状词（共 57 组）				动词（共 108 组）			
王、洪相异		朱与王洪异	三人均异	王、洪相异		朱与王洪异	三人均异	王、洪相异		朱与王洪异	三人均异
朱用王	朱用洪			朱用王	朱用洪			朱用王	朱用洪		
16	45	79	21	12	17	21	7	12	25	50	21
9.9%	27.9%	49.1%	13.1%	21.1%	29.8%	36.8%	12.3%	11.1%	23.2%	46.3%	19.4%

共注名词

类别		人称名	地名	时间名词	抽象名词	具体物名	单位名词	总数
相同		128	81	15	89	224	2	539
基本相同		14	8	3	16	33	2	76
不同	王洪异 朱用王	6	3	0	5	2	0	16
	王洪异 朱用洪	9	4	0	7	24	1	45
	朱与王洪异	30	5	3	22	17	2	79
	三人均异	4	2	1	5	9	0	21

名词（共 776 组）			性状词（共 244 组）			动词（共 429 组）		
相同	基本相同	不同	相同	基本相同	不同	相同	基本相同	不同
539	76	161	171	16	57	285	36	108
69.5%	9.8%	20.7%	70.1%	6.6%	23.3%	66.4%	8.4%	25.2%

由于注释者有三个人，那么在对同一词的解释结果不同的时候就会出现几种情形：在王逸和洪兴祖的解释相异时，朱熹用王注还是洪注；在王逸和洪兴祖的解释相同时，朱熹与之相异；三人的解释各不相同。具体数字见下表：

共注性状词

类别			状态	属性	评价判断	程度	限制	度量	速度	颜色	总数	
相同			86	31	18	13	10	6	3	4		171
基本相同			12	2	0	2	0	0	0	0		16
不同	王洪异	朱用王	10	1	0	1	0	0	0	0	12	57
		朱用洪	9	4	0	2	1	0	1	0	17	
	朱与王洪异		11	6	0	2	2	0	0	0	21	
	三人均异		6	0	0	0	1	0	0	0	7	

共注动词

类别			动作行为	存在变化	心理活动	使役命令	总数	
相同			236	14	30	5		285
基本相同			32	0	4	0		36
不同	王洪异	朱用王	11	0	1	0	12	108
		朱用洪	23	1	1	0	25	
	朱与王洪异		46	2	2	0	50	
	三人均异		20	0	1	0	21	

从以上几个表格的统计中可以看出，解释结果相同和基本相同的词语数量占大多数，解释不同的词语相对较少。

1.共注而同

共注而同的词语分两种情况，一是朱熹直接用了王逸或者洪兴祖的注释。这里之所以言"直用"而不言"引用"，是因为并未注明此注源于何人。二是未直接用其原文而解释结果一致。

①名词。包括人称名、地名、时间名词、抽象名词、具体物名和单位名词等各种类别，共有 539 组完全相同。

第一，人称名。主要包括对姓氏、人物、名字的专称、官职等的注释，共有 128 组内涵完全相同。如《离骚》"昔三后之纯粹兮"之"三后"，王注："后，君也。谓禹、汤、文王也。"朱注："后，君也。三后，谓禹、汤、文王也。"朱用王注。《哀郢》"凌阳侯之氾滥兮"之"阳侯"，王注："阳侯，大波之神。"洪补："《淮南》注云：阳侯，陵阳国侯也。其国近水，溺死于水，其神龙为大波，有所伤害，因谓之阳侯之波也。"朱注："阳侯，阳国之侯，溺死于水，其神为大波。"三人所注内涵相同，朱熹用了洪注而简化之。

第二，地名。主要包括对地方名、山名、水名、国家地域名称的注释，共有 81 组内涵完全相同。如《离骚》"望崦嵫而勿迫"之"崦嵫"，王注："崦嵫，日所入山也，下有蒙水，水中有虞渊。"洪补："《淮南子》云：日入崦嵫，经细柳，入虞渊之氾。"朱注："崦嵫，日所入之山也。"《湘君》"望涔阳兮极浦"之"涔阳"，王注："涔阳，江碕名，近附郢。"洪补："今澧州有涔阳浦。"朱注："涔阳，江碕名。"朱熹简化王、洪之注，但内涵相同。《哀时命》"采钟山之玉英"之"钟山"，王注："钟山，在昆仑山西北。《淮南》言钟山之玉，烧之三日，其色不变。"洪补："《淮南》云：钟山之玉，炊以鑪炭，三日三夜而色泽不变，则至德天地之精也。许慎云：钟山北陆无日之地，出美玉。"朱注："钟山，在昆仑山西北。《淮南》言：钟山之玉，烧之三日，其色不变。"朱熹用王注，三人对其位置、出产的注释也是相同的。

第三，时间名词。包括季节、日期、早晚、今昔等与时间有关的名词。共有 15 组内涵相同。如《九歌·东皇太一》"吉日兮辰良"，王注："日谓甲乙，辰谓寅卯。"朱注："日，谓甲乙。辰，谓寅卯。"直用王注，表示日期。《九章·哀郢》"甲之鼂吾以行"，王注："甲，日也。鼂，旦也。"洪补："鼂，读为朝暮之朝。"朱注："甲，日也。鼂，旦也。"三人所注内涵相同。

第四，抽象名词。三人所注相同的主要是非观念性的抽象名词。共有 89 组内涵相同。《离骚》"忍尤而攘诟"，王注："尤，过也。诟，耻也。"洪补："《礼记》曰：以儒相诟病。诟病，耻辱也。"朱注："尤，过也。诟，耻也。"《九章·怀沙》"常度未替"，王注："度，法也。"朱注："度，法也。"直用王注。

第五，具体物名。这是三人所注相同数量最多的一类，共有 224 组内涵相同。其中包括：

植物。《离骚》《九歌》中众多草木——兰、蕙、留夷、揭车、杜衡、薠、女萝等三人所注均内涵一致。

地理地形。《离骚》"步余马兮兰皋兮"，王注："泽曲曰皋。"洪补："皋，九折泽也。"朱注："泽曲曰皋。"

动物。《九歌·湘夫人》"麋何食兮庭中"，王注："麋，兽名，似鹿也。"洪补："《月令》曰：麋角解。疏云：麋阴兽，情淫而游泽。"朱注："麋，兽名，似鹿而大。"三注"兽名"的内涵一致。

器具。《离骚》"朝发轫于苍梧兮"，王注："轫，搘轮木也。"洪补："轫，止车之木，将行则发之。"朱注："轫，搘车木也，将行则发之。"

食物。《九章·惜诵》"愿春日以为糗芳"，王注："糗，糒也。"洪补："糗，干饭屑也。……江蓠与菊，以为糗糒。"朱注："糗，糒也，干饭屑也。"洪补对王注加以解说，这里体现了语言的发展，王注用词在汉代应该是易懂的，而到了宋代则属于需要注释的范围了。朱注将二者综合简化而用之。

服装。《九歌·湘夫人》"捐余袂兮江中，遗余褋兮醴浦"，王注："袂，衣袖也。褋，襜襦也。"朱熹直用之。

自然天象。《九歌·大司命》"令飘风兮先驱，使冻雨兮洒尘"，王注："迴风为飘。暴雨为冻雨。"朱注："飘风，回风也。冻雨，暴雨也。"

兵器。《九歌·国殇》"操吴戈兮被犀甲"，王注："戈，戟也。甲，铠也。"洪补："《说文》云：戈，平头戟也。"朱注："戈，平头戟也。犀甲，以犀皮为铠也。"朱注综合王、洪而加以限定，准确性更高。

器官。《招魂》"敦脄血拇"，王注："脄，背也。拇，手母指也。"洪补："脄，脊侧之肉。"朱注："脄，背也。拇，手大指也。"

音乐。《惜誓》"余因称乎清商"，王注："清商，歌曲也。"朱注："清商，歌曲名。"

第六，单位名词。《天问》"璜台十成"，王注："玉台十重。"洪补："《尔雅》云：成，犹重也。"朱注："成，重也。"

②性质状态词。性质状态词是事物的属性、价值，以及度量、速度、色

彩等特征的语义体现。三人所注性状词共有 171 组内涵完全相同。

第一，状态。这一类最多，有 86 组相同。《离骚》"佩缤纷其繁饰兮"，王注："缤纷，盛貌。"朱熹直用之。《九歌·湘君》"石濑兮浅浅"，王注："浅浅，流疾貌。"朱熹直用之。

第二，属性。《离骚》"揽茹蕙以掩涕兮"，王注："茹，柔耎也。"朱熹直用之。

第三，评价判断。《九章·橘颂》"淑離不淫，梗其有理兮"，王注："淑，善也。梗，强也。"朱熹直用之。

第四，程度。《九章·怀沙》"孔静幽默"，王、朱均注："孔，甚也。"

第五，限制。《九歌·湘夫人》"将腾驾兮偕逝"，王、朱均注："偕，俱也。"

第六，度量。《九章·怀沙》"脩路幽蔽"，王、朱均注："脩，长也。"

第七，速度。《离骚》"夫唯捷径以窘步"，王、朱均注："窘，急也。"

第八，颜色。《九歌·云中君》"华采衣兮若英"，王、朱均注："华采，五色采也。"

③动词。包括动作行为、存在变化、心理活动、使役命令等类别，共 285 组相同。

第一，动作行为。这一类占绝大多数，共有 236 组。如《离骚》"惟庚寅吾以降"，三人皆注："降，下也。"解为"下母体而生"。《东君》"緪瑟兮交鼓"，王注："緪，急张弦也。交鼓，对击鼓也。"朱熹直用之。

第二，存在变化。《九章·惜诵》"申侘傺之烦惑兮"，王、朱均注："申，重也。"《离骚》"日月忽其不淹兮"，王、朱均注："淹，久也。"

第三，心理活动。《离骚》"岂余身之惮殃兮"，三人均注："惮，难也。"

第四，使役命令。《离骚》"麾蛟龙使梁津兮，诏西皇使涉予"，王注："举手曰麾。或言以手教曰麾。诏，告也。"朱注："以手教曰麾。诏，告也。"

2.共注微异。主要指所注词语基本内涵相同但其附属意义有一定区别的情况。

①名词。各类名词释义微异的共有 76 组，其差异主要有以下几种情况：

第一，体现出注释者的情感稍异。情感意义是注释者在注释中所传递出的情感态度和评价取向。在三人的词语注释中有这样几种表现：

王注表露自己对事物的情感态度，朱注则没有。如《天问》"比干何逆，而抑沈之"，王注："比干，圣人，纣诸父也。"朱注："比干，纣诸父也。"二人都注出了"纣诸父"的基本理性内涵，但王注通过"圣人"的评价，传达出自己的一种钦仰之情。《九歌·大司命》"乘清气兮御阴阳"，王注："清气"为"天清明之气"，朱注："谓轻清之气"。"轻"与"明"只一字之差，但王注中所包含的情感色彩和朱熹的客观描述的区别还是显而易见的。

洪补中体现了情感态度，而王、朱之注则没有。如《九歌·湘夫人》"与佳期兮夕张"，王注："佳，谓湘夫人也。不敢指斥尊者，故言佳也。"洪补："《说文》云：佳，善也。《广雅》云：佳，好也。"朱注："佳，佳人也，谓夫人也。"在"湘夫人"的基本意义上三人是一致的，但王逸认为言"佳"是为了避尊者讳；洪兴祖认为称"佳"是取其"好""善"之意；朱熹则仅是客观出注而已。

朱注中流露了情感评价而王注中则无。如《九章·涉江》"余幼好此奇服兮"，王注："奇，异也。或曰：奇服，好服也。"朱注："奇服，奇伟之服，以喻高洁之行。""奇伟"的评价中包含着注释者的景仰之情。

从这一类词语注释的比较中可以看出，注释者的情感体现和评价取向中也蕴含着他们各自的时代色彩和个人的好恶倾向。王逸对"圣人"的关注，对"为尊者讳"的说明，都有汉代思想文化的印记；而洪兴祖对"善"、朱熹对"高洁"的偏好则体现了个人的价值取向，相对于王逸对社会伦理价值的关注来说，个体色彩更强一些。

第二，表现出注释者对事物判断的不同。《天问》"彼王纣之躬，孰使乱惑"，王注："惑，妲己也。"朱注："惑纣者，内则妲己，外则飞廉、恶来之徒也。"两人对"惑纣"的原因判断不同，王逸仅归罪于妲己，较之朱熹内外因的分析要简单。这种差别在某种程度上也反映出了他们个人的思维特点和认识能力。

第三，注释结果范围大小的差别。《九歌·湘君》"捐余玦兮江中"，王注："玦，玉佩也。"洪、朱皆注："玦，如环，而有缺。"限定了玦的具体形状特点。很明显，具体与一般相比，范围要小。《离骚》"畦留夷与揭车兮"，王

注："畦,共呼种之名。"朱注："畦,陇种也。"《天问》"汤谋易旅,何以厚之",王注："旅,众也。"朱注："旅,谓一旅,五百人也。"王注为泛言,朱注更具体,范围自然小于王注。朱注较王注具体的情况在其注释活动中很少见,多限于这种不涉"大义"的词语解释,而从所引的词语注释中可以看出,这种更具体的是源于注释者更为丰富的学识。《离骚》"瞻前而顾后兮",王注："前谓禹、汤,后谓桀、纣"。朱注："前,谓往昔之是非。后,谓将来之成败。"朱熹将王逸凿实于现实的禹、汤、桀、纣的史实加以概括提升,扩展至往昔、将来,范围更大,更有历史的纵深性。

第四,传递信息量多少的差异。《离骚》"帝高阳之苗裔兮",王注："苗,胤也。裔,末也。……颛顼胤末之子孙。"朱注："苗者,草之茎叶,根所生也。裔者,衣裾之末,衣之余也,故以为远末子孙之称也。"朱注较王注多了"苗裔"本义的注解。洪氏由"补注"体式决定,大多较王注传递的信息量更大。如《九歌·湘夫人》"辛夷楣兮药房",王注："药,白芷也。"洪补："《本草》:白芷,楚人谓之药。《博雅》曰:芷,其叶谓之药。"既注明了方言,又引了不同的说法。朱注即取其"白芷叶"之说。《离骚》"朝搴陂之木兰兮",洪补引《本草》云："木兰皮似桂而香,状如楠树,高数仞。"朱注亦引此段："木兰,木名。《本草》云:皮似桂而香,状如楠树,高数仞,去皮不死。"多了"去皮不死"特性的信息,更有助于对诗句比喻及象征意义的发掘。

第五,注释结果形象性的差异。虽然仅是词语的注解,但注释者的文学素养、对艺术性的兴趣、甚至仅仅是文学习惯的影响,还是会自觉不自觉地有一些形象性的反映。这一点在朱熹身上更明显一些。如《九章·哀郢》"曾不知夏之为丘兮",王注："丘,墟也。"朱注："丘,荒墟也。"王注已经传达出了"废墟"之基本义,朱熹加一"荒"字,便成了"荒凉/荒芜的废墟",更具形象性。

②性质状态词。主要涉及状态、属性和程度等类别的性状词,共计16组。大多体现着一种简括和具化、概述和形象的区别。

《离骚》"长顑颔亦何伤",王注："顑颔,不饱貌。"洪补："顑颔,食不饱,面黄貌。"朱注："食不饱而面黄之貌。"王逸所注的是一种状态,而洪、朱二注是对这种状态的一个包含因果关系的具体化和形象化的描述。

《大招》"被发鬤只"，王注："鬤，乱貌也。"朱注："鬤，发乱貌。"王逸解释的是词义，而朱熹有明显的结合上下文释义的倾向。

《离骚》"众女嫉余之蛾眉兮"，王注："蛾眉，好貌。"洪补："诗人称庄姜之贤曰蝼首蛾眉，盖言其质之美也。师古云：蛾眉，形若蚕蛾眉也。"朱注："谓眉之美好如蚕蛾之眉也。"王逸只注出了"美好"之义，而洪、朱则具体解释了"美好"在何处或曰何以"美好"。

在性状词的注解上，相对于王逸粗线条的大略勾画，洪兴祖和朱熹更偏好从上下文义出发来表现词语本身具有的内涵，从而挖掘出其中蕴涵的形象性。

③动词。涉及动作行为和心理活动两类共 36 组词语。在释义词语选择上主要体现出词语在具体语境中表现效果的差异。

《离骚》"朝搴陂之木兰兮"，王注："搴，取也。"朱熹引洪补注云："搴，拔取也。"限定了"取"的具体动作。"众皆竞进以贪婪兮"，王注："竞，并也。"洪、朱皆注："并逐曰竞。"指出了"并"的原因和相关动作。"回朕车以复路兮"，王注："回，旋也。"朱注："回，旋转也。"以同义词强化了"旋"的方向感。"及行迷之未远"，王注："迷，误也。"朱注："迷，惑误也。"注出了"误"的原因。《九歌·大司命》"结桂枝兮延伫"，王注："伫，立也。"洪补："久立也。"补出了"立"的时间涵义。

以上例子都是王注为单音词而洪、朱所注为双音词。双音词较之单音词所表现的内容范围稍小但更具体，在具体语境中更具有形象性，表现力更强，《离骚》"女媭之婵媛兮"，王注："婵媛，犹牵引也。"朱注："婵媛，眷恋牵持之意。"朱注体现出了"牵持"中蕴涵的情感内容。

《离骚》"厥首用夫颠陨"，王注："自上下曰颠。"洪补："颠，倒也。"朱注："自上而下曰颠。"三人在基本内涵上是完全相同的。洪氏直接指出了结果，朱注仅比王注多了一个"而"字，但在表达上无疑更流畅一些，应该是更符合当时的语言习惯。

3.共注而异。指在基本内涵上差异较大的词语注释，具体统计情况见下表。从统计中可以看出，在三人的相异词语注解中，三人均异的情况要少于王、洪之间的不同；朱熹与王逸、洪兴祖之间的不同要多于王、洪之间的差异；在王逸、洪兴祖相异的情况下，朱熹用洪补要比用王注多。具体分析其差异，主要是由以下几种情况导致：

①所用原文不同导致注解有别。如《九歌·大司命》"吾与君分斋速"，王注："斋，戒也。速，疾也。"下文云："急疾斋戒。"洪补："斋速者，斋戒以自救也。"二人所用版本原文为"斋戒"之"斋"，而朱熹所用原文为"吾与君分齐速"，注云："齐速，整齐而疾速也。"其所用为"整齐"之"齐"。显然是因原文形近而导致的注解相异。

《九歌·国殇》：《章句》"天时坠兮威灵怒"，注云："坠，落也"，下文有："《文苑》作怼"；《集注》"天时怼兮威灵怒"，注云："怼，怨也。"

《九歌·少司命》：《章句》"竦长剑兮拥幼艾"，注云："竦，执也。……执持长剑"，下文有："《释文》竦作怂"；《补注》："竦，立也。……怂，惊也。"《集注》"怂长剑兮拥幼艾"，注云："怂，挺拔之意。"王逸与朱熹的差别是由于版本不同，洪兴祖与他们的区别则是由对词语义项不同导致选择不同。既然古籍在流传过程中存在不同版本是客观存在的现实，而各版本之间存在或多或少的差异也是毫无疑问的。那么，选择了有差异的原文，所作的注解自然也就不同。另外，虽然这种由原文而来的不同似乎更多是客观原因引起的，但在对原文的选择中、确切地说是为了释义而做的选择中也能透露出注释者的某种倾向和特点。比如下面所引的几例：

第一例，王逸、洪兴祖取"斋戒"，体现的是对"君"的恭敬之意；朱熹用"整齐"，只是与之并行的客观现象，主体性要强一些，更多关注的是上下文义的贯通和顺畅。

第二例，王逸取"坠"，言："适遭天时，命当堕落。"朱熹取"怼"，言："适值天之怨怒，故众皆见杀不得葬也。"王逸所注，多少包含着对"天时""命"的敬畏和无奈；朱子之"天"，似乎就少了些不可知的恐惧色彩而多了"人"之好恶情感。

第三例，王逸取"竦"，体现的是"执"的动作；洪氏补"立"，取的是"竦"的另一义项——"竦立"。注"怂"为"惊"，是取其本义；朱熹取"怂"，注的却是其通假字"耸"的"挺拔"之意，表现了动作的形体状态。相比之下，朱熹应是胜了王逸一筹的。

②对所释词语结构理解不同导致差异。如《九歌·云中君》"华采衣兮若英"，王注："若，杜若也。……华衣饰以杜若之英。"朱注："荣而不实者谓之英。……衣采衣，如草木之英。"王逸以"若英"为"杜若之英"，是一个注释单位；朱熹以"若"为"如"、以"英"为"草木之英"，是两个注释单位。

《九歌·东君》"思灵保兮贤姱"，王注："灵，谓巫也。……言己思得贤好之巫，使与日神相保乐也。"洪补："灵保，神巫也。"朱注："灵保，神巫也。"王逸把"灵保"看作两个注释单位；洪、朱将其看作一个人称名词。

③对词语的语法类别及功能认定不同导致差异。《天问》"地方九则，何以坟之"，王注："坟，分也。……何以能分别之乎。"朱注："坟，土之高者也。……何以出其土而高之乎"。王逸以"坟"为动词，义为"分别"；朱熹则以之为名词。

《九章·涉江》"冠切云之崔嵬"，王注："其高切青云也。"朱注："切云，当时高冠之名。"王逸认为"切云"是形容高冠的状态词；朱熹则以为是一种高冠的名称。

《招魂》"被文服纤，丽而不奇些"，王注："纤，谓罗縠也。"洪、朱皆注："纤，细也。"王逸以"纤"为一种纱的名称，是名词；洪、朱二人则以为是形容"服"的性状词。

《九章·抽思》"伤余心之忧忧"，王注："忧，痛貌也。"洪、朱皆注："忧，愁也。"王逸以为是形容"伤心"的状态词；洪兴祖和朱熹则以为是与"伤心"并列的心理动词。

《招魂》"雄虺九首，儵忽焉在"，王注："儵忽，电光也。"洪、朱皆注："儵忽，急疾貌。"王逸以为其为名词；而洪兴祖和朱熹以为其是状态词。

④对词语的基本内涵判定不同导致差异。这种原因导致的差别是最大的，会使得整个句子甚至对文义的理解都产生歧义，因而也是最能反映注释者的个人倾向和时代特点的。其在每一类词语的具体情况如下：

对名词性词语的解释不同。大致有这样两类：第一，所注同一名、物词语的所指对象不同。

《离骚》"指九天以为正兮"，王注："九天，谓中央八方也。"朱注："九天，天有九重也。"其方位有"天""地"之别。

《离骚》"跪敷衽以陈辞兮",王注:"衽,衣前也。"朱注用洪补云:"裳际也。"一指衣服前襟,一指衣服边缘。

《离骚》"鸾皇为余先戒兮",王注:"鸾,俊鸟也。"朱注:"鸾,凤之佐也。"王逸所注为"鸾"本身的属性,朱注则体现的是其与"凤"的关系。关注的角度不同。

《九歌·湘夫人》"辛夷楣兮药房",王注:"辛夷,香草,以作户楣。"洪补:"《本草》云:辛夷,树大连合抱,高数仞。此花初发如笔,北人呼为木笔。其花最早,南人呼为迎春。"朱注直用洪补。二人与王逸所注属不同的植物类别。

《离骚》"望瑶台之偃蹇兮",王注:"石次玉曰瑶。"洪、朱皆注:"瑶,玉之美也。"其质有石和玉的高下之别。

《九章·惜诵》"指苍天以为正",王注:"春曰苍天。"朱注:"苍,天之色也。"王注有季节限制,而朱注则无。

《天问》"靡蓱九衢,枲华安居",王注:"九交道曰衢。言宁有蓱草,生于水上无根,乃蔓衍于九交之道。"朱注用洪补云:"九衢,言其枝九出耳。"王逸以为是"九交之道",注的是蓱草的生长地点;洪、朱二人则以为是"其枝九出",注的是其外形特点。

以上例证大致属于非观念性词语,之所以产生差异是由于注释者对同一词语所指对象的判断不同。其差异所能涉及的范围相对较小,对句意的整体理解的影响也稍小一些。

《九歌·东皇太一》"灵偃蹇兮姣服",王注:"灵,谓巫也。"洪补:"言神降而托于巫也。"朱注:"灵,谓神降于巫之身者也。"王逸以为"灵"即是"巫",洪兴祖和朱熹则以为是指降于"巫"身之"神"。

《九歌·湘夫人》"目眇眇兮愁予",王注:"予,屈原自谓也。"朱注:"愁予者,亦为主祭者言。"

《九歌·大司命》"纷吾乘兮玄云",王注:"吾,谓大司命也。"朱注:"吾,主祭者自称也。"

《九歌·山鬼》"怨公子兮怅忘归",王注:"公子,谓公子椒也。"洪补:

"怨椒兰蔽贤。"朱注："公子，即所欲留之灵脩也。"王、洪以为"公子"为现实中人物，朱熹则否之。

这些涉及对人称名词的注解有很大的歧义，在《九歌》之中除《国殇》《礼魂》外的各祭神篇章里均有体现。其差别表面上体现为言说主体角色认定的不同，内在原因则是注释者对诗歌的艺术形式、艺术手法和抒情方式的相异理解导致了文义注释的区别。

《九歌·大司命》"乘清气兮御阴阳"，王注："阴主杀，阳主生。"朱注："阴阳，则兼清浊变化而言也。"

《离骚》"勉升降以上下兮"，王注："上谓君，下谓臣。"洪补："升降上下，犹所谓经营四荒、周流六漠耳，不必指君臣。"朱注："升降、上下，升而上天，下而至地也。"

《九章·涉江》"阴阳易位，时不当兮"，王注："阴，臣也。阳，君也。"洪补："阴阳易位，言君弱而臣强也。"朱注："阴谓小人，阳谓君子。"

以上所举的词语均与思想观念有关，从注解中可以折射出注释者的思想观念和时代特点。王逸的君臣观较重，有汉代阴阳五行思想的痕迹；朱熹则相对更理性一些、更重视客观实际。

第二，所传达的引申义和比喻义的选择不同。同一词语可以根据具体语境以及注释者的选择而有其相应的引申义或比喻义等不同义项。而对这些义项的不同选择实际上也能反映出注释者的个人倾向性及由此带来的注释特点。大体说来，三人在这一方面的情形主要有以下几种：

王、洪用本义而朱注用引申义。《大招》"直赢在位"，王注："赢，余。"下文云："言忠直之人，皆在显位，复有赢余贤俊，以为储副。"洪补："《说文》云：有余贾利也。"朱注："直赢，谓理直而才有余者。"王逸和洪兴祖用的是"多余"的本义，而朱熹将其引申为多才之义。

王注用引申义而洪、朱注本义。《离骚》"求榘矱之所同"，王注："榘，法也。矱，度也。言当自勉强上求明君，下索贤臣，与己合法度者，因与同志共为治也。"朱注："榘，与矩同，所以为方之器也。矱，度也，所以度长短者也。"王逸直接用了"榘矱"的引申义而朱熹所注为其本义。

《天问》"纂就前绪，遂成考功"，王注："绪，业也。言禹能纂代鲧之遗业，而成考父之功也。"洪补："绪，丝耑也。"朱注："绪，丝耑也。此问禹能纂代鲧之遗业而成父功……"洪、朱二人在"绪"字条下只注出了"丝耑"的本义，王逸则直接用了其"功业"的引申义。

王逸注比喻义而朱熹不取。《离骚》"鸷鸟之不群兮"，王注："鸷，执也。谓能执伏众鸟，鹰鹯之类也，以喻中正。"朱注："鸷，执也，谓鸟之能执伏众鸟者，鹰鹯之类也。"直接用了王注原文，唯独去掉了王氏刻意强调的"中正"之喻。这一类的例子非常多。《离骚》之中的望舒、飞廉、飘风、云霓等王逸都煞费苦心一一为其对应了贤臣、奸佞的比喻之义，朱熹不仅一概不取，而且对此大加批判。这一点明显体现了二人在注释理念上的分歧。

王注用本义而朱注用比喻义。《九歌·东皇太一》"盍将把兮琼芳"，王注："琼，玉枝也。……灵巫何持乎？乃复把玉枝以为香也。"朱注："琼芳，草枝可贵如玉，巫所持以舞者也。"王逸以"玉"之本义来解"琼"；而朱熹则认为此处是以"玉"来比喻"可贵"之"草"，将其视为一种艺术修辞手法。

《离骚》"椒专佞以慢慆兮"，王注："椒，楚大夫子椒也。"洪补："《古今人表》有令尹子椒。"朱注："椒，亦芳烈之物，而今亦变为邪佞。"王逸和洪兴祖都把"椒"解为现实中实有之人，朱熹则认为是以物喻人的艺术手法。

均注比喻义但指向有别。《离骚》"恐美人之迟暮"，王注："美人，谓怀王也。人君服饰美好，故言美人也。"洪补："以美人喻君。"朱注："谓美好之妇人，盖托词而寄意于君也。"三人都认为"美人"喻君，但王逸直指为怀王，只是因"服饰美好"即称为"美人"，未免牵强，仍是其时时牵扯现实的一贯作风。朱熹则以"美人"为女子，较之王逸多了转折回旋。另如《离骚》"夫唯灵修之故也"，王注："灵，神也。修，远也。能神明远见者，君德也，故以喻君。"朱注："灵修，言其有明智而善修饰，盖妇悦其夫之称，亦托词以寓意于君也。"二人在"喻君"上没有异议，但在为何"喻君"上却大相径庭。王逸联系"君德"，朱熹则将"男女君臣之喻"贯穿到底。

对动作行为词语解释不同。三人在动作行为词语注释上的差异，主要源于对多义动词的义项解释不同。如：

《离骚》"瞻前而顾后兮"，王注："瞻，观也。顾，视也。"洪补引《说文》："瞻，临视也。顾，还视也。"朱注直用洪补。

《离骚》"忽临睨夫旧乡"，王注："睨，视也。"朱注："睨，旁视也。"王逸只注出了"瞻""顾""睨"三个动词"看"的基本义项而没有体现其各自的特点，洪兴祖和朱熹则补充了王注的缺疏，注出了每一个词的具体涵义，显示了它们的区别。

《离骚》"矫菌桂以纫蕙兮"，王注："矫，直也。"朱注："矫，举也。"王逸注的是"矫"字揉曲使直的义项；而朱熹注的是其通于"挢"的高举的义项。

《招魂》"君王亲发兮惮青兕"，王注："惮，惊也。"朱注："惮，惧也。"王逸注的是"惮"通于"怛"的"惊"的义项。《周礼·考工记》："则虽有疾风，亦弗之能惮矣。"《释文》："惮音怛。"朱熹注的是其由"畏难"义引申来的"畏惧"义项。《礼记·中庸》："小人无忌惮也。"与之同。

《九歌·大司命》"君迴翔兮以下"，王注："迴，运也。言司命行有节度，虽乘风雨，然徐迴运而来下也。"洪补："迴翔，犹翱翔也。"朱注："迴翔，盘旋也。"王逸所注体现的是运动的行为过程；洪兴祖和朱熹表现的是其运动的行为和姿态。

《招魂》"路贯庐江兮左长薄"，王注："贯，出也。"朱注："贯，穿过也。"王逸注的是动作的结果，朱熹注的是动作的形式和状态。

对性质状态词的注解不同。对性状词的解释不同，主要是在描述事物的状态时出现了不同。如：

《离骚》"长余佩之陆离"，王注："陆离，犹嵾嵯，众貌也。"朱注："陆离，美好分散之貌。"王逸之注强调的是"佩"的数量；朱熹之注强调的是其性质和形态。

《九歌·东皇太一》"灵偃蹇兮姣服"，王注："偃蹇，舞貌。"洪补："偃蹇，委曲貌。一曰众盛貌。"朱注："偃蹇，美貌。"王逸注的是笼统的动作名称；洪兴祖关注的是动作的形态；朱熹表达的是对动作的评价。

《九歌·云中君》"极劳心兮忡忡"，王注："忡忡，忧心貌。屈原见云一动千里，周偏四海，想得随从，观望西方，以忘己忧思，而念之终不可得，故太息而叹，心中烦劳而忡忡也。"朱注："言神出入，须臾之间横行四海，无有穷极也……忡忡，心动貌。"王逸之注中体现的是"烦劳"的"忧心"；朱熹则以为是向往的"心动"之情。感情内涵不同。

《九章·悲回风》"怜浮云之相羊"，王注："相羊，无所据依之貌也。言己放弃，若浮云之气，东西无所据依也。"朱注："相羊，浮游之貌。因自言其志之高远与浮云齐……"王逸取浮云之"无所据依"的形态特点；朱熹则强调其"高远"的位置来表现道德评价。

二、单注词语

三注本除了共注词语外，还有大量的单注词语。其中，王逸单注名词139个次、动词181个次、性状词77个次，合计397个次；洪兴祖单注名词151个次、动词221个次、性状词95个次，合计467个次；朱熹单注名词99个次、动词107个次、性状词52个次，合计258个次。

王逸　洪兴祖　朱熹单注词对照表

	名物词	动作行为词	性质状态词	合计
王逸	139	181	77	397
洪兴祖	151	221	95	467
朱熹	99	107	52	258

说明：①统计包括重复出注的词语，因而以"个次"为单位。②在统计数字中，王逸的单注词是相对于洪兴祖和朱熹两个人而言的；洪兴祖的单注词是相对于王逸一个人而言的，所以在洪氏的"单注词"中，有被朱熹引用或反驳的情况；朱熹的单注词是相对于王逸和洪兴祖两个人而言的。可以说，王逸和朱熹的"单注词"是绝对的，而洪兴祖的"单注词"是相对的。如此统计是从其"补注"的体例特点出发的。洪补依王注而补，故其单注词只对王注有意义，而对后出的《楚辞集注》不存在"单注"意义。

从三人的"单注词"统计中，大致可以看出这样几个问题：

第一，洪兴祖的单注词绝对数量最多，其原因一方面与其"补"的体例特点有关，是其重视字词训诂的结果；另一方面也说明语言在发展变化，距离典籍文本产生的时间越久远，读者阅读时可能发生的词语障碍就会越多。

第二，朱熹与洪兴祖生活时代相距不远，语言的变化程度应该不至于达到其单注的词语数量，而王逸所认为的汉代读者需要理解的内容，也不完全是洪兴祖和朱熹认为的宋代读者应该掌握的内容。说明在确立词语阅读障碍的注释点时，注释者一方面考虑了其时读者的阅读水平，同时也倾向于如何传达自己要在注释活动中体现的"意"。这样，在单注词中，我们也就可以约略看出注释者传意的侧重点。

1.王逸单注的词语

王逸单注词的一个比较明显的特点是简单，大多以一个同义词来释义且单音词居多，也很少征引证明。如《离骚》"何不改此度"，注云："改，更也。""固乱流其鲜终兮"，注云："鲜，少也。""厥首用夫颠陨"，注云："首，头也。"《九歌·云中君》"与日月兮齐光"，注云："齐，同也。"《天问》"咸播秬黍，莆藋是营"，注云："咸，皆也。营，耕也。"等。解释词语和被解释词语之间的难易差别不大。甚至于像《天问》"化为黄熊，巫何活焉"，注云："活，生也。"《九歌·湘夫人》"沛吾乘兮桂舟"，注云："舟，船也。"这类的注释似乎都无甚必要。同样，由于简单，这些单注词的注释最多只是起到疏通文句的作用，对整个文义的影响不是很大。

另外，王逸的一些单注词的重复率很高，像"降，下也""征，行也""初，始也"等词语的注解重复都在四五次以上，似乎是注释者在遇到的时候便随手注了，而没有留意到在前文的相同语境下已经注过了，随意性很强。这两个特点一方面体现了王逸对字词注解的偏好，体现了他通过字词的注解来疏通文句的注释特点，也有汉儒说经唯细是求的痕迹。另一方面恐怕也是洪兴祖和朱熹没有在自己的注释中采用，而使其成了王逸的"单注词"的一个原因。

2.洪兴祖单注的词语

洪兴祖的单注词语有这样几种情况：一是补王逸之缺，即对王逸未注词语予以特别注明。如《离骚》"凭不猒乎求索"，王注："言在位之人，无有清洁之志，皆并进取，贪婪于财利，中心虽满，犹复求索，不知猒饱也。"洪补："索，求也。《书序》曰：八卦之说，谓之八索。徐邈读作苏故切，则索亦有素音。"对王逸未注的"索"字从音到义一一注明。

《离骚》"心犹豫而狐疑兮"，王逸无注。洪补："犹，由、柚二音。《颜氏家训》曰：《尸子》云：五尺犬为犹。《说文》：陇西谓犬子为犹。吾以为人将犬行，犬好豫在人前，待人不得，又来迎候，此乃豫之所以为未定也。故谓不决曰犹豫。或以《尔雅》曰：犹，如麂，善登木。犹，兽名也。既闻人声，乃豫缘木。如此上下，故称犹豫。《水经》引郭缘生《述征记》云：河津冰始合，车马不敢过，要须狐行，云此物善听，冰下无水乃过，人见狐行，方渡。按《风俗通》云：里语称狐欲渡河，无如尾何。且狐性多疑，故俗有狐疑之说，未必一如缘生之言也。然《礼记》曰：决嫌疑，定犹豫。《疏》云：犹是玃属，豫是虎属。《说文》云：豫，象之大者。又《老子》曰：豫兮若涉川，犹兮若畏四邻。则犹与豫，皆未定之辞。"如此之长注，有注音、有引证、有猜测、有异说、有分析、有结论，已经不仅仅是对词语的注解，而宛如短篇的学术考证文章。从对词源的探求入手来释义，严谨翔实，令人信服。

《九歌·东君》"箫锺兮瑶簴"，王逸无注。洪补："《仪礼》有笙磬、笙锺。《周礼》笙师共其锺笙之乐。注云：锺笙，与锺声相应之笙。然则箫锺，与箫声相应之锺欤？簴，其吕切。《尔雅》木谓之虡，悬锺磬之木也。瑶簴，以美玉为饰也。"

二是实王逸之虚，即对王逸未明确注或泛注的词语予以明确、落实。

《离骚》"驷玉虬以乘鹥兮"，王注："将乘玉虬……"洪补："驷，一乘四马也。"对王逸只在句中简单提及其"乘"义的"驷"指出"一乘四马"的本义。

《九歌·湘君》"遗余佩兮醴浦"，王注："捐玦佩置于水涯……"洪补："《方言》注云：澧水，今在长沙。《水经》云：澧水，出武陵充县，注于洞庭。按《禹贡》曰：又东至于澧。《史记》作醴。孔安国、马融、王肃皆以醴为水名。郑玄曰：醴，陵名也。长沙有醴陵县。澧、醴，古书通用。今澧州有佩浦，因《楚词》为名也。"对王逸泛言"水涯"的地方详考其古今方位、名称。这类对地名的详细考证在《楚辞补注》中很普遍，在洪氏单注词中也占相当大的比例。

《九章·惜往日》"嫫母姣而自好"，王注："丑妪自饰以粉黛也。"洪补："嫫，音谟。《说文》云：嫫母，都丑也。一曰黄帝妻，貌甚丑。"对王注"丑妪"加以落实。

这两类的补注主要是出于语言和时代的发展需要。汉代读者自然明白的词义、熟悉的物品、了解的地名，对于宋代的读者已经不明白、不熟悉、不了解了。洪兴祖认为这些内容会对宋代读者的阅读造成障碍，故而单独出注以补之。对于句意和文义来说，这些补注起到了补充材料、促进理解的辅助作用。朱熹对此类注解简化后引用较多。

洪兴祖单注词的另一种情况是辨前人之注，对他所认为的前人注释中的错误加以辨析、纠正，或对正确者加以证明。

《离骚》"日康娱以淫游"，王注："日自娱乐以游戏自恣……"未明确注"淫"义。"五臣云：淫，久也。言隐居之人，日日安乐久游，无意以匡君。"洪补："《说文》云：淫，私逸也。《尔雅》：久雨谓之淫。故淫亦训久。"既说明了五臣训"淫"为"久"的理由，又明确了此处"淫"的确切涵义。

《九歌·河伯》"日将暮兮怅忘归"，王注："言昆仑之中，多奇怪珠玉之树，观而视之，不知日暮。言己心乐志说，忽忘还归也。"洪补："此言登昆仑以望四方，无所适从，惆怅叹息，而忘归也。怅，失志也。"单独补出"怅"的"失志"之意是通过强调其意来反驳王注。

《远游》"集重阳入帝宫兮"，王注："得升五帝之寺舍也。"洪补："《文选》云：重阳集清气。又云：集重阳之清徵。注云：言上止于天阳之宇。上为阳，清又为阳，故曰重阳。余谓积阳为天，天有九重，故曰重阳。"通过反驳《文选》注来确立自己的观点。

洪兴祖此类具有辨析意义的单注词对句意乃至文义的影响比较大，可以说是体现了洪氏注释的独立性，而不仅仅是《楚辞章句》的附庸。

较之王逸，洪兴祖的单注词要复杂得多。他单独出注的词语以不常见或不易懂的居多，如"繻""宛琰""膠加"等，不像王逸的单注词那样简单。而其注解的方式也不是简单的同义词对应，从以上所引的例子可以明显地体现出这一点。其广征博引、详细考订的程度甚至比王逸更有汉儒注经的风格。在这一特点上，洪兴祖的单注词和他的共注词是一致的，共同体现出他详于训诂的注释特点。

3.朱熹单注的词语

朱熹的单注词最鲜明的特点就是不是为了注词而注词，不以训诂为目的，释义才是其根本和出发点，这也是他与王逸和洪兴祖的最大区别。例如同样是补注词义，也是将王逸和洪兴祖未注或注解不清楚的词语明确注出。但朱熹的注释方式却不像王、洪二人那样偏重于训诂本身，而是从句意阐释的角度上考虑的成分要多一些，也是为了更好地理解文义。

《九歌·少司命》"罗生兮堂下"，王注："……罗列而生……"朱注："罗生，言二物并列而生也。"具体指出其生长形态。

《九歌·东君》"暾将出兮东方"，王注："谓日始出东方，其容暾暾而盛大也。"洪补："暾，他昆切。"朱注："暾，温和而明盛也。"更形象细致地表现出日出东方的盛况。

《九歌·河伯》"子交手兮东行"，王注："言屈原与河伯别，子宜东行，还于九河之居，我亦欲归也。"洪补："《庄子》曰：河伯顺流而东行。"朱注："交手者，古人将别，则相执手，以见不忍相远之意。晋、宋间犹如此也。"对王、洪均未提及的"交手"特别注出其习俗来历，更有助于传达出诗歌中的情感特征。

《九章·抽思》"望三五以为像兮，指彭咸以为仪"，王注："三王五伯，可修法也。先贤清白，我式之也。"朱注："像，谓肖古人之形而则其象也。仪，谓以彼人为法而效其仪，如《仪礼》所说'国君行礼，而视祝为节'之类是也。"以对"像""仪"的特别注明来疏通句意，来弥补王逸八字注之不足。

朱熹《楚辞集注》以传达义理为旨归，在训诂上相对《楚辞章句》和《楚辞补注》都要简练，注释中以直接解词来代替串讲句意的情况很多，其单注词中更是往往承担着其中传达注释者个人见解的重任。

《离骚》"夏桀之常违兮，乃遂焉而逢殃"，王注："桀，夏之亡王也。殃，咎也。言夏桀上偝于天道，下逆于人理，乃遂以逢殃咎，终为殷汤所诛灭。"朱注："违，背也，言背道也。逢殃，为汤所放也。"朱熹仅以两个词语的注解便释了全句之义，其中"违"这一单注词包含了王注"上背于天道，下逆于人理"的意义而有所概括和提升。

《九章·思美人》"惜吾不及古之人兮"，王注："生后殷汤、周文王也。"朱注："不及，谓生不及其同时也。"特别注出"不及"之义为"不与"，而非王注之"在其后"，字面差别不大，但对"古人"的态度有仰视追慕和倾心相与的区别。

《卜居》"将哫訾栗斯，喔咿儒儿，以事妇人乎"，王注："承颜色也。强笑噱也。诎蛩局也。"朱注："哫訾，以言求媚也。栗，从米，诡随也。其从木者，谨饬也，非是。斯，辞也。喔咿儒儿，强语笑貌。"——此为用洪补而稍有差异。"妇人，盖谓郑袖也。"——这是朱熹单注，点明了"妇人"的所指，与史料所载相符，将王逸泛泛之注落到实处来解，更有助于读者对文意的理解。

朱熹的单注词中还有一些严格来说并不能算作纯粹的释词义，如：

《离骚》"曰勉升降以上下兮，求矩矱之所同"，朱注："曰，记巫咸语也。"这是对篇章结构的暗示。

《离骚》"两美其必合兮"，朱注："两美，盖以男女俱美比君臣俱贤也。"这是对艺术手法的说明。

《九歌·国殇》"援玉枹兮击鸣鼓"，朱注："援枹击鼓，言志愈厉，气愈盛也。"这是对诗歌所蕴情感的阐发。

《九章·惜往日》"吴信谗而弗味兮"，王注："宰嚭阿谀，甘如蜜也。"洪补："《淮南》云：古人味而不贪，今人贪而不味。此言贪嗜谗谀，不知忠直之味也。"朱注："味，譬之食物，咀嚼而审其美恶也。"朱熹单独注"味"，是为了指出诗歌的比喻修辞方法。

此类注在朱熹的单注词中比例并不高，但其意义却不凡。因为它典型地体现了朱熹以阐发义理为目的，注重从整体着眼、从文意出发的注释特点。

以上三注本词语解释的罗列较为细致，从中分析归纳如下：

（1）王逸以字词注解来疏通文句，名物训诂是文意注释的基础。解词文字比较简单，以单音词居多，释义引申少、现实针对性强。

（2）洪兴祖的词语注解以补充和校正王注为主，释义详细，征引文献较多。

（3）朱熹以字词注解来阐释文意，解词文字简练，多取王、洪旧注而概括使用，以阐发义理为旨归。另外，需要注意的是，朱熹在三个人中，对篇章艺术方面特点的关注程度是最高的。

以上对汉宋三个完整的楚辞注本进行了词语解释的比较，并一一列来，有烦琐之嫌，但从中我们可以发现在文本注释上两代从重视训诂到阐发义理的转变。

第三章 从"玄学"优势到"科学"参与
——文化思维的转变

　　"每一个时代都必须按照它自己的方式来理解历史传承下来的文本，因为这文本是属于整个传统的一部分，而每一个时代则是对这整个传统有一种实际的兴趣，并试图在这传统中理解自身。"[①] 以自己时代的思想文化、思维方式来理解和解读历史典籍，并在这种阐释过程中印证自己时代的思想和文化，进而以经典的力量给这种思想和文化以理论支撑，这符合人类文明进步的规律。周有光先生认为，人类文化的发展步骤有三个主要方面："一是经济方面，从农业化到工业化到信息化；二是政治方面，从神权政治到君权政治到民权政治，简单地说，就是从专制到民主；三是思维方面，从神学思维到玄学思维到科学思维。"[②] 关于思维，他还有具体的解说："人家问我，你105 岁，还能写文章，有什么长寿之道？我说没有，是上帝太忙了，把我忘了，这就是神学思维；玄学思维是推理性的，譬如我们看到太阳早上从东方升起晚上从西方落下，推出地球绕着太阳转；科学思维要靠实证，所以我们说实践是检验真理的唯一标准。"按照这划分标准，"率民以事神，先鬼而后礼"的殷商时期，应该是属于神权政治和神学思维的时代。而到了西周，祖先神和至上神就已经二元化，周人"尊礼尚施，事鬼敬神而远之"，不再是神权政治，以实践理性为指导的礼乐文化充溢着浓厚的人文色彩，思维中的推理成分逐渐增加。《周易》探讨卜筮变化，有其神秘性，但更多应属于"玄

---

① ［德］伽德默尔：《真理与方法》，洪汉鼎译，商务印书馆 2010 年版，第 419 页。
② 《百岁学人周有光先生谈话录之三、之四》，《社会科学论坛》2011 年第 5 期。

学"，诸子百家亦是"玄学"，且已经有了"科学"因素。之后，随着科学技术发展水平的进步，思维中"科学"的因素也日益明显，体现在各个方面。在我们的论题中，在楚辞的注释中，这种思维的发展主要体现在对作品中神幻素材的解读方面。

楚辞是南方巫楚文化系统孕育的艺术奇葩，有着异于中原文学的浪漫主义色彩。特别是屈原的作品，运用了大量的古代神话传说、楚地巫风巫俗的仪式场景、云游奇境的场面，以奇丽的幻想大大扩展了诗歌的艺术境界，呈现超现实的恢宏瑰丽之美。正是这些神幻的素材和意象，共同构成了楚辞浪漫主义的魅力之源，同时，它们的不确定性也给后世的解读留下了很大的空间，让各个时代都在这个空间中留下了自己的思想成果和思维特征。在楚辞的评价过程中，其神话素材的问题一直是关注的焦点之一。虽然素材的选择和运用更接近于艺术范畴，但事实上，对此问题的认识和争论却大多是隶属于对屈原思想的批评。

第一节 汉代"玄学"思维优势下的神幻素材解读

汉代从武帝之后，占统治地位的官方哲学就是董仲舒融合儒家、阴阳家、黄老和法家等各家思想建立起来的新儒学体系，这个体系的思维基础是天人感应，遵循同类相感的原则，以"天人相副""天人同类"为前提，辅之以阴阳五行观念，推导出一系列天与人之间道德、伦理等方面的相互联系与相互作用，作为君主统治的理论支撑。无疑，这种思维是属于周有光先生所说的"推理性的""玄学"思维。

汉代以董仲舒为代表的这种哲学体系的建立，既是社会政治、经济及时代思想发展的结果，也与自然科学尤其是天文学和医学的发展有密不可分的关系。我国的天文观察开始很早且成就斐然。战国时魏人石申的《石氏星表》记载了120颗恒星的位置，《史记·天官书》记录的星数是500颗，《汉书·天文志》则已达783颗。东汉杰出的科学家张衡曾对恒星进行了长期的观测与统计工作，他把星空划分为444个星官，计得2500颗恒星。他还观测到太阳和月亮的视直径均为半度，相当于360°制的29.6'，与现代所测的太阳、月亮视直径已经比较接近了。还有对日食的观测，汉人记录的日食有方位、初亏、复圆的时刻及亏、起的方向，非常详细。汉代还有所谓"论天三家"，即盖天说、浑天说和宣夜说，是关于宇宙结构学说的三个理论流派，都是比较成熟的学说。医学方面，汉代继承前代成果，成就更为辉煌，经络针灸、麻醉、内科、外科都有很大发展，更有系统的理论指导——《黄帝内经》，成书于西汉，一直是中医的经典之作。

天文学的发展可以更好地认识"天"，医学的发展可以更好地认识"人"，自然科学的成果影响了哲学体系的建构，例如宇宙生成论或宇宙演化论，在董仲舒的学说、《淮南子》《太玄》《白虎通》《论衡》中都有讨论，并以这种讨论作为构造其哲学体系的基石。而哲学也影响了自然科学的发展，如中医药学体系就是以"阴阳五行学说"来说明人体的生理现象和病理变化。"这样做的结果，一方面使汉代的哲学与自然科学融合为一，哲学带上了实证自然科学和经验论的色彩；一方面也使自然科学带有哲学的色彩，不能摆脱哲学的影响而走上独立发展的纯自然科学的道路。"① 也就是说，汉代官方哲学统摄思想界，自然科学的发展并没有带来相应的科学思维的进步，而这些都影响了对楚辞神幻素材的解说。

较早触及屈骚神话素材的是班固，《楚辞章句·离骚经后序》引"班孟坚《序》云"，在批评了屈原的人生态度、称其为"贬絜狂狷景行之士"后，又说："多称昆仑、冥婚宓妃虚无之语，皆非法度之政，经义所载。"班固对"虚无之语"断然否定，认为这些素材不符合"经义""法度"的要求。从创作角度补充批评屈原人格思想与儒家标准相去甚远。

"吕望之鼓刀兮，遭周文而得举"，王注："言太公避纣居东海之滨，闻文王作兴，盍往归之。至朝歌道穷困，自鼓刀而屠，遂西钓于渭滨。文王梦得圣人，于是出猎而见之，遂载以归，用以为师，言吾先公望子久矣。因号为太公望。或言：周文王梦立令狐之津，太公在后。帝曰：'昌，赐汝名师。'文王再拜。太公梦亦如此。文王出田，见识所梦，载与俱归，以为太师也。"

---

① 金春峰：《汉代思想史》，中国社会科学出版社1997年版，第135页。

这里的"或言"各本均同，是《楚辞章句》所存的旧注中最明确涉及传说的一条。和王注相比，多了一位"帝"的指引和"太公梦亦如此"的情节，充满了传奇性，神幻的色彩更明显。而与之相应的是，注释态度非常理所应当，是一种记录史实的语气。而之所以如此，恐怕是因为这种情节非常符合"经义"和"法度"的要求，与班固的否定是在一个话语系统之内的。

王逸则是先对班固的观点给予了全面的反驳："夫《离骚》之文，依托五经以立义焉：'帝高阳之苗裔'，则'厥初生民，时惟姜嫄'也；'纫秋兰以为佩'，则'将翱将翔，佩玉琼琚'也；'夕揽洲之宿莽'，则《易》'潜龙勿用'也；'驷玉虬而乘鹥'，则'时乘六龙以御天'也；'就重华而陈词'，则《尚书》咎繇之谋谟也；'登昆仑而涉流沙'，则《禹贡》之敷土也。"很明显，王逸所用的标准与班固一样，都是儒家经义。如果说班固的指责中还包含着承认有"虚无之语"的话，王逸则通过逐一附会经典把这些源于神话幻想的内容完全纳入经学的领域。他所举的例子，有些只是形式上相似，如"帝高阳之苗裔兮"与《诗经·大雅·生民》"厥初生民，时惟姜嫄"，有些纯粹属于牵强附会，特别是屈原采自神话的陈词、求索部分，根本与《尚书》一类的儒家典籍风马牛不相及，王逸硬把它们扯到一起，是要借经典之力抬高屈骚的地位。依附于经典之下的自然不会是"虚无之语"，所以王逸在注释中对这类内容都做了现实化的处理。

楚辞采用神话素材最多的是《离骚》和《天问》两篇以及《招魂》，但《招魂》三人均以为宋玉所作，注释较屈原之作相对随意，故而仍以屈骚之注最能说明问题。王逸用了两种方法来注释其中有关神话幻想的内容。一是以比兴涵盖，主要用于《离骚》。在其细致烦琐的比兴分类中，就包含了部分神话内容。诸如宓妃、神鸟各意象，周流、求索等活动，都被赋予了深刻的现实寓意。源自《诗经》的比兴属诗教六义，地位崇高，作为比兴外在喻体的自然不容否定，至于其是否虚构则无关紧要亦不必关注。也就是说，王逸对这类神话素材的处理方法是忽略不计。二是确信其有、当现实来注，主要用于《天问》，《招魂》亦如此。他说自己的《天问》注解是"稽之旧章，合之经传，以相发明，为之符验，章决句断，事事可晓，俾后学者永无疑焉"。就是说，他已经依据"经传"，把《天问》的内容都"决断"清楚了，《楚辞章句》中所注之事都是确定"无疑"的，所以，注释的行文多以简单叙述为主。举凡昆仑悬圃、女娲后羿、烛龙月兔，在《楚辞章句》中都与其他的注释没有什么不同："昆仑悬圃，其尻安在"，王注："昆仑，山名也，在西北，元气所出。其巅曰悬圃，乃上通于天也。""日安不到？烛龙何照"，王注："言天之西北，有幽冥无日之国，有龙衔烛而照之也"。平实简单，处处带着"事事可晓"的从容和自信，让人感觉到注释者是相信这些内容确实存在的，根本不需要考证辨析，也没有什么谬妄之处。

神话和虚幻的素材在《楚辞章句》的注释中是不存在的，一方面是"依托五经以立义"的定位不允许有经义之外的东西来影响其价值评判，所以要通过解说使其合于经义要求，合于主流思想观念的要求。另一方面由于科学思维的欠缺，受时代认识水平的限制，在后人看来是虚无荒诞的内容在当时就是可信的。尤其是在神仙思想和阴阳经学影响之下的汉代，人们对虚幻荒诞的耐受力比后世也更高一些。《楚辞章句》最多是以"传言……"的形式稍显其不确定性，而不加以评价。如："女娲有体，孰制匠之"，王注："传言女娲人头蛇身，一日七十化，其体如此，谁所制匠而图之乎？"就这样，或在主观上不愿相信、或在客观上不能体察，神幻的素材就这样被王逸埋没在《楚辞章句》的注释之中了。

第二节　宋代科学思维参与下的神幻素材解读

宋代是中国封建社会文化最为灿烂辉煌的时代，科学技术在长期的积累和重文轻武国策的培育下，更是获得了极大的进步。英国学者李约瑟在其《中国科学技术史》中说："每当人们研究中国文献中科学史或技术史的任何特定问题时，总会发现宋代是主要关键所在。不管在应用科学方面或在纯粹科学方面都是如此。"[①]四大发明中的火药大规模应用是在宋代，指南针在宋

---

① ［英］李约瑟：《中国科学技术史·导论》，科学出版社、上海古籍出版社1990年版，第139页。

代广泛应用于航海领域，促进航海技术发生了巨大变革，不仅对当时中国的经济、外交起到了划时代的作用，对世界航海业的发展甚至新大陆的发现都有深远的影响。活字印刷术的发明更是印刷史上的重大革命，在人类文明发展史上有里程碑式的意义。除此之外，宋代在天文历法、数学、医药学、农学、陶瓷、建筑、纺织技术等方面都取得了很高的成就。北宋沈括一生致力于科学研究，在众多领域有卓越贡献，被誉为"中国整部科学史中最卓越的人物"，其著作《梦溪笔谈》内容丰富，集前代科学成就之大成，在世界文化史上有重要地位。沈括还改进了一批天文仪器，对天象进行了更为细致的观测，取得了新的进展。例如，他通过精确测量子午圈，发现了地磁偏角的存在，比欧洲早了四百年。根据日食和月食的观测情况，他分析出太阳和月亮是球状的，而不是平面的，扩展了早期的天文学理论。还用月亮的盈亏来论证日、月的形状及海潮与月亮的关系，科学地解释虹的大气折射现象，根据化石来推测古代气候的变迁……可以说，宋代的科学技术水平在当时是处于世界前列的。而宋代科学技术水平这种远超前代的高度发展，无疑是以"科学思维"为基础的，同时也促进了"科学思维"的发展，也为哲学理论和学术思想的发展奠定了科学基础。

宋代理学虽然是在南宋的最后半个世纪才得到朝廷的正式承认，但很早就成为士大夫阶层主体意识的理论根基。理学是哲学化的儒学，以儒学为主干，吸收了佛教的思辨哲学和道教的宇宙生成论，也有一定的自然科学基础。周敦颐的《太极图·易说》与炼丹术有一定的关系；张载的"太虚"范畴是在归纳汉魏以来"宣夜说"成果的基础上提出的；理学的集大成者朱熹更是非常重视自然科学研究。可以说，在某种程度上，自然科学推动了理学的发展。同时，理学提倡的理性主义精神、重视独立思考的传统，也对自然科学的发展有积极的促进作用。而对楚辞中神幻素材的解读在这种文化氛围中，在"科学思维"的参与下，也体现出了与汉代不同的面貌。

一、洪兴祖《楚辞补注》

洪兴祖对神幻素材的态度比较复杂。他没有像王逸那样直接论及此问题的文字，他的观点体现在《补注》的注文之中。

一是与王逸基本一致，如《离骚》"启《九辩》与《九歌》兮"，王注："启，禹子也。《九辩》《九歌》，禹乐也。言禹平治水土，以有天下，启能承先志，缵续其业，育养品类，故九州之物，皆可辩数，九功之德，皆有次序，而可歌也。"洪补："《山海经》云：夏后上三嫔于天，得《九辩》与《九歌》以下。注云：皆天帝乐名，启登天而窃以下，用之。《天问》亦云：启棘宾商，《九辩》《九歌》。王逸不见《山海经》，故以为禹乐。五臣又云：启，开也。言禹开树此乐，谬矣。《骚经》《天问》多用《山海经》。而刘勰《辨骚》以康回倾地、夷羿弹日为谲怪之谈，异乎经典。如高宗梦得说，姜嫄履帝敏之类，皆见于《诗》《书》，岂诬也哉。"《山海经》保留了关于文艺起源的古老神话，洪兴祖引以驳斥王逸一本正经的"物德"之说，且能够指出屈原采用了《山海经》的素材，并对此持肯定态度。他反对刘勰认为《离骚》中有"谲怪之谈""异乎经典"的观点，但其反对的武器仍是《诗》《书》一类的儒家经典。凡是涉及经典的问题，洪兴祖的观点实际上与王逸没有区别，其肯定都是以经典为据的，与此有关的注释也都是默认或补充王注。

《天问》亦有此类，如前引"女娲有体，孰制匠之"，洪补云："娲，古天子，风姓也。《山海经》云：女娲之肠，化为神，处栗广之野。注云：女娲，古神女帝，人面蛇身，一日中七十变，其肠化为此神。《列子》曰：女娲氏蛇身人面，牛首虎鼻，此有非人之状，而有大圣之德。注云：人形貌自有偶与禽兽相似者，亦如相书龟背、鹄步、鸢肩、鹰喙耳。《淮南》云：黄帝生阴阳，上骈生耳目，桑林生臂手。此女娲所以七十化也。"广征博引，对王逸简注的内容详加补充，说明了女娲的身份地位，及其"非人之状"的意味和"所以七十化"的原因，整合起来就是，女娲是风姓的上古神女，人面蛇身而有"大圣"之德，在黄帝等众神的帮助下一日七十化而造出人类。王逸只是以"传言"的形式注出了女娲的"非人"形貌和神异的变化之能，尚有神话传说的痕迹，而经洪兴祖补充之后，这点痕迹就被圣人的光环掩盖了，这样的补充与王逸对神幻素材的解读一脉相承，王逸如果看到，定会将其引为知己。

除了这类庄正端肃的补充之外，洪兴祖另外一些扩展王注的内容更有个人色彩，如《天问》"康回冯怒，坠何故以东南倾"，王注："《淮南子》言共工与颛顼争为帝，不得，怒而触不周之山，天维绝，地柱折，故东南倾也。"洪补："《列子》曰：共工氏与颛顼争为帝，怒而触不周之山，折天柱、绝地维，故天倾西北，日月星辰就焉；地不满东南，百川水潦归焉。注云：共工氏与兴霸于伏羲、神农之间，其后苗裔恃其强，与颛顼争为帝。又《淮南》言：共工之力触不周之山，使地东南倾。"

"日安不到，烛龙何照"，王注："言天之西北，有幽冥无日之国，有龙衔烛而照之也"。洪补："《山海经》云：钟山之神，名曰烛阴，视为昼，瞑为夜，吹为冬，呼为夏，不饮不食，不喘不息，身长千里，人面蛇身，赤色。注曰：即烛龙也。《淮南》云：烛龙在雁门北，蔽于委羽之山，不见日，其神人面龙身而无足。《雪赋》云：烂兮若烛龙衔曜于昆山。李善引《山海经》云：西北海之外，赤水之北，有章尾山，有神人面蛇身而赤，其瞑乃晦，其视乃明，是烛九阴，是谓烛龙。《诗含神雾》曰：天不足西北，无阴阳消息，故有龙衔火精，以照天门中者也。"此种补充在《楚辞补注》中为数不少，广征博引，津津乐道中表现出对于这些奇幻之事的浓厚兴趣。还有像"水滨之木，得彼小子。夫何恶之，媵有莘之妇"句补注，对于伊尹身世的传奇故事，特意"并录"了"与王注小异"的内容，说明这种兴趣的产生并非完全与王逸影响有关，更多属于个人喜好倾向。

二是与王逸观点相异。洪兴祖也有反对屈骚神话内容的注释，如《离骚》"邅吾道兮昆仑"，王注："《河图括地象》言：昆仑在西北，其高万一千里，上有琼玉之树也"。洪兴祖引了《禹本纪》《河图》《水经》等九种典籍，用了四百余字详细注明了关于"昆仑"的各种说法，但最后云："凡此诸说，诞实未闻也"。

《天问》"增城九重，其高几里"，王注："《淮南》言昆仑之山九重，其高万二千里也"。洪补："《淮南》云：昆仑虚，中有增城九重，其高万一千里百一十四步二尺六寸。注云：增，重也。有五城十二楼，见《括地象》。此盖诞，实未闻也。"相对于详细的注释，其否定过于简略，体现出的态度也不甚坚决。而且，在《楚辞补注》中，这样的否定也非常少见，甚至前后不一致。如，否定了关于"昆仑"的说法之后，在接下来的"西北辟启，何气通焉"句中，王注："言天西北之门，每常开启，岂元气所通？"洪补："《淮南》云：昆仑虚，玉横维其西北隅，北门开以纳不周之风。按不周山在昆仑西北，不周风自此出也。"又在兴致勃勃地补充，似乎忘记了刚刚做出的"诞实未闻"的否定了。

这样看来，洪兴祖对屈骚中的神话传说内容大体上是信而微疑，之所以"信"，有王逸的影响，也有个人兴趣因素；之所以"疑"，与时代文化的发展有关。科学知识的进步本来就是扼杀神话的元凶，宋代恰恰是古代科学取得重大成就的时期。这在《楚辞补注》中也有反映，像《天问》"何所冬暖？何所夏寒"句的补注，从地形高低来解释气温的不同，就是科学成果的体现。接受科学的理性思维之后很难再进入神话的原始神性思维中与之发生共鸣，洪氏之"疑"由此而来。神话对于科学时代的人只在不戴"有色眼镜"的艺术欣赏中才会具有审美价值。当兴趣超越了理性之后，洪兴祖尚能摘去"有色眼镜"来欣赏，所以，除去迂腐比附经义的内容，洪氏的注释还是丰富充实了屈骚神幻素材的意义，有助于这些内容的保存和后人对此的理解，这一点功不可没。

二、钱杲之《离骚集传》

《离骚》是屈作中除《天问》之外运用神幻素材最多的一篇，钱杲之的注解也很有特点。因为他的对神幻素材的解读更具有文学意义，故放到下一章"研究视角的转变"中论述。

三、杨万里《天问天对解》

杨万里受柳宗元影响甚深，《天问天对解》中主要体现的是唯物论思想，如前文所述，他认为，"天"是元气自然形成的，"其始无本，其末无化"，具有超时空的无限性，天地万物生长寒暑轮回均是自然而然的，并不是冥冥之中的神意安排，这就否认了有意志的最高主宰者的存在。很明显，这是一种进步的"无神论"思想。在这种思想统摄之下，对神幻素材的态度自然要"科学"得多。开篇第一句"遂古之初，谁传道之？上下未形，何由考之"，柳宗元对曰："本始之茫，诞者传焉。鸿灵幽纷，曷可言焉？"杨氏解曰："太古天地未分之说，传之者谁？何以考究？古盖茫乎，其不可考也。传其有初者，虚诞者为之也。鸿荒灵怪，幽深纷纭，何可得而言哉？言且不可得而言也，考且得而考也耶？""幽深纷纭"的"鸿荒灵怪"就是对《天问》部分神幻素材的定位。在这个定位之下，很多神幻的内容或者被彻底否定，或者被解读成了"正常"的模样。前者如"女娲"之问，杨氏解曰："女娲，人头蛇身，一日七十化。其体如此，谁制匠而图之？相传其蛇身，则以蛇占之，而图以类之也。岂有化七十之说？皆画工诡异而为之尔。"解《天问》用王逸之说，接着的《天对》之解就用"画工诡异而为之"这样并不具有十足说服力的判断将王说全盘否定，一丝神幻色彩的痕迹也没有留下。另一则应龙以尾画地助大禹治水的神话也遭遇同等命运："从民之宜而分九土，此本于禹之圣而勤也，初无所谓龙尾画之说也。为此说者，皆欺者为之也。"

后者如"羿焉彃日，乌焉解羽"，这是关于羿射十日的美丽神话，而柳宗元对曰："焉有十日，其火百物？羿宜炭赫厥体，胡庸以枝屈？大泽千里，群鸟是解。"杨氏解曰："《淮南子》：尧时十日并出，尧令羿射中九日，日中九乌皆死，堕其羽翼。旧注：《山海经》：大泽千里，群鸟之所解。问作乌字，当为鸟。后人不知，因配上句改为乌。"杨氏指出柳宗元之对的出处，引《山海经·大荒北经》之说，证明《天问》原文之误，也证明旧注的失误。后羿射日，日中三足乌落羽纷纷，变成了大泽之中，群鸟飘落了羽毛。这种解法，没有了神幻之虚，确实是"正常"了，但也实在是有焚琴煮鹤、大煞风景之感。对此问，《楚辞补注》则引《山海经·海外东经》《大荒东经》《归藏易》《淮南子》《春秋元命苞》诸家说法，证明确有十日和羿射十日之事，并评价《天对》之说："以文意考之，乌当如字，宗元改为鸟，虽有所据，近乎凿矣。"相较而言，对神话解读的艺术价值高下立现。

杨万里用物质自然解释天，所以祥瑞灾异之说多被视为荒诞不经。既有关于前代圣人的传说，如前文所引对伊尹等圣贤圣迹的否定，也有对世俗迷信的批判，如"伯强何处，惠气安在"句，王逸解伯强为"疫鬼也，所至伤人"，杨氏解云："和气既调，则惠气行矣。故伯强缘厉气而届，惠气以厉气而缩者也。惠气以和顺而届，伯强缘和顺而缩者也。莫非一气也，又乌有伯强居处之乡？"厉气、惠气时而出现、时而收敛，只不过是"一气"的自然现象，根本没有什么疫鬼伯强。

此类"无神"的解读，自然有着科学思维的背景。如"萍号起雨，何以兴之"句，王逸解为："萍，萍翳，雨师名也。号，呼也。兴，起也。言雨师号呼，则云起而雨下，独何以兴之乎？"认为雨师具有特异能力，可以呼风降雨。柳宗元对曰："阳潜而爨，阴蒸而雨。萍凭以兴，厥号爰所。"下雨是阴阳交错的作用，与雨师无关，是大自然气候变化所致。杨万里则进一步发挥："阴阳蒸炊而雨，尔彼萍翳特凭藉以起，而号呼其所也，非号而后雨也。"推翻了王逸错误的因果关系，将下雨的原理解释得更加明晰。

总而言之，在唯物论的思想基础上，杨万里对《天问》神幻素材的解读是最为"无神论"的，而对这种解读的评价则应一分为二，一方面，其抹杀了此类素材的艺术美感；另一方面，在对天命、迷信的批判中又体现出理性的光辉和对"人事"的重视而值得称赞。

四、朱熹《楚辞集注》

在汉宋所有的楚辞解读之中，朱熹对屈骚神幻素材的态度和解读是最为复杂的，这源于他身份和思想的复杂性，这种复杂性使得"科学思维"在朱熹身上的表现非常明显。朱熹是宋代理学的集大成者，他建立了一套比较完整的客观唯心主义理学体系。与杨万里肯定"气为天地根"、以物质为世界根本不同，朱熹断言"理"为本，在气之先，"未有天地之先，毕竟也只是理，有此理，便有此天地。若无此理，便亦无天地，无人无物，都无该载了。有理，便有气流行，发育万物。"[1] 显然这个"理"是产生万物的本源，是离开物质、事物而能独立存在的，是自然界和人类社会的主宰，所以，这个"理"是天下万物之理，亦是宇宙间的最高原则。但这个"理"绝不是空虚玄远的，理学亦称义理之学，是儒家的入世哲学，与人事、政事紧密相连。"理"是伦理道德的基本原则，"未有这事，先有这理，如未有君臣已有君臣之理；未有父子已先有父子之理"，"直待有了君臣父子，却旋将道理入在里面"。"理"在人身上就是人性，人人皆有先天之善的"天命之性"，亦有后天差异所成的"气质之性"，要"存天理，弃人欲"，放弃私欲，服从天理。

---

① 《朱子语类》，第1页。

那么，要如何明理？朱熹的方法之一就是通过"格物"来"致知"。"天地中间，上是天，下是地，中间有许多日月星辰，山川草木，人物禽兽，此皆形而下之器也。然这形而下之器之中，便各自有个道理，此便是形而上之道。所谓格物，便是要就这形而下之器，穷得那形而上之道理而已。"① 在《大学章句》中释"格物"时云："格，至也。物犹事也。穷至事物之理，欲其极处无不到也。"就"物"来说，"天道流行，造化发育，凡有声色貌象而盈于天地之间者，皆物也"②。也就是说，通过对天地间万物的探索研究，可以体察蕴涵其中的"理"。这其中也包括了格自然之物，把握自然界之理。所以，朱熹很重视自然科学的研究探索，亦颇有建树。《宋元学案》称其"博极群书，自经史著述而外，凡夫诸子、佛老、天文、地理之学，无不涉猎而讲究也"，钱穆则云："若从现代观念言，朱子言格物，其精神所在，可谓既是属于伦理的，亦可谓是属于科学的。朱子之所谓理，同时即兼包有伦理与科学之两方面"。"朱子言格物，不得谓其是一自然科学家，然朱子于自然科学方面亦有贡献。以朱子观察力之敏锐，与其想象力之活泼，其于自然科学界之发现，在人类科学史上，亦有其遥遥领先，超出诸人者。"③ 朱熹的文集和《朱子语类》对他在科学研究方面的尝试和成果多有记载。他的家中有浑天仪，他亲自进行天文观测，曾亲手用胶泥制作地图，也注重对同时代科学成果的学习和借鉴：吸取了邵雍、张载的科学思想，认真研读《梦溪笔谈》，"在《梦溪笔谈》成书以后的整个北宋到南宋的时期，朱子是最重视沈括著作的科学价值的学者，他是宋代学者中最熟悉《梦溪笔谈》内容并能对其科学观点有所阐发的一人"④。而在"格物"的实践中，在对自然的探索中，伴随着研究成果的取得，科学的思维方式对朱熹的影响亦是自然而然的了。

除了思想家和学者之外，朱熹还是一位有着相当成就的文学家，有着敏锐的文学感受力和丰富的创作经验。他身份的复杂性体现在对楚辞的解读

---

① 《朱子语类》，第 1496 页。

② 见《朱子全书》第 6 册，上海古籍出版社、安徽教育出版社 2002 年版，第 526 页。

③ 钱穆：《朱子学提纲》，生活·读书·新知三联书店 2002 年版，第 131、206 页。

④ 胡道静：《朱子对沈括科学学说的钻研与发展》，见《朱熹与中国文化》，学林出版社1989 年版。

中，会呈现出某种互相影响甚至矛盾的面貌，在对神幻素材的态度和评价上这种矛盾体现比较明显。

对《离骚》中的此类内容，他继承了晁补之的观点，倡言"寓言说"，以广义的"比兴"定位。晁补之云："原之辞甚者称开天门、驾飞龙、驱云役神、周流乎天而来下，其诞如此。正尔托谲诡以谕志，使世俗不得以其浅议已，如庄周寓言者。"将《离骚》中荒诞诡谲的内容比作庄子寓言。朱熹则进一步具体指出诸如陈词于舜、历访神妃、驱役百神等活动或悬圃、阆风、扶桑等意象都是"大义所比""泛为寓言""亦非实事"，认为这些并非实有其物或实有其事，读者只要从意象的组合中领会其所比之大意就可以了。虽然批评过"流于跌宕怪神"之处"不可以为训"，但考虑其"生于缱绻恻怛、不能自已之至意"，[①] 还是以一种比较通达和宽容的态度认可了这些"非实事""怪神"内容的存在，并且给了大体适度的解说，表现出朱熹作为文学家的不凡眼光。但"不足考信"的微辞还是透露出了他的些许不满。有时甚至忍不住要加以纠正：《离骚》"吾令羲和弥节兮"，王注："羲和，日御也。"洪补："《山海经》：东南海外，有羲和之国，有女子名羲和，是生十日，常浴于甘渊。注云：羲和，天地始生，主日月者也。故尧因是立羲和之官，以主四时。虞世南引《淮南子》云：爰止羲和，爰息六螭，是谓悬车。注云：日乘车，驾以六龙，羲和御之，日至此而薄于虞渊，羲和至此而回。"王、洪之注蕴含着一段美丽的神话，而朱注云："羲和，尧时主四时之官，宾日、饯日者也。"一句话便终止了"羲和"的浪漫之旅，将其彻底拉回现实。汪瑗就此驳难云："屈子所用羲和与望舒、飞廉等号一也。如羲和不为日御，则望舒亦不当为月御，飞廉亦不当为风伯矣。"[②] 尖锐地指出了朱熹的自相矛盾，切中要害。而就其泛言比兴大义而言，既是对王、洪穿凿现实的否定，似乎也体现着朱熹不愿解说的某种心态。这种隐隐约约的心态到《天问》《招魂》的评价中以激烈否定的形式明显表现出来。

关于《招魂》，朱熹承认刘勰批评的"谲怪之谈、荒淫之志"，又说"此

---

① 《集注序》。

② （明）汪瑗：《楚辞集解》，北京古籍出版社 1999 年版。

篇所言四方怪物，如十日代出之类，决是诞妄，无可疑者"①。对虚幻内容彻底否定，坚决批判。

对《天问》的态度和评价更能典型体现朱熹对神话传说的认识特点。其云："此篇所问，虽或怪妄，然其理之可推、事之可鉴者尚多有之。"批评旧注"徒以多识异闻为功，不复能知其所以问之本意""庞乱不知所择"，己注之目的为"存其不可阙者，而悉以义理正之，庶读者之有补云"②。"义理"是其评价的基本准则，对不合于"义理"的"怪妄""异闻"严厉批判，有事理可为鉴者则加以"正之"。神话等虚幻素材大多属于前类，自然难逃鞭挞。于是，共工触不周山是"无稽之言，不可答也"；烛龙之说"尤是儿戏之谈"；崔文子侨的故事"事极鄙妄，不足复论"；女娲的传说"怪甚而不足论矣"……态度轻蔑，对其毫不留情地痛加指责，还因此否定了记载着大量神话传说的《山海经》《淮南子》，认为"大抵古今说《天问》者，皆本此二书。今以文意考之，疑此二书本皆缘此《问》而作，而此《问》之言，特战国时俚俗相传之语……本无稽据，而好事者遂假托撰造以实之，明理之士，皆可以一笑而挥之，政不必深与辩也"③。显然，他自认"明理之士"。而正是"理"之一叶障目使他看不到神话的积极价值，把楚辞的浪漫主义神韵不负责任地"一笑而挥之"，实在可惜。

对其中一些自己认为尚有借鉴价值的部分，朱熹则以"义理""正之"、答之，而"正"和"答"的主要工具就是自然科学成果。如："出自汤谷，次于蒙汜。自明及晦，所行几里"，本义是问太阳一日的行程，汤谷、蒙汜分别为传说中日出日落之地，有着引人遐思的蕴涵。而朱注："汤谷、蒙汜，固无其所，然日月出水乃升于天，及其西下又入于水，故其出入似有处所，而所行里数，历家以为周天赤道一百七万四千里。日一昼夜而一周，春秋二分，昼夜各行其半，而夏长冬短，一进一退，又各以其什之一焉。"这种精确的科学回答对于注释来说其实并非必要，更像是一种科学知识的传播和普

---

① 《辩证·招魂》。

② 《天问序》。

③ 《辩证·天问》。

及。此类的注释在《天问》中尚有不少：

"九天之际，安放安属？隈隈多有，谁知其数？"朱注：

> 今答之曰：或问乎邵子曰："天何依？"曰："依乎地。""地何附？"曰："附乎天。""天地何所依附？"曰："自相依附。天依形，地附气。其形也有涯，其气也无涯。"详味此言，屈子所问，昭然若发矇矣。但天之形圆如弹丸，朝夜运转，其南北两端后高前下，乃其枢轴不动之处。其运转者亦无形质，但如劲风之旋。当昼则自左旋而向右，向夕则自前降而归后，当夜则自右转而复左，将旦则自后升而趋前，旋转无穷，升降不息，是为天体，而实非有体也。地则气之查滓聚成形质者，但以其束于劲风旋转之中，故得以兀然浮空，甚久而不坠耳。黄帝问于歧伯曰："地有凭乎？"歧伯曰："大气举之。"亦谓此也。其曰九重，则自地之外，气之旋转益远益大，益清益刚。究阳之数而至于九，则极清极刚，而无复有涯矣。岂有营度而造作之者，先以幹维系于一处，而后以轴加之，以柱承之，而后天地乃定位哉？且曰其气无涯，则其边际放属，隈隈多少，固无得而言者，亦不待辩说而可知其妄矣。东南之亏，乃专以地形言之，初无预乎天也。

在这段注解中，体现出了朱熹的宇宙演化和结构学说，他借鉴了邵雍和《黄帝内经》的说法，实际上提出了"一个处于不停顿的旋转运动中的、由阴阳二气组成的庞大气团，由于摩擦和碰撞的作用、旋转而引起的'渣滓'向中心聚拢的机制以及清浊的差异等原因所造成的以地球为中心，在其周围形成天和日月星辰的天地生成说"[1]，宇宙中充满着"气"，由于"气"的不停运行，地得以悬空于宇宙之中。对于这一学说，科学史家给予了高度的评价，《中国科学技术史稿》认为朱熹的天地生成说具有"力学的性质"，"虽然还只是猜想的、思辨性的，但是在当时的历史条件下，是一种有价值的见解"[2]。

---

① 杜石然等：《中国科学技术史稿》（下册），科学出版社1982年版，第106页。
② 杜石然等：《中国科学技术史稿》（下册），科学出版社1982年版，第106页。

"夜光何德,死则又育?厥利维何,而顾菟在腹?"朱注:

> 此问月有何德,乃能死而复生?月有何利,而顾望之菟常居其腹
> 乎?答曰:历家旧说,月朔则去日渐远,故魄死而明生既望则去日渐
> 近,故魄生而明死。至晦而烁,则又远日而明复生,所谓死而复育也。
> 此说误矣,若果如此,则未望之前,西近东远,而始生之明,当在月
> 东;既望之后,东近西远,而未死之明,却在月西矣。安得未望载魄于
> 西,既望终魄于东,而邀日以为明乎?故唯近世沈括之说乃为得之,盖
> 括之言曰:"月本无光,犹一银丸,日耀之乃光耳。光之初生,日在其
> 傍,故光侧而所见才如钩;日渐远则斜照而光稍满。大抵如一弹丸,以
> 粉涂其半,侧视之则粉处如钩,对视之则正圆也。"近岁王普又申其说
> 曰:"月生明之夕,但见其一钩,至日月相望,而人处其中,方得见其
> 全明。必有神人能凌倒景,旁日月而往参其间,则虽弦晦之时,亦得见
> 其全明,而与望夕无异耳。"以此观之,则知月光常满,但自人所立处
> 视之,有偏有正,故见其光有盈有亏,非既死而复生也。若顾菟在腹之
> 问,则世俗桂树蛙兔之传,其惑久矣。或者以为日月在天,如两镜相
> 照,而地居其中,四旁皆空水也。故月中微黑之处,乃镜中大地之影,
> 略有形似,而非真有是物也。斯言有理,足破千古之疑矣。

屈原之问包含了月中有兔的美丽传说,王、洪之注都予以表现。而朱熹则引
了当代科学的研究成果证明"月中微黑之处,乃镜中大地之影,略有形似,
而非真有是物也",且云:"斯言有理,足破千古之疑"。此注从科学的角度
来说确实是"有理"的,但这个"破疑"毫无疑问地毁掉了神话的美丽,对
神话来说,颇有焚琴煮鹤之嫌,令人遗憾不已。上引两段注解在一贯简明的
《楚辞集注》中明显是特别的,有前人观点的借鉴引申,有立论、有驳论,
俨然小型的论文,结论也颇有可信之处,可以说是当时科学发展成果的
展现。

而同时,对于一些明显不合科学精神的神幻素材,朱熹的态度又有不
同。"女岐无合,夫焉取九子",王注:"女岐,神女,无夫而生九子也"。朱

注："夫乾道成男，坤道成女，凝体于造化之初，二气交感，化生万物，流形于造之后者，理之常也。若姜嫄、简狄、契，则又不可以先后言矣，此理之变也。女歧之事，无所经见，无以考其实，然以理之变而观之，则恐其或有是也。"这里朱熹并没有像前注那样以科学观点"正"神话，一涉及关乎儒家经义的问题，他的批判锋芒便收敛了许多，曲为之解以自圆其说。

另如关于大禹神话的注释："禹之力献功，降省下土四方。焉得彼嵞山女，而通之于台桑"一节，王注："言禹治水，道娶涂山氏之女，而通夫妇之道于台桑之地。"洪补：《吕氏春秋》曰：禹娶涂山氏女，不以私害公，自辛至甲四日，复往治水。故江、淮之俗，以辛壬癸甲为嫁娶日也。《淮南子》曰：禹治鸿水，通轩辕山，化为熊，谓涂山氏曰：欲饷，闻鼓声乃来。禹跳石，误中鼓，涂山氏往，见禹方作熊，惭而去。至嵩高山下，化为石，方生启。禹曰：归我子。石破北方而启生。"朱注把洪补中的神话内容摒弃不用，只采用了王注和洪补中引《吕氏春秋》的一段，因为这段描述了一个充满道德色彩的人君典范。而到了"何勤子屠母，而死分竟地"一句，当王逸、洪兴祖都以禹事解之，以证道德之功的时候，朱熹却引了《淮南子》中这段，且云："此皆怪妄不足论，但恐文义当如此耳。"他指责这些神幻素材谬于经义，但作为有很高文学创作成就的学者，他又了解神话，在内心恐怕也多少承认神话存在的合理性。当道学家的身份占据意识时，朱熹批判神话、以义理规范神话，或者有意回避，或者以科学思维加以解释，而当文学家、学者的意识占上风时，他又忍不住留意神话、必要时给予注解（批判也是一种留意，何况朱熹的批判相当多），矛盾如此，唯朱子一人。

第四章 经学原则到文学观照
——研究视角的转变

在封建时代，对于文学作品的研究主要集中于思想的阐发、评价和文学特点的揭示两个方面，而对前者的关注程度要远远高于后者。研究者首先从作品中提取的大都是创作主体的主观方面的因素，人们总是在根据时代要求和个人价值取向品评思想之余才会关注一下蕴含思想的载体——作品本身，对艺术性这一作品除了思想价值之外的另一个重要特性的认识自然不足。这种批评方法在我们今天看来并不科学，但在每一时代都有存在，特别是在社会思想封闭、文学相对不发达的时期更为明显。相应地，对文学特点的重视也是随着社会思想文化氛围的开放和文学水平的提高而逐步增加的。楚辞研究中视角的转变即形象地体现了这种情况。

第一节 汉代楚辞注释中文学观照的缺失

经学是汉代官方意识形态，在大一统的专制政权体制下，具有权威的地位。尊经是汉代士人普遍的思维取向，贯穿于一切学术活动之中。就汉代文学而言，也还未有独立的地位，文学思潮很大程度上是经学的延伸和具体化，许多作家兼具经师和文人的双重身份。像司马迁"发愤著书"说这种意识到文学的抒情特征的理论，在汉代只是个别存在，不能引领潮流。而《毛诗序》阐述的儒家诗教观点，才是汉代文学批评的基本准则。对屈原的评价虽毁誉各异，都是运用此一准则的结果。从刘安、司马迁的肯定到扬雄、班固的批评，围绕的都是屈原人格和思想的价值确定，关于屈骚文学成就的论述多与此相连。除了司马迁对创作动因的揭示外，只有班固在其《离骚序》中批评了《离骚》运用的神话传说是"虚无之语，皆非法度之政，经义所载"之后，对屈骚的文学成就发表了看法："然其文弘博丽雅，为辞赋宗。后世莫不斟酌其英华，则象其从容。自宋玉、唐勒、景差之徒，汉兴，枚乘、司马相如、刘向、扬雄，骋极文辞，好而悲之，自谓不能及也。虽非明智之器，可谓妙才者也"。班固从文学发展的角度，肯定了屈骚弘博丽雅的艺术风格，及其对后世文学起到的"辞赋宗"的典范作用，应该算是比较纯粹的对文学问题的阐述。作为辞赋家的班固，能从艺术方面肯定屈原，确是一种有益的意见。可惜附着在严厉的思想批判之后，其肯定也大打折扣了。与班固把屈原和屈骚一分为二地评论不同，王逸以经学原则来注释楚辞，在《楚辞章句》中彻底贯彻了其依托经义的阐释理念，对屈原和楚辞都作了完全符合经学大义的解说。在这一过程中，对所涉及的楚辞中属于文学艺术层面的问题，诸如比兴、神话题材等，都作了符合经义的解释与发挥。神话题材前已论及，此处重点分析《楚辞章句》对楚辞比兴手法的分析。

有关屈骚艺术的问题，历来关注最多的就是其比兴手法的运用。刘勰言："三闾忠烈，依诗制骚，讽兼比兴。"① 毫无疑问，楚辞沿用且发展了源于《诗经》的比兴手法。《诗经》中的比兴手法比较单纯，往往只是诗中的片断。用来比兴的事物，也往往是独立存在的客体，缺乏系统性，多是一种即兴的或单向的创造，这种特点与《诗经》中有相当比例的民歌，以及当时人们相对单纯直率的思想情感和简单质朴的社会生活方式有关。而屈原开始有意识地以《诗经》中萌芽的"比德"观念为基础，突破了《诗经》中多以自然实物比兴的限制，在自然、人事和神境的广大范围和领域内摄取比兴物象，作为表现自己的"美政"思想、高洁人格等抽象观念的象征物，并进一步扩大提升，构筑起完整的"香草美人"的象征艺术形象体系："美人"象征手法是指以男女婚姻爱情关系来象征君臣政治关系，即所谓"男女君臣之喻"，是一种政治关系人情化的手法。在现实境界的抒情中，抒情主人公除

---

① 《文心雕龙·比兴》，《增订文心雕龙校注》，第456页。

了作为政治家和诗人自我的形象出现之外，还经常幻化为高洁忠贞却被遗弃的女性，向"美人"——夫君反复诉说自己的坚贞操守、款款深情。在《离骚》第二部分的神话故事化当中，现实中饱受压抑苦痛的抒情主人公幻化为主动追求的男性，君王则幻化为女性，以周流上下的"求女"来象征抒情主人公对君王的忠贞情感和对理想、信念的执着追求；"香草"是指以香花芳草象征贤人的俊洁品格，以此为中心，恶草象征"党人"的卑劣品性，对草木的不同审美取向象征着进步与落后势力的斗争冲突，"滋兰树蕙"象征培养人才……层层引申扩展，自然草木都被赋予了生命人情，生动而鲜丽，既支持和丰富了"美人"意象，又作为独立的象征物笼罩着道德伦理色彩和诗人幽婉的情思意绪。总之，屈骚中的"美人"与"香草"象征系统就这样相互渗透、相辅相成，共同构成了一个巨大而完整的象征系统，从而使诗歌具有了较为丰富而深刻的象征意蕴，也由此而扩大了比兴艺术的境界。可以说，比兴象征是以屈原为代表的楚辞艺术最重要的一项成就。再加上这是"依《诗》"的最明显之处，很自然也就会得到每一个注释者的首先关注。但由于时代文学观念发展程度和个人注释倾向的不同，注释者对楚辞比兴的认识和评价也自然会有所区别。

　　比兴的提法，最早见于《周礼·春官·大师》："大师掌六律六同……教六诗：曰风，曰赋，曰比，曰兴，曰雅，曰颂。"[1] 关于所谓"六诗"的含义，文中并没有具体的解释。《诗经》在周代担负着各种礼仪场合的实用性任务的，而诗、乐、舞三位一体的表演是其完成任务的主要形式。以乐官"大师"来担任教授"六诗"的工作，恐怕是从音乐上着眼的可能性更大一些。所以朱自清先生认为"风、赋、比、兴、雅、颂似乎都是乐歌的名称"[2]，"'比'表示在合唱队里对唱；'兴'是一人领唱"[3]。则比兴既是音乐的分类，也指不同的演唱方式。汉代的《毛诗序》将"比"和"兴"规定为"六义"之二："诗有六义焉：一曰风，二曰赋，三曰比，四曰兴，五曰雅，六曰颂。上以风

---

① 贾公彦：《周礼注疏》，《十三经注疏》，中华书局 1980 年版，第 795—796 页。

② 朱自清：《诗言志辨》，华东师范大学出版社 1996 年版，第 79 页。

③ 朱自清：《中国文学批评研究讲义》，天津古籍出版社 2004 年版，第 10 页。

化下，下以风刺上，主文而谲谏，言之者无罪，闻之者足以戒。"① 与《周礼》相比，"比兴"的位置没有变化，但"六诗"变成了"六义"，可以看出汉儒的关注角度已经从音乐转向了诗歌的内容，开始重视其教化作用了。"主文而谲谏"，朱熹解释为"主于文辞而托之以谏"②，朱自清怀疑"主文""即指比兴"③。也就是说，通过安排某些特殊的文辞，以一种委婉的方式去劝谏君王，来达到"言之者无罪，闻之者足以戒"的良好效果，这是由《诗经》的表现手法引申出来的实用之"义"。

东汉末年，集今古文经学大成的郑玄注《周礼·大师》时，界定比兴云："比见今之失，不敢斥言，取比类以言之；兴见今之美，嫌于媚谀，取善事以喻劝之。"又引了郑众的说法："比者，比方于物也；兴者，托事于物也。"④ 郑众应当是最早给"比兴"下定义的人，按照他的说法，"比"和"兴"都是打比方，只不过存在着显与隐的区别，约略相当于我们今天所谓的"明喻"和"暗喻"之别。相比之下，郑玄的解说教化意味更明显，"比"是用作讽刺，"兴"是用作赞美，都是为了传达政教意图的修辞手段。总之，在经学观念的影响下，汉儒所说的比兴，大致都属于我们现在所说的比喻范畴，都是实现"美刺""讽谏"的实用教化目的的手段。这种解说不可避免地要影响到对楚辞比兴的理解和阐释，刘安、司马迁云"举类迩而见义远"，所指的即是此类比兴手法。

《楚辞章句》所引旧注中有两处非常明显的比兴：一是《九歌·山鬼》"雷填填兮雨冥冥，猨啾啾兮狖夜鸣，风飒飒兮木萧萧"句，注云："言己在深山之中，遭雷电暴雨，猨狖号呼，风木摇动，以言恐惧失其所也。或曰：雷为诸侯，以兴于君；云雨冥昧，以兴佞臣；猨猴善鸣，以兴谗人；风以喻政，木以喻民。雷填填者，君妄怒；雨冥冥者，群佞聚也；猨啾啾者，谗夫弄口也；风飒飒者，政烦扰也；木萧萧者，民惊骇也。"二是《九章·涉江》"山峻高以蔽日兮，下幽晦以多雨。霰雪纷其无垠兮，云霏霏而承宇"句，各本

---

① 孔颖达：《毛诗正义》，《十三经注疏》，中华书局 1980 年版，第 271—272 页。
② 朱熹：《诗集传》，中华书局 1958 年版，第 33 页。
③ 朱自清：《诗言志辨》，华东师范大学出版社 1996 年版，第 82 页。
④ 贾公彦：《周礼注疏》，《十三经注疏》，中华书局 1980 年版，第 796 页。

均有："或曰：日以喻君，山以喻臣，霰雪以兴残贼，云以象佞人。山峻高以蔽日者，谓臣蔽君明也；下幽晦以多雨者，群下专擅施恩也；霰雪纷其无垠者，残贼之政害贤人也；云霏霏而承宇者，佞人并进满朝廷也。"可以看出，这些解说有一定的分类意识，更有非常明确的现实指向性，这两点在王逸的解读中都有所继承和放大。

王逸所理解和分析的比兴与郑众等人的解释也是基本一致的，但和刘安、司马迁相比，王逸对比兴的注释有了较大发展。一个是数量上的增加，《章句》以"犹""以言"的形式标出了大量的比兴。另一个是认识上的进步，王逸对楚辞的比兴手法有了更明确、更自觉的认识。他在《离骚经后序》中说：

> 《离骚》之文，依《诗》取兴，引类譬喻。故善鸟香草，以配忠贞；恶禽臭物，以比谗佞；灵修美人，以媲于君；宓妃佚女，以譬贤臣；虬龙鸾凤，以托君子；飘风云霓，以为小人。其词温而雅，其义皎而朗。凡百君子，莫不慕其清高，嘉其文采，哀其不遇，而愍其志焉。

王逸认为，《离骚》的比兴手法承自儒家的经典《诗经》。"所谓'依《诗》取兴'，当是依'思无邪'之旨而取喻"，① 即是说，《离骚》之比兴在大旨上是与经典一致的，这是王逸对楚辞中的比兴的一个基本价值定位，也是他提升楚辞地位的努力之一。在这个前提之下，王逸为屈骚的比兴作了细致的分类："善鸟香草""恶禽臭物"各为忠贞谗佞，是以物比人；"灵修美人""宓妃佚女"各为君臣，是以男女比君臣；"虬龙鸾凤""飘风云霓"各为君子小人，是以仙比俗，再加上汤、禹、伊挚、咎繇的以古比今，共计四类。其后的楚辞注本但凡提到楚辞的比体，大略都脱不了这四类。由于其注与《史记》对屈原身世的记载尚算符合，不至于过分支离，所以很多人接受王逸的观点，或深受其影响。显然，王逸这里所说的比兴，已不是单纯的比兴手法和物象，所谓"引类譬喻"之"类"与"举类迩而见义远"中的"类"含义

---

① 朱自清：《诗言志辨》，《朱自清选集》，河北教育出版社 1989 年版。

相同，是指由许多比兴物象共同组成一个相对独立完整的比兴形象体系。黑格尔在其《美学》中提到，作为象征物，必然具有两个因素，"第一是意义，其次是这意义的表现。意义就是一种观念或对象，不管它的内容是什么，表现是一种感性存在或一种形象。"① 屈原的楚辞创作运用的比兴就是以一系列感性形象来含蓄表达自己某些抽象的观念和思想。王逸的比兴注释以"类"为单位，已经模糊地意识到了这种象征的意蕴。

因为王逸要使楚辞合于儒家经典，要将屈原还原为现实中的道德楷模，所以《章句》中的比兴注释亦主要以经学大义和历史情境为旨归。经学大义是基本原则，如：

《离骚》"扈江离与辟芷兮，纫秋兰以为佩"，王注："佩，饰也，所以象德。故行清洁者佩芳，德仁明者佩玉，能解结者佩觿，能决疑者佩玦，故孔子无所不佩也。言己修身清洁，乃取江离、辟芷，以为衣被；纫索秋兰，以为佩饰；博采众善，以自约束也。"先阐明以佩饰"象德"的儒家礼仪观念并以孔子为证，再言屈原披佩香草是比"博采众善"，符合此观念。"象德"即是"比德"，刘安、司马迁所谓"其志洁，故其称物芳"已经触及了楚辞比兴的这种道德伦理基础，王逸更以之作为自己"香草"配"忠贞"之说的经学理论依据，以及他整个比兴注释的基础。

"朝搴陂之木兰兮，夕揽洲之宿莽"，王注："言己旦起陟山采木兰，上事太阳，承天度也；夕入洲泽采取宿莽，下奉太阴，顺地数也。动以神祇自勑诲也。木兰去皮不死，宿莽遇冬不枯，以喻谗人虽欲困己，己受天性，终不可变易也。"所谓"太阳""太阴""动以神祇自勑诲"云云，明显是汉代经学术语和观念，以此来作为以"搴木兰、揽宿莽"为"终不可变易"的品节之比的理论依据。

"众女嫉余之蛾眉兮，谣诼谓余以善淫"，王注："众女，谓众臣。女，阴也，无专擅之义，犹君动而臣随也，故以喻臣。"这是以女喻臣的理论来源，有明显的汉代阴阳经学痕迹。

以经义作为比兴注释的理论基础，这是王逸受时代思想影响的结果，也

---

① [德] 黑格尔：《美学》第二卷，商务印书馆 1981 年版，第 10 页。

是他试图以此权威依据证明楚辞符合儒道大义的一种努力。这种努力的结果既在某种程度上提高了楚辞的地位、美化了屈原的形象，有积极的作用，又往往因失之于穿凿迂腐而使其提高和美化大打折扣，违反了注释者的初衷。前引诸例即是明证。

通过比兴的注释还原历史事实以完善屈原形象是《楚辞章句》的又一目的。王逸的具体操作方法是依据《史记·屈原贾生列传》的记载还原屈原的身世经历和再现其时的现实环境。在还原身世经历的环节中，对大体框架的比兴把握还是符合史实、比较合理的。以披佩、采摘、种植香草比屈原之修身清洁、德行美善；以"灵修"比君，以"灵修数化"比君主"信用谗言、志数变易"；以"女"比臣，以"众女嫉余蛾眉"比"众臣嫉妒忠正"、以"求女"比求贤臣；以"薋菉葹"等"恶草"比"谗佞"，以"众人皆佩"比"谗佞盈满于侧"；以"彭咸"自比，以"从彭咸之所居"比"自沈汨渊"，等等。这一系列的比兴注释大体勾画了一个品节高尚的忠正之臣在君昏臣暗的浊世中无法立足而最终以身殉义的人生历程，基本与屈原的经历、品格一致，是由《楚辞补注》到《楚辞集注》及以后的楚辞注释中采用较多而异议较少的。而且，这一部分也是王逸对自己所作的比兴分类贯彻得最好的。尤其是有关《离骚》中草木的一类，注释有一定的连贯性，如前引以屈原佩香草比"博采众善"，定下草木比德的基调后，除了将与香草佳木有关的活动注于屈原的品德之下外，再加以引申，以"众芳"比"群贤"、以"蕙茝"比"贤者"、以"恶草"比"谗佞"、以佩香草和服恶草比"忠正"和"谗佞"的对立……通过层层扩展，在一定程度上形成了一个相对稳定的比兴系统，在一定程度上传递出了其中蕴涵的象征意义，给朱熹等注释者以很大的启迪。再如关于"求女"的注释，王逸注"哀高丘之无女"，云："女以喻臣"，"无女，喻无与己同心也"。注"相下女之可诒"，云："言己既修行仁义，冀得同志，愿及年德盛时，颜貌未老，祝天下贤人，将持玉帛而聘遗之，与俱事君也"。注"求宓妃之所在"，云："宓妃，神女，以喻隐士"。注"留有虞之二姚"句，云："屈原设至远方之外，博求众贤"。注"吾将上下而求索"句，云："吾方上下左右，以求索贤人，与己合志者也"。多条注文指向一致，王逸亦以此首创以"求女"为"求贤臣"的注释体系，吕向、洪兴祖、钱杲之、戴震等人均采用其说。

王逸在注释比兴时有力求具体的倾向，喜欢落到实处，试图在最大程度上还原当时的现实状况。《离骚》"揽木根以结茝兮，贯薜荔之落蕊"，王注："累香草之实，执持忠信貌也。言己施行，常揽木引坚，据持根本，又贯累香草之实，执持忠信，不为华饰之行也"。既言"累香草之实"是比"执持忠信"，又将其解成实有的行为，徘徊于比兴与现实之间，二者均不得其要领。很多时候还会破坏注释的连续性和比兴的系统性，如《招隐士》中，首句"桂树丛生兮"，王注云："桂树芬香，以兴屈原之忠贞也"。下文"攀援桂枝兮"则注："配讬香木，誓同志也"。前后相异，寓意亦因此而支离破碎。

《九歌序》王注云："屈原放逐……因为作《九歌》之曲，上陈事神之敬，下见己之冤结，托之以风谏。"认为《九歌》整体上是以"事神之敬"比"己之冤结"，这一见解大体是不错的，符合屈原的经历和情感倾向。但在具体篇章的注释中又把第一人称都解为屈原自指，而各种神祇都是直接用来比喻楚王的。一字一句地强索诗人寄托，每一处比兴都要关合现实，甚至把普通的句子也当作比兴来解：《湘君》"朝骋骛兮江皋，夕弭节兮北渚"，本是叙述行程的，意义并不复杂。而王注云："朝，以喻盛明也。言己愿及朝，明己年盛时，任重驰驱，以行道德也……夕以喻衰，言日夕将暮，己已衰老，弭情安意，终志草野也。"过分索求现实反而失去了原本简单的真实，如此挖掘寄托只能陷入穿凿附会的泥潭。

而且，这种处处凿实的注解对于诗歌的艺术性也会产生相当严重的破坏。楚辞是浪漫主义的抒情诗，很多意象是诗人创造性想象和幻想的成果而未必对应现实的某种具体事物。王逸却一定要把诗歌意象与现实事物对应起来。如《离骚》中"求索""叩阍"一段，本是想象中的一次神游历程，而王注：望舒——清白之臣；飞廉——君命；鸾皇——仁智之士；雷师——诸侯，以兴于君；飘风——邪恶之众；云霓——佞人，每一意象都有现实寄托，体现的是一次政治事件的全部过程："己使清白之臣，如望舒先驱求贤，使风伯奉君命于后，以告百姓……使仁智之士，如鸾皇，先戒百官，将往适道，而君怠堕，告我严装未具……使风鸟往求同志之士，欲与俱共事君，反见邪恶之人，相与屯聚，谋欲离己。又遇佞人相帅来迎，欲使我变节以随之也……

求贤不得，疾谗恶佞，将上诉天帝，使阍人开关，又倚天门望而距我，使我不得入也。"对此等注解，朱熹严厉批判说："望舒、飞廉、鸾凤、雷师、飘风、云霓，但言神灵为之拥护服役，以见其仗卫威仪之盛耳，初无善恶之分也。旧注曲为之说，……皆无义理。至以飘风、云霓为小人，则夫《卷阿》之言'飘风自南'，《孟子》之言'民望汤武如云霓'者，皆为小人之象也耶？王逸又以飘风云霓之来迎己，盖欲己与之同，既不许之，遂使阍见拒而不得见帝。此为穿凿之甚，不知何所据而生此也。"① 朱熹以《诗经》《孟子》之言来反驳王注，在封建时代是有力的武器，但王逸这类错误的实质在于，他的目的就是要通过比兴的注释来索求现实真相，这使他虽然意识到了屈骚比兴运用中的象征因素，但在注释实践中还不能从总体上很好地把握，主要还是停留在"比德"的初始阶段，把屈骚中的比兴象征手法当作简单的比喻来看待，因此对于诗中提到的草木鸟兽、风云雷电等事物，他都要一一为其找到能够对应的本体。此本体既要不悖经义，又要合于现实。不合适者便强为之说，其结果只能是陷于穿凿附会，牵扯攀附之下，言中也是偶然。

从以上分析可以看出，王逸的楚辞比兴注释既有一定的整体观念和相应的系统性，又在实践操作中破坏了整体性和系统性，是有矛盾的。矛盾的产生源于他要经世致用的注释目的，汉代经学影响下的这种目的过于急切，功利性过强。另外，就文学的发展阶段而言，当时对艺术手法的认识尚未全面和深入，整个汉代对比兴的认识基本都是停留在具有"讽谏"作用的比喻基础之上。这些因素使王逸有意无意地误解了诗歌和现实的关系，在很大程度上把二者等同了起来。现实只是诗歌的背景，王逸意识并把握到了这个背景，所以他注释比兴的"大方向"是对的，在整体认识上是正确的；但他却要强行把比兴中隐约体现出来的背景推上前台，结果只能是导致演出的混乱，失去了应有的审美距离，也破坏了诗歌的整体意象和美学意蕴。

可以看出，王逸对楚辞艺术的分析，虽也有不少合理的成分，但他完全以是否符合经义作为最终的价值判断标准，对文学性的重视显然不足，只能认为是其在经学原则下对文学的有限关注而已。

---

① 《辩证·离骚经》。

第二节 宋代楚辞注释的文学性成就

魏晋南北朝时期，人的觉醒带来了文的自觉，文学意识空前高涨，文学研究不再是经学的附庸，而显示出独立的品格与绰约的风度。在这种学术文化的变迁中，楚辞的研究也得以摆脱经学的束缚。熟读《离骚》成了"名士"的必备条件①，士人们看待楚辞的眼光由经学的审视逐渐转为艺术的欣赏。曹丕从体裁和体质（风格）两方面评论楚辞，已经比较多地注意到了文学的因素。刘勰的《文心雕龙》，虽然也从儒家正统思想出发，对楚辞中"异乎经典"的成分有所批评，但对其中的艺术成就及其在文学流变中的地位也有相当的认识，作出了高度的评价，代表了当时楚辞研究的最高水平。

唐代作为一个统一的帝国，在思想文化上并未有相应一统，儒、释、道并存的局面，加上与外来文化的相互融合，使得唐代士人思想活跃、精神开放，唐代文学蔚为大观、成就惊人。在对待楚辞的问题上也相对开明。赞美屈原的人格、节操，钦仰楚辞的艺术魅力，是唐代楚辞观的主流。即使是那些把楚辞看作淫丽文风滥觞、予以严厉批判的反对观点，也意识到了楚辞在艺术上的高度成就。

宋代在思想文化上的深厚底蕴使宋儒拥有了更多的文化积淀，得以融会贯通，在学术、文学等各方面均达到新的高度。在著述立说的学术氛围中，对楚辞的注释、考证、解说亦成为研究的热点。由于国家形势的特殊，宋代的楚辞研究者普遍对屈原的忠贞和气节有特别的偏爱，还在此基础上阐发出爱国的主题以砥砺世风。而在研究视角上，虽然理学以其在思想界强大的理论力量，不可避免地要渗透到楚辞的研究中，造成解读的偏差，但毕竟已经不可能像经学在汉代那样起到涵盖一切的作用了。宋儒的文化积累和学术水平使他们有能力进行相对客观的研究，对文学的喜爱和敏感也使他们愿意更多地接受魏晋以来的进步观点，关注楚辞的艺术成就。但这些关注也和魏晋

---

① 《世说新语·任诞》载："王孝伯言：'名士不必须奇才。但使常得无事，痛饮酒，熟读《离骚》，便可称名士。'"

以来的楚辞研究一样，在我们看到的现存的文献中，受到体例和篇幅限制，以评价为主，具体细致的作品分析较少。其中，《楚辞补注》和《楚辞集注》作为全面注释楚辞作品的专书，对每一篇作品都作了精心的解说，其中显示出来的注释者对楚辞作品的文学性的欣赏和重视是能够代表其时代成果的。《离骚集传》只注了《离骚》一篇，但因为注释对象极高的艺术成就，钱杲之的解读对其文学性亦有关注。《天问天对解》虽说亦只是单篇解读，但杨万里较高的文学修养和创作成就，使其在注释中亦对《天问》的文学性有所涉及。

一、洪兴祖《楚辞补注》

洪兴祖注释楚辞，最关注的就是对屈原忠君爱国思想和坚贞节操的阐发和赞扬，并把大部分的精力都放在这里，对文学艺术问题的兴趣与此相比要小得多。但在时代学术、文学氛围的熏陶下，《楚辞补注》对楚辞某些文学特性还是有比较准确的把握的。《补注·离骚经后序》中，洪兴祖引了班固、颜之推和刘子玄评论屈原和楚辞的观点，"折衷其说而论之"，得出自己的结论。对这三人的说法，他痛加批判的是他们对屈原思想和人格的指责，而对班固评价屈原为"妙才"的一段关于艺术性的观点却并未置辞，可以认为洪氏是赞同班固此论的。除此之外，洪兴祖还继承了司马迁以来的"发愤著书"说，认识到了"《离骚》二十五篇，多忧世之语"，对屈骚的情感特征把握比较准确。

《补注》对比兴的分析和注释基本是以《楚辞章句》为基础的，多数时候是默认或补充王注。如：《离骚》"吾令凤鸟飞腾兮，继之以日夜"，王注："言我使凤鸟明智之士，飞行天下，以求同志，续以日夜，冀相逢遇也。"洪补："《山海经》云：丹穴之山有鸟焉，其状如鸡，五彩而文，曰凤鸟。是鸟也，饮食则自歌自舞，见则天下大康宁。上言鸾皇，鸾，凤皇之佐；而皇，雌凤也。以喻贤人之同类者，故为命先戒百官。此云凤鸟，以喻贤人之全德者，故令飞腾，以求同志也。"以《山海经》的记载补充说明了王逸对凤鸟寓意的注解，又以"贤人之全德者"加强了王注"明智之士"的道德意义。

"何昔日之芳草兮，今直为此萧艾也"，王注："言往昔芬芳之草，今皆直为萧艾而已。以言往日明智之士，今皆佯愚，狂惑不顾。"洪补："颜师古云：《齐书》太祖云：诗人采萧。萧即艾也。萧自是香蒿，古祭祀所用，合脂爇之以享神者。艾即今之炙病者。名既不同，本非一物。《诗》云：彼采萧兮，彼采艾兮。是也。《淮南》曰：膏夏紫芝，与萧艾俱死。萧艾贱草，以喻不肖。"在对前人之说的反驳中建立自己的观点，又用引文加以证明，目的就是明确王逸不曾直接指出的比兴本体。

在这样的补充中，我们看到，洪兴祖承袭了王逸比兴注释的缺点，甚至其烦琐的注解比王逸更加具有经生的迂腐习气。但宋代的洪兴祖毕竟不同于汉代的王逸，在《楚辞补注》与《楚辞章句》的区别之处，洪氏显示出自己的一些特点。一是与王注相近的地方，洪补略其详注而取其大义：《离骚》"固时俗之工巧兮，偭规矩而改错。背绳墨以追曲兮，竞周容以为度"，王注："言今世之工，才知强巧，背去规矩，更造方圆，必失坚固、败材木也。以言佞臣巧于言语，背违先圣之法，以意妄造，必乱政治，危君国也。……言百工不循绳墨之直道，随从曲木，屋必倾危而不可居也。以言人臣不修仁义之道，背弃忠直，随从枉佞，苟合于世，以求容媚，以为常法，身必倾危而被刑戮也"。洪补："偭规矩而改错者，反常而妄作；背绳墨以追曲者，枉道以从时。"王注从制木造屋的本义注到人臣之道的比兴，不厌烦琐细碎却言不得其意，而洪补仅以两句就高度概括了比兴大义，不仅准确精当而且高屋建瓴，毫无王注拘执之弊。故而朱熹在《楚辞集注》中原文照录了此注，表示了对洪氏的赞同。

二是与王注相异的地方：《离骚》"勉陞降以上下兮"，王注："上谓君，下谓臣"。洪补："陞降上下，犹所谓经营四荒、周流六漠耳，不必指君臣。"王注紧抱着上君下臣的经学观念不放，洪氏对此不以为然，依据前文提出更宽泛、更广义的解释。《集注》云："陞降、上下，陞而上天、下而至地也。"与洪补意思相同。

《九歌·东君》"援北斗兮酌桂浆"一句，王逸注："斗，酒器也。言诛恶既毕，故引玉斗酌酒浆，以爵命贤能，进有德也。"洪补则云："此以北斗喻酒器者，大之也。"很明显，王逸之注凿实太甚，时刻不忘其"贤""德"之义，而洪兴祖这里却认识到了比喻修辞手法的运用。洪氏此注，使得整个诗篇都形象生动了起来，境界开阔，充盈着浪漫主义的奇情异彩。

从这些相近或相异之处中所大致体现出的洪兴祖对比兴的注释与王逸之注的区别就在于，洪氏相对侧重大义的阐发而拘泥稍少。但从洪氏的整个注释来看，他对比兴的关注程度远逊于王逸和朱熹，与王注有别的为数很少，即使单独出注的也非常简单。如《离骚》"恐美人之迟暮"句下，洪补云："屈原有以美人喻君者，'恐美人之迟暮'是也；有喻善人者，'满堂兮美人'是也；有自喻者，'送美人兮南浦'是也。"把屈骚关于"美人"的比兴作了简单的分类，对这个问题有所认识但却没有进一步深入探讨。

在注释过程中，洪氏也意识到了楚辞一些艺术手法的运用。如前引对《九歌·东君》"援北斗兮酌桂浆"一句中比喻运用的精彩解说，就比王逸的现实性解法高明许多。补注《九歌·东皇太一》"吉日兮辰良"句时，引沈括之言："盖相错成文，则语势矫健。如杜子美诗云：'红豆啄余鹦鹉粒，碧梧栖老凤凰枝。'韩退之云：'春与猿吟兮，秋与鹤飞。'皆用此体也。"所谓"相错成文"，即后世所谓互文，是诗歌常用的一种手法，洪氏认为此手法源于屈骚。《渔父序·补注》云："《卜居》《渔父》，皆假设问答以寄意耳。"对二篇艺术的虚构有明确认识，为朱熹所采。最值得一提的还是他对屈骚神话素材的态度，较之王、朱都要客观、开明，在注释中保留了大量相关的历史资料，流露出了洪氏对这类题材的兴趣。但总体来说，洪兴祖对楚辞文学特性的认识还不成规模，只在一些注释时涉及的问题上表达了个人感觉，反映了时代文学意识的进步对个人审美能力的提升。

二、钱杲之《离骚集传》

《离骚》是屈原的代表作，艺术成就在屈骚中也无疑是最高的。钱杲之虽只注了此一篇，但对其文学性的体会和解读却很有独到之处。

首先，钱氏对《离骚》神幻素材的定位比较准确。表面上看来，对这些内容的注解钱杲之还是多用前人之说，《楚辞章句》和《楚辞补注》兼而用之，但他多以引用文献的方式来解，并不发表个人判断。前引"启《九辩》与《九歌》兮"句注文中，钱氏云："原词多用《山海经》，不专据《尚书》也"，此说也是来自洪兴祖。洪氏此句注有"《骚经》《天问》多用《山海经》"，但接下来又云:"而刘勰《辨骚》以康回倾地、夷羿弹日为谲怪之谈,异乎经典。如高宗梦得说,姜嫄履帝敏之类,皆见于《诗》《书》,岂诬也哉",还是把这类内容和经典相比附,钱杲之则没有这种"提升"的努力。他在"巫咸将夕降兮,怀椒糈而要之"句注云:"《尚书》序伊陟赞于巫咸,马融云:名咸,殷之巫也。又《山海经》云:大荒之中,有灵山巫咸,巫即巫盼、巫彭、巫姑、巫真、巫孔、巫抵、巫谢、巫罗,十巫从此升降。原词多谲怪,不专据《尚书》也。""邅吾道夫昆仑兮,路修远以周流"句,钱氏引了《尚书》《尔雅》《汉书》《水经》《山海经》诸家说法,得出结论:"原词不专据《尚书》也"。如此三次强调屈原之词"不专据《尚书》",基于此,在注释文献的引用上,钱氏亦有所偏向,《山海经》(包括郭璞注)《淮南子》和《穆天子传》共计引用三十一次,《尚书》仅有九次,加上《礼》《左传》《史记》《汉书》《公羊传》也只有十七次。可见,钱杲之认为,屈原用了很多《山海经》等书中的内容来写作《离骚》,那么,为何而用呢?

钱注"驷玉虬以乘鹥兮,溘埃风余上征"句云:"驾玉虬为驷,乘鹥为车,溘然尘埃风气之表,上行于天,皆托意也。"注"朝发轫于苍梧兮,夕余至乎县圃"句云:"盖原不容于世,陈词重华,因讬神仙谲怪之说,思得飞游以适其意也。"他认为这些"神仙谲怪之说"都是屈原用来"托意"的,只是屈原借以表达思想情志的材料。这种说法并非钱氏独创,前文说过,晁补之有"寓言说",朱熹亦主张"大义所比""泛为寓言",但他们之间还是有区别的,甚至也不是前代学者所指出的虚构一类的手法。钱杲之这种解读方式,是将这些内容定位为创作素材,不涉及经义、义理一类的道德伦理评判,仅仅是创作的材料而已。钱氏自己未必有如此认识,但他的注解仔细读来却确实是比较明显地给人以这种感觉。

其次,钱杲之对《离骚》比兴艺术手法的解读比较系统。他的比兴解读主要还是承自王逸,但《楚辞集传》中并没有出现"比""兴"或是"象"这类的字眼,而是统称为"喻"。《楚辞集传》中共计出现"喻"二十一次,在"荃"的注解中云:"荃,未详。旧说香草,喻怀王也。"此"旧说"实际上就是《楚辞章句》之说,可知钱氏的"喻"即为比兴解说的用语。其余二十次中,除了一次例外,均是解说比兴,亦涵盖了钱注的全部比兴解说。

例外为"不量凿而正枘兮，固前修以菹醢"句，钱注云："喻不量其君而已正道求进。"此注取自《楚辞章句》："臣不度君贤愚，竭其忠信，则被罪过，而身殆也。"钱注较为宽泛简洁，很像指出比喻的本体和喻体。其余十九次"喻"解中，包括了两类：求女和草木。求女解为"求贤臣"，与王注相同，具体解说上也基本一致，"哀高丘之无女"，"相下女之可诒"中"女"均"喻贤人"；"宓妃"为隐士；鸩鸟、雄鸠为阻挠求贤的小人；"有娀之佚女""有虞之二姚"亦为"贤士"。区别有二：一是将贤士分了等级，"贤士如宓妃不可得见，其大贤如娀女，次贤如二姚当及其未用而求之"，所谓"大贤""次贤"并无依据，徒显牵强。二是在"闺中既以邃远兮"句注云："闺中，喻贤士所居之深远"，这是钱氏的创见，与前文能够融为一体。

钱杲之对《离骚》中草木意象的解读个人性更强，虽仍是较多取自《楚辞章句》，却亦多高于王注之处，特别是能够保持一种比较清晰的系统性。如关于香草的条目中，一类是喻屈原品行的，一类是喻贤才的。前者如"扈江离与辟芷兮，纫秋兰以为佩"，钱注："喻己有行能。""揽木根以结茝兮，贯薜荔之落蕊。矫菌桂以纫蕙兮，索胡绳之纚纚"，钱注："皆喻行能在己也。""制芰荷以为衣兮，集芙蓉以为裳"，钱注："喻己愈修美行。"前后文相连，用语简洁，一以贯之，完全没有采用王逸涉及的"象德""阴阳"一类的解说。芳草喻贤才一类，钱氏的解说更明显超过王逸。如"余既滋兰之九畹兮，又树蕙之百亩。畦留夷与揭车兮，杂杜衡与芳芷。冀枝叶之峻茂兮，愿俟时乎吾将刈。虽萎绝其亦何伤兮，哀众芳之芜秽"一段，王注先以"种莳众香"为"修行仁义，勤身自勉，朝暮不倦"及"积累众善""德行弥盛"，又云："言己种植众芳，幸其枝叶茂长，实核成熟，愿待天时，吾将获取收藏，而飨其功。以言君宜蓄养众贤，以时进用，而待仰其治也。""哀惜众芳摧折，枝叶芜秽而不成也。以言己修行忠信，冀君任用，而遂斥弃，则使众贤志士失其所也。"一会儿解为修身自勉，一会儿解为君主养贤，最后又混为一谈，本是顺连而下的句意被注得支离混乱、前后矛盾。钱杲之注："皆喻己素养贤材。……言己斥弃萎绝不足伤，但哀贤材犹众芳草败于百草而芜秽。"与王注相比，不仅简洁利落，观点亦更为客观可信，至今仍是在这个问题上认同者最多的。更难得的是钱氏在注文中能将此说一以贯之。下文"余以兰为可恃兮，羌无实而容长。委厥美以从俗兮，苟得列会众芳。椒专佞以慢慆兮，椴又欲充夫佩帷"几句，王逸将"兰"解为"怀王少弟，司马子兰"；"椒"解为"楚大夫子椒"，洪兴祖引《史记》和《古今人表》证明王氏之说。而钱杲之则云："兰喻所收贤才也。原初以为兰为可恃，今乃无实苟容，长大终不足恃。……委弃其美以从流俗，苟且得列乎众贤之中，盖似贤而非。……椒、椴亦香物，皆喻所收贤才也。或专用佞柔慢慆其君，或欲充入佩囊亲比其君。"钱氏将兰、椒、椴皆解为"所收贤才"，与上文文意一脉相承，其批判兰"似贤而非"更是切中肯綮，这个评价用语实际上源于王逸。王注："椴，茱萸也，似椒而非，以喻子椒似贤而非贤也"，比较起来，钱注仅仅是借用了一个用语，没有牵扯不清，没有指代不明，而是更加形象生动，个人观点清晰明确，显然更胜一筹。

钱氏还首开《离骚》整体结构的分析，《离骚集传》的结尾云："右《离骚》赋凡十四节，三百七十三句。盖古诗有节有章，赋有节无章。今约《离骚》一篇大节十有四：其一高阳二十四句；其二三后二十四句；其三滋兰八句；其四竞进二十八句；其五灵修十二句；其六鸷鸟三十二句；其七女嬃十二句；其八前圣四十句；其九上征七十六句；其十灵氛二十句；其十一巫咸三十六句；其十二以兰二十句；其十三将行三十六句；其十四乱五句。而大节之中，或有小节，学者当自得之。"钱杲之按照叔父钱文子的指导，以《离骚》为赋，十四节的分法比较详细，对后世的《离骚》结构分析也有很大影响，如清人王邦采著名的三分法：第一部分开篇至"岂余心之可惩"，为钱氏的一至六节；第二部分"女嬃"至"余焉能忍与此终古"为钱氏的七至九节；最后为第三部分，即钱氏的十至十四节。王邦采的分法，化繁为简，并小为大，显然就参考过钱杲之的意见。

这种以《离骚》为赋而分节的做法也招致了后人的批评，钱曾《读书敏求记》就云："杲之不晓昭明置骚于诗后之义，妄认骚即为赋，侏儒之隅见如此。"客观地说，《文选》单列《骚》类，更多是文体分类细化和推崇屈骚的意义，《离骚》虽然对汉赋的产生发展有重要的启示和推进作用，但毕竟不能简单就用"赋"来定义《离骚》，在这一点上，钱氏叔侄是有偏颇的。但《离骚集传》对结构分析的尝试在更好理解文意方面是有帮助的，不能一概否定。

三、杨万里《天问天对解》

在汉宋诸家注者之中，杨万里无疑是文学成就最突出的一位，不仅诗文兼擅，且有成熟的文学理论著述，创作对于他已经是一种本能和习惯，而丰富的创作实践和理论支撑无疑使他对文学因素有相当敏锐的感觉。所以，虽然《天问天对解》是学术著作，其创作目的亦是以阐发哲学思想为主，但在具体解读的过程中，解读者的这种本能习惯和敏锐感觉都会有所体现。

《天问》是以四言为主的长诗，《天对》亦是以四言为主的说理性辞赋，二者都是讲求韵律的，但《天问天对解》以"以易其难"为原则和目的，是以散文的形式呈现的，较为自由，而其中也包含着一些文学修辞技巧的运用。有对偶，《天对》"明焉非闢，晦焉非藏"句，杨氏解曰："且之明不得不明，非有所开而明；夕之幽不得不幽，非有所藏而幽"；"卒燥中野，民攸宇攸暨"，杨氏解曰："援天下之湿而置之于燥，宇天下之民而置之于安"。散文不要求对偶，杨氏此类注解一方面是由原文顺承而来，另一方面也可能出于表达效果的需要，尤其像后一例中，"湿"并非原文所有，但明显可以直接联想到使百姓深受其害的水灾，而"宇"虽是原文，却因杨氏之解而体现出"大辟天下寒士俱欢颜"之意，用字精准，甚至有一种意象之美。有回文，《天对》"吁炎吹冷，交错而功"句，杨氏解曰："炎者，元气之吁也；冷者，元气之吹也。吁而吹，吹而吁，炎而寒，寒而炎，交错而自尔功者也。"形象体现了"交错而功"的过程，富有回环往复的圆融之感。还有排比，"二仪之盛满者，自盛满尔；万形之众多者，自众多尔；人物之明明者，自明明尔；鬼神之闇闇者，自闇闇尔"；"幽王以侵渔其民而亡，以淫于嗜欲而亡，以轻杀谏臣而亡"，排比句的运用不仅富有气势，更具有一种酣畅淋漓的抒情效果。这些修辞技巧的运用并非刻意而为，应该就是杨万里文学才能和创作习惯的体现。

在杨万里的主观意识中，应该是没有把《天问》作为文学作品看待的，他的关注点主要在思想观点的阐发方面。但在解读的过程中，作为一个敏锐的创作者，他也意识到了《天问》中的某些文学性因素，并予以表现。这一点，体现在他的分段上。

《天问》的一百七十多个问题是一气呵成、连贯而下的，但并非杂乱无序的堆积，而是由宇宙自然问到社会历史，层次井然，有着内在逻辑和结构的。但历来注释者对此的认识均有不足。王逸称《天问》"文义不次序"，否认其逻辑性。洪兴祖说："天地之间，千变万化，岂可以次序陈哉"，看起来是反驳王逸的观点，但实际上还是认为《天问》是没有"次序"的。杨万里没有论及《天问》是否有次序，但他在解读的分段中体现了《天问》的某些"次序"。《楚辞章句》的注解基本上是以两句为一个单位，《补注》限于体例，基本与王注一致，而《天问天对解》虽然引其注解，却在形式上与之有别，进行了某些适度的分段，将相关内容集中在一起进行整体解读。如从"不认汩鸿，师何以尚之"至"鲧何所营？禹何所成"共计二十四句为一段，从鲧治水失败受罚，到禹继承父业而功成，是关于鲧禹治水的完整记载，脉络清晰。从"禹之力献功，降省下土四方"至"何勤子屠母，而死分竟地"共二十句，是夏朝"家天下"的形成过程。从"帝降夷羿，革孽夏民"到"何羿之射革，而交吞揆之"共十二句，是夏朝由盛而衰的体现，暗示由羿之失德而致。从"稷维元子，帝何笃之"到"载尸集载，何所急"共二十八句，是周民族的兴起过程。这些分段，有长有短，但都连贯完整，体现出了《天问》内在逻辑和结构，这是其他注本所缺少的。

四、朱熹《楚辞集注》

对楚辞文学特性的观照到朱熹的《楚辞集注》达到了前所未有的高度。他自述"旧时亦要无所不学，禅、道、文章、楚辞、诗、兵法，事事要学。出入时无数文字，事事有两册"[①]。他的弟子则这样描述："先生每观一水一石，一草一木，稍清阴处，竟日目不瞬。饮酒不过两三行，又移一处。大醉则跌坐高拱，经史子集之余，虽记录杂记，举辄成诵。微醺，则吟哦古文，气调清壮。某所闻见，则先生每爱诵屈原《楚骚》、渊明《归去来》并诗、并杜子美数诗而已。"[②] 这里呈现的不是板着面孔的理学家，而是有文学

---

① 《朱子语类》卷 104，第 2623 页。
② 《朱子语类》卷 107，第 2674 页。

兴趣、有艺术情趣的学者了。朱熹对文学的兴趣甚浓，压倒了理学的轻视和克制，其传世文集达一百二十一卷，现存诗1300余首，除少数有理学习气外，大多有较高的文学价值，受到后人的称赞。在对待文学价值的认识上，重道而不轻文的观念也使他超越了同时代的理学家。在文学欣赏方面，朱熹亦有相当眼光，要学生以韩愈、欧阳修、苏洵、苏轼、曾巩等大家为范本努力学文，掌握技巧。甚至于讲授儒家经典时，都会留意其中的文学因素："看《诗》，义理外更好看他文章。"①"读《孟子》，非惟看它义理，熟读之，便晓作文之法。首尾照应，血脉贯通，语意反复，明白俊洁，无一字闲。人若能如此作文，便是第一等文章。"②文学之于朱熹，不是可有可无，甚至像他所敬重的"二程"那样的理学家所摒弃的，而是一种素质、一种习惯，不管他自觉与否，都随时体现在他的学术活动中。

楚辞不是"经"，在这一点上，朱熹是赞同洪兴祖的观点的。所以，在注释时便少了很多顾忌和拘谨。另外，从前面的引文可以看出，朱熹对楚辞和屈骚的喜爱是由来已久的，从青年时期的吟诵，到晚年的注释，直至临终前几天还在修订，倾注了大半生的情感和心血，连自己的创作也受到屈骚的影响。③以上种种因素汇聚在一起，使得朱熹更能体会到楚辞的文学特质，在注释楚辞时，会更多地对其加以关注、有所体现。

首先，朱熹比较准确地把握了楚辞的情感特征。情感是艺术的生命，是抒情诗最本质的内容。屈原的创作是"发愤以抒情"（《九章·惜诵》），司马迁说诗人"忧愁幽思而作《离骚》"，道出了屈骚的情感内涵。朱熹早在注释《诗经》时，便提出"如《诗》是吟咏性情，读《诗》者，便当以此求之"的观点④，以情感为读诗的入手和关键。对楚辞更是如此，他进一步发展了司马迁的观点，指出屈原的创作"皆生于缱绻恻怛，不能自已之至意"，是诗人内心不可遏制的情感的暴发和倾吐。楚辞"盖屈子者穷而呼天、疾痛

---

① 《朱子语类》卷80，第2083页。

② 《朱子语类》卷19，第436页。

③ 见《论朱熹〈楚辞〉学说得失根由》，戴志均：《论骚二集》，黑龙江教育出版社1990年版。

④ 《朱子语类》卷96，第2534页。

而呼父母之词也。故今所欲取而使继之者，必其出于幽忧穷蹙、怨慕凄凉之意，乃为得其余韵，而宏衍钜丽之观，欢愉快适之语，宜不得而与焉"。着重强调屈骚"幽忧穷蹙怨慕凄凉"的特殊情调，并把它视为楚辞的整体艺术风格和情感特征而作为选篇的准则。在总体特征的正确认识下，朱熹对楚辞很多具体篇章情感的把握都很到位：

> 屈子初放，犹未尝有奋然自绝之意，故《九歌》《天问》《远游》《卜居》，以及此卷《惜诵》《涉江》《哀郢》诸篇，皆无一语以及自沈之事，而其词气雍容整暇，尚无以异于平日。若《九歌》则含意悽惋，恋嫪低回，所以自媚于其君者，尤为深厚。《骚经》《渔父》《怀沙》，虽有彭咸、江鱼、死不可让之说，然犹未有决然之计也，是以其词虽切而犹未失其常度。《抽思》以下，死期渐迫，至《惜往日》《悲回风》，则其身已临沅湘之渊，而命在晷刻矣。顾恐小人蔽君之罪闇而不章，不得以为后世深切著明之戒，故忍死以毕其词焉。计其出于瞀乱烦惑之际，而其倾输磬竭，又不欲使吾长逝之后，冥漠之中，胸次介然有毫发之不尽，则固宜有不暇择其辞之精粗而悉吐之者矣。故原之作，其志之切而词之哀，盖未有甚于此数篇者，读者其深味之，真可为恸哭而流涕也。[1]

朱熹这样一个学风严谨的大学者，以诗篇中体现的作者情感状态来推测作品的创作时间，足见其对情感之于诗歌的重要价值有非常明确的认识。他联系屈原的经历、情感来分析作品的"词气"——风格，从上面引文中可以看出，朱熹所谓"词气"即是情感内涵的形式外现，在他看来，情感是形成屈骚风格的决定因素，这种见解无疑是正确的。

不独篇章整体抒情特征，朱熹对具体诗句中所蕴含的情感也有细致的体味。《离骚》"时暧暧其将罢兮，结幽兰而延伫。世溷浊而不分兮，好蔽美而嫉妒"一节，王注："言时世昏昧，无有明君，周行罢极，不遇贤士，故结芳草，长立有还意也。……言时世君乱臣贪，不别善恶，好蔽美德，而嫉妒

---

[1] 《后语序》。

忠信也。"朱注:"结幽兰以延伫,言以芳香自洁而无所趋向也。既不得入天门以见上帝,于是叹息世之溷浊而嫉妒,盖其意若曰:不意天门之下,亦复如此。于是去而它适也。"对抒情主人公复杂矛盾情感的分析入情入理,非熟于世故人情者不能如此。上下文浑然一体,明显较王注单一对应式的说明更能表现出诗意的韵味。

再如对《九歌·湘君》"桂棹兮兰枻……恩不甚兮轻绝"一节,朱熹以"比而又比"解之,云"自是而往,益微而益婉矣",对以下章节的情感特点加以概括,把握准确、体察入微,显示出对诗歌抒情特点的敏感。

《九辩》:"悲哉!秋之为气也。萧瑟兮,草木摇落而变衰。憭慄兮,若在远行。登山临水兮,送将归。"朱注:"秋者,一岁之运盛极而衰,肃杀寒凉,阴气用事,草木零落,百物凋悴之时,有似叔世危邦,主昏政乱,贤智屏绌,姦凶得志,民贫财匮,不复振起之象。是以忠臣志士,遭谗放逐者,感事兴怀,尤切悲叹也。萧瑟,寒凉之意。憭慄,犹凄怆也。在远行羁旅之中,而登高远望,临流叹逝,以送将归之人,因离别之怀,动家乡之念,可悲之甚也。"宋玉的《九辩》开创了我国古代文学中源远流长的"悲秋"传统,而朱熹在这里一反其简洁注释的常态,用了大段文字,分析了"秋"的作为自然季节的特征,以及自然之"秋"与世事之"秋"的契合点,指出正是此契合点使心怀天下的"忠臣志士"和失意痛苦的"遭谗放逐者"产生了强烈的共鸣而"感事兴怀",才会更增其"悲"。如果在可"悲"的萧瑟季节中再加上远行羁旅、登高望乡、感慨光阴、送别友朋等这些人世间各种不堪承受的诸多经历和情感叠合在一起,就难免"可悲之甚"了。可以说,朱熹对"悲秋"传统产生的心理因素的分析是切近其本质的,也是饱含着深沉的个人感慨的。对楚辞所蕴情感的分析如此细致深刻,与其晚年的遭遇和心态不无关联。由于对诗歌情感特质的重视,以及"他对屈原作品所体现出来的带有人生悲凉之意的情感有深入的体会和共鸣"[①],他才能真正理解楚辞的情感,并将其特征准确地把握和传达出来。

其次,朱熹对楚辞的比兴手法有独到的分析。朱熹在注楚辞之前,早在

---

① 张毅:《宋代文学思想史》,中华书局 1995 年版,第 252 页。

《诗集传》中对《诗经》的"赋、比、兴"几种典型艺术手法作过相当深入的研究。故而在楚辞注释过程中，自然可以驾轻就熟地依《诗集传》之例，从赋、比、兴的角度对屈骚进行艺术分析：

> 按《周礼》：太师掌六诗以教国子，曰风、曰赋、曰比、曰兴、曰雅、曰颂。而《毛诗大序》谓之六义，盖古今声诗条理无出此者。风则间巷风土男女情思之词；雅则朝会燕享公卿大人之作；颂则鬼神宗庙祭祀歌舞之曰。其所以分者，皆以其篇章节奏之异而别之也。赋则直陈其事，比则取物为比，兴则托物兴词，其所以分者，有以其属辞命意之不同而别之也。诵《诗》者先辨乎此，则三百篇者，若网在纲，有条而不紊矣。不特《诗》也，楚人之词，亦以是而求之，则其寓情草木，托意男女，以极游观之适者，变风之流也。其叙事陈情，感今怀古，以不忘乎君臣之义者，变雅之类也。至于语冥婚而越礼，抒怨愤而失中，则又风、雅之再变矣。其语祀神歌舞之盛，则几乎颂，而其变也，又有甚焉。其为赋，则如《骚经》首章之云也；比，则香草恶物之类也；兴，则托物兴词，初不取义，如《九歌》"沅芷澧兰"以兴"思公子而未敢言"之属也。然《诗》之兴多而比、赋少，《骚》则兴少而比、赋多，要必辨此，而后词义可寻，读者不可以不察也。

《集注·离骚经序》的这段话，是朱熹以所谓"六义"为准则的诗歌研究方法的体现，也体现出朱熹对楚辞艺术问题的基本观点。"六义"之中，"风""雅""颂"属于内容方面的因素，以经典的正统标准来衡量楚辞，朱熹的评价仅是"变风""变雅"，甚至是"风、雅之再变"而已，和他之前"驰骋于变风、变雅之末流"的说法是一致的。这是他在理学思想的影响下认识的偏差。"赋、比、兴"属于艺术创作的手法，他首先肯定楚辞和《诗经》一样运用了赋、比、兴的艺术手法。进而又意识到楚辞与《诗经》的赋比兴运用相比，又呈现出新的特点："《诗》之兴多而比、赋少，《骚》则兴少而比、赋多。"相对于《诗经》中局部、片断的"先言他物以引起所咏之辞"的兴体物象，屈骚中出现的大多是连贯系统的意象群，是具有象征意蕴的整体。

所以朱熹的这一结论是正确的，应该是他在对《诗》《骚》作了整体观照后作出的。

在具体注释楚辞比兴手法时，朱熹也坚持了从全篇出发作整体分析的方法，从而使《楚辞集注》中的比兴具有了整体性、系统性，这是朱熹楚辞比兴分析的第一个特点。"至于一章之内，上下相承，首尾相应之大指，自当通全章而论之，乃得其意。"这是就篇章大义的阐发方法而言的，对于比兴分析同样适用。朱熹对《离骚》中的所有章节，都标明"赋也""比也""赋而比也""比而赋也""自此以下皆比而赋也"，等等。这里所讲的"比"，都是通指一章或几章而言，而与王逸所理解的某一个或几个词语构成的比喻有很大不同。针对王逸对离骚比兴的分类，朱熹评论说："今按王逸此言，有得有失。其言配忠贞、比谗佞，灵修美人者，得之；盖即《诗》所谓比也。若宓妃佚女，则便是美人，虬龙鸾凤则亦善鸟之类耳，不当别出一条，更立它义也。飘风云霓，亦非小人之比。逸说皆误。"①肯定了王逸的正确见解，同时指出其不顾整体、"重复繁碎"之误。其典型者如有关"男女君臣之比"的歧义：

《离骚》"索藑茅以筳篿兮，命灵氛为余占之。曰两美其必合兮，孰信修而慕之？思九州之博大兮，岂惟是其有女？曰勉远逝而无狐疑兮，孰求美而释女？何所独无芳草兮，尔何怀乎故宇？"此节中两个"曰"字以下都是"灵氛"之言，诸家均无异议。然而对于灵氛所言的内容却有不同的理解。王逸注云："灵氛言以忠臣而就明君，两美必合，楚国谁能信明善恶，修行忠直，欲相慕及者乎？己宜以时去也。""言我思念天下博大，岂独楚国有臣而可止乎？""言何所独无贤芳之君，何必思故居而不去也。"对此，朱熹指出："'两美必合'，此亦托于男女而言之。《注》直以君臣为说，则得其意而失其辞也。下章'孰求美而释女'亦然。至说'岂惟是其有女'，而曰：岂唯楚有忠臣，则失之远矣。其以芳草为贤君，则又有时而得之。大率前人读书，不先寻其纲领，故一出一入，得失不常，类多如此。"②所谓"得其意而失其辞"，意

---

① 《辩证·离骚经》。

② 《辩证·离骚经》。

谓王逸对诗句的终极意旨的理解是对的，但对具体文本的解读却有所偏差，没有很好地贯穿大义。而导致其"得失不常"的根源就在于"不先寻其纲领"，即未能做全面、整体的把握。朱熹认为，此"纲领"就是"托于男女而言""君臣"，王逸意识到了这一点，但在注解时对"女"之比兴却时而言君、时而言臣，自相抵牾。在自己的注释中，朱熹对此作了一以贯之的解读："《离骚》以灵修、美人目君，盖托为男女之辞而寓意于君"；①"上下而求索"是"求贤君也"；女也非是"喻臣"，而是"女，神女，盖以比贤君也"；"若宓妃、佚女，则便是美人"；"求宓妃、见佚女、留二姚，皆求贤君之意也。"这些足以说明，他已经摆脱了词句、章节的束缚，从全部诗篇着眼，自觉地将"男女君臣之比"的注释贯穿到底，把被王逸割裂的《离骚》的比兴形象重新构筑成前后一脉相承的统一整体，使其中的象征意蕴得以完整呈现。

　　最能体现出《集注》和《章句》在比兴注释中的整体和支离的高下之别莫过于《九歌·山鬼》了。此诗很明显从头至尾都是出于一人之口，可是王逸的注解却杂乱无章。"若有人兮山之阿"，王注："若有人谓山鬼也。"视为"山鬼"的自述之词。"子慕予兮善窈窕"，王注："子谓山鬼也。"转而又把"山鬼"视为自述者的对方。"折芳馨兮遗所思"，王注："所思，谓清洁之士，若屈原也。"是以屈原为自述者的对方。而到了"山中人兮芳杜若"，又注云："山中人，屈原自谓也。"屈原又成了自述者了！此外，王逸注"留灵修兮憺忘归"云："灵修，谓怀王也"；注"怨公子兮怅忘归"云："公子，谓公子椒也。"似乎此诗是屈原直抒其思君之情的作品，诗中既有现实中的君主、臣子，又有所祭祀之鬼神，还有诗人自身，叙述者的身份亦不断变换，整个解说漫无头绪，一片混乱。造成混乱的根本原因，就是朱熹批评的"不寻其纲领"，对作品缺乏整体认识。没有辨明"宾主、彼我之辞"，"故文义多不属"②。而朱熹则能够把握诗歌的整体艺术形象，他在注中把全诗都解作山鬼的自述之语。云："鬼喻己"，"子"（"子慕予兮善窈窕"）、"所思"（"折芳馨兮遗所思"）、"灵修"（"留灵修兮憺忘归"）、"公子"（"怨公子兮怅忘归"）、

----

① 《辩证·离骚经》。
② 《辩证·九歌》。

"君"（"君思我兮不得闲"、"君思我兮然疑作"），通通是"山鬼"所"欲媚之者"。也就是说，在朱熹看来，《山鬼》全篇都是以第一人称所述之词，诗中所及的另一人物则是"山鬼"所思念的对象。这是一首以"山鬼"为叙述者的情歌，屈原并未出场，君臣政治关系是寄托在男女爱情关系之中的，《集注·山鬼序》云："此篇文义最为明白，而说者汩之。今既章解而句释之矣，又以其托意君臣之间者而言之，则言其被服之芳者，自明其志行之洁也。言其容色之美者，自见其才能之高也。子慕予之善窈窕者，言怀王之始珍己也。折芳馨而遗所思者，言持善道而劝之君也。处幽篁而不见天，路险艰又昼晦者，言见弃远而遭障蔽也。欲留灵修而卒不至者，言未有以致君之寤而俗之改也。知公子之思我而然疑作者，又知君之初未忘我，而卒困于谗也。至于思公子而徒离忧，则穷极仇怨，而终不能忘君臣之义也。"这样句句对号落实，虽不免于穿凿，但他认为全篇是整体寄托，而不是直接表现在具体的字句之中。无论朱熹所指的寓意是否准确，他对比兴的整体把握和解读确实使得全诗文理通顺，文本的表层意义豁然开朗，是王逸之流远远不能与之相比的。

朱熹对屈骚比兴解读的第二个特点是运用了多层次分析法。他分析《九歌》的比兴云："盖以君臣之义而言，则其全篇皆以事神为比，不杂它意。以事神之意而言，则其篇内又或自为赋、为比、为兴，而各有当也。然后之读者，昧于全体之为比，故其疏者以它求而不似，其密者又直致而太迫，又其甚则并其篇中文义之曲折而失之，皆无复当日吟咏情性之本旨。盖诸篇之失，此为犹甚，今不得而不正也。"① 也就是说，在"因彼事神之心，以寄吾忠君爱国眷恋不忘之意"的整体寓意的笼罩之下，在具体的篇章内部，还可以有局部的赋、比、兴存在，这种多层次的比兴使得文义"曲折"，恰到好处地解读此类比兴可以重新揭示出作者"当日吟咏情性之本旨"。且看他是如何操作的：

《九歌·湘君》"桂櫂兮兰枻，斵冰兮击雪。采薜荔兮水中，搴芙蓉兮木末。心不同兮媒劳，恩不甚兮轻绝"，朱注："此章比而又比也。盖此篇本以

---

① 《辩证·九歌》。

求神而不答，比事君而不偶。而此章又别以事比求神而不答也……言乘舟而遭盛寒，斲斮冰冻，纷如积雪，则舟虽芳洁，事虽辛苦，而不得前也。薜荔缘木，而今采之水中；芙蓉在水，而今求之木末。既非其处，则用力虽勤而不可得。至于合昏而情异，则媒虽劳而昏不成；结友而交疏，则今虽成而终易绝。则又心志睽乖，不容强合之验也。求神不答，岂不亦犹是乎？自是而往，益微而益婉矣。"整体之"比"是以求神不答比事君不偶，而又分别以遭遇艰险、辛苦而不得前；所求非其处、用力而不可得；心志睽乖、不容强合三类情事来比事神而不答。朱熹所注之"比而又比"，整体性的比中包含着局部性的比，以多个局部之比汇合成整体之比，内涵丰富、意蕴充盈，在这样的分析解读中不仅传达出诗人幽婉隐约的心绪"情性"，诗人运用比兴的苦心孤诣亦清晰可睹。

朱熹比兴注释的第三个特点是不呆板不着实，传达出了屈骚词意若即若离的轻虚空灵之美。这是相对于王注牵扯现实之弊的最大进步，也多是在对王注此弊的批判之中体现出自己的观点。"《离骚》以灵修、美人目君，盖托为男女之辞而寓意于君，非以是直指而名之也。灵修，言其秀慧而修饰，以妇悦夫之名也。美人，直谓美好之人，以男悦女之号也。今王逸辈乃直以指君，而又训灵修为神明远见，释美人为服饰美好，失之远矣。"① 朱熹认识到屈骚以男女婚姻爱情关系寄寓君臣政治关系的比兴象征手法，所谓"灵修""美人"均是"托于男女而言之"，是对现实的概括和提升，不能直接指实于现实中的君主，否则反而会因过分索求现实而远离大义。王逸、洪兴祖恰恰没有意识到这一点。在他们的观念中，还未能把各篇作品完全视作艺术化的审美对象，而常常把诗人的身世遭际、政治生活中的人际关系拿来对作品的某些意象做径直解说和简单比附。典型者如《离骚》"余以兰为可恃兮"句，王注："兰，怀王少弟，司马子兰也。"洪补引《史记》证明"子兰为怀王少子，顷襄之弟也"。仍将"兰"视为实指"子兰"其人。"椒专佞以慢慆兮，樧又充夫佩帏"，王注："椒，楚大夫子椒也。"洪氏又引《古今人表》证有令尹子椒。朱熹认为，"此辞之例，以香草比君子，王逸之言是

---

① 《辩证·离骚经》。

矣。然屈子以世乱俗衰，人多变节，故自前章兰芷不芳之后，乃更叹其化为恶物。至于此章，遂深责椒兰之不可恃，以为诔首，而揭车、江离亦以次而书罪焉，盖其所感益以深矣。初非以为实有是人而以椒兰为名字者也。而史迁作《屈原传》，乃有令尹子兰之说，班氏《古今人表》又有令尹子椒之名，既因此章之语而失之，使此词首尾横断，意思不活。王逸因之，又诋以为司马子兰、大夫子椒，而不复记其香草、臭物之论。流误千载，遂无一人觉其非者，甚可叹也。使其果然，则又当有'子车'、'子离'、'子椴'之俦，盖不知其几人矣！"司马迁和班固关于"子兰""子椒"的记载有无其他根据、是否实有其人，现已不可详考，可以不论。但从《离骚》本文来看，王、洪之注肯定是错误的。朱熹对他们没有坚持按比兴来解的批评是正确的。这里体现的不仅是对几个名物的认识不同，更重要的是朱熹的批评具有转变观念和改进方法的意义。诗歌与现实是有距离的，正是这种距离产生审美效应，而屈骚的比兴则是拉开此距离的重要手段。朱熹多次批评王、洪注文"直致而太迫""语太迫""太迫而失题意"，就是指责他们对比兴的注解过分切近现实而破坏了诗歌的艺术魅力。而在自己的注释中，朱熹则很少作具体词句与现实政事的对应和凿实，只注其"大意"："此篇所言陈词于舜，及上欸帝阍，历访神妃，及使鸾凤飞腾、鸩鸠为媒等语，其大意所比，固皆有谓。至于经涉山川，驱役百神，下至飘风云霓之属，则亦泛为寓言，而未必有所拟伦矣。"[1]以通达的态度泛言大意而不"曲为之说"，既免去了苦心附会之劳，又使诗歌意象虚化、摆脱现实之累而能够呈现出原有的空灵飘逸之美。

可以看出，朱熹对楚辞比兴的阐释继承了前人的成就，尤其是对含蓄蕴藉、意在言外的空灵之美的体会上更加深刻。朱熹不仅对屈骚的比兴有足够的重视和深刻的理解，而且采用了合适的方法准确地传达出了自己的理解，也在相当程度上传达出了作者运用比兴的原意。《楚辞集注》中的比兴既有整体性、系统性和细致深入的层次分析，又能相对保持与现实的距离。可以说，朱熹的比兴注释已经超越了简单的"比德"，在某种程度上体现出了屈骚在比兴运用上的重大进步，即由比兴到象征——由现实的艺术联想到超现

---

[1] 《辩证·离骚经》。

实的艺术想象的演进。

最后，朱熹对楚辞的文学虚构手法有独到见解。虚构是文学创作的重要手段之一。屈骚以超现实的幻想和想象为特征，虚构是其主要的艺术手法。对于此种手法的认识，是随着时代文化特点和文学发展程度而逐步深入的。班固批评屈骚的用词——"虚无之语"，虽然指的是其"多称昆仑、冥婚、宓妃"一类的神话素材的使用，但应该是意识到了其中幻想虚构的成分。而对这部分内容王逸为了提高屈骚地位，不仅不予承认，而且以附会经典的方式做了现实化的处理。刘勰《文心雕龙·辨骚》中所批判的"诡异之辞"和"谲怪之谈"也是指其神话素材和幻想虚构的因素，仍然是以经典为标准予以否定了。各家肯定和否定的标准都是儒家经典，针对的也大都是属于素材使用的范畴，应该说还不涉及作为艺术手法的虚构问题。

对这一问题较为正确的解说，有据可查的是出现在宋代。秦观《韩愈论》中说："原本山川，极命草木，比物属事，骇耳目，变心意，此讬词之文，如屈原、宋玉之作是也。"魏了翁《师友杂言》云："《离骚》作而文词兴。盖圣贤诗书，皆实有之事，虽比兴亦无不实。自庄周寓言，而屈原使讬渔父、卜者等虚词，司马相如又讬为亡是公等为赋。自是以来，多谩语传于事。"很明显，他们所谓的"讬词""讬虚词"云云，都是指的虚构的艺术手法，不管是秦观的肯定和魏了翁的否定，这种手法的存在是明显被承认了的。朱熹在此问题上的观点更为意味深长，他一方面对楚辞的神话素材以理学标准予以否定，另一方面对其文学虚构手法又有相当的敏感。一是对虚构意象情节以抒情的理解。对《离骚》，看出了"陈辞"以下情节"皆假托之词，非实有是物与是事也"。在此基础上对其作了"大意所比""泛为寓言"的宽泛解说，体现出了诗歌的虚幻飘逸之美。二是对虚构人物结撰篇章的认识。关于《卜居》的创作缘起，王逸云："屈原体忠贞之性，而见嫉妒。念谗佞之臣，承君顺非，而蒙富贵。己执忠直而身放弃，心迷意惑，不知所为。乃往至太卜之家，稽问神明，决之蓍龟，卜己居世何所宜行，冀闻异策，以定嫌疑。"以实有其事来解读。洪兴祖看到此谬，而认为是"假设问答以寄意"（《渔父补注》）朱熹继承发挥了洪氏的观点，其《卜居序》曰："屈原哀悯当世之人，习安邪佞，违背正直，故阳为不知二者之是非可否，而将假蓍龟以决之，遂为此词，发其取舍之端，以警世俗。"王逸之解"亦误矣"。朱熹在分析屈原的心理之后认为，此篇是屈子为了"以警世俗"而"阳为"了太卜与自己的对话。"阳为"即今天所谓"虚构"。朱熹意识到了屈骚这一艺术手段，以此解说，使其挣脱了经学的尘封，而还其文学的基本面貌。

朱熹这位集理学家、学者和文学家于一身的文化巨子，对楚辞有着始终如一的喜爱，在历尽沧桑的垂暮之年以极大的热情注释楚辞，虽然理性还在支配着他继续前人对思想的阐发，但在感情上，已经难以抑制地把屈骚当作文学作品来解读了。以其深厚的文学功底和敏锐的艺术感觉，从情感抒发、意象把握到具体艺术手法，朱熹对楚辞的文学特质有深刻的认识和系统的阐述，以至于有学者认为"他是最早彻底以文学眼光来看待并注解全书的"①，这种看法多少有些绝对，《楚辞集注》中文学解读的空间里还是时时迷漫着理学迷雾的。这正好说明了文学研究视角的确立必须在文学彻底摆脱了政治思想附庸的地位之后，才能真正实现。也正是由于这个原因，虽然我们从汉宋之际的楚辞学研究中发现了逐渐向文学研究转变的指向，并且在由宋至清的楚辞学研究中也大致延续了这种指向，但在封建社会，却一直未能全面实现对楚辞的文学观照。

---

①　《论朱熹在〈楚辞〉学史上的开拓性贡献》，见戴志均：《论骚二集》，黑龙江教育出版社 1990 年版，第 51 页。

主要参考文献

[1]《四库全书》影印本，中国台北商务印书馆 1986 年版。

[2]《从书集成初编》，上海商务印书馆排印本 1935—1937 年版。

[3] 王弼、孔颖达等注疏：《十三经注疏》，中华书局 1980 年版。

[4] 纪昀等撰：《四库全书总目》，中华书局 1965 年版。

[5] 董仲舒撰：《春秋繁露》，中华书局 1975 年版。

[6] 朱熹撰：《四书章句集注》，中华书局 1983 年版。

[7] 朱熹撰：《诗集传》，中华书局 1958 年版。

[8] 毛公传，郑玄笺，孔颖达等正义：《毛诗正义》，上海古籍出版社 1990 年版。

[9] 程俊英、蒋见元点校：《论语集释》，中华书局 1990 年版。

[10] 焦循撰，沈文倬点校：《孟子正义》，中华书局 1987 年版。

[11] 王先谦撰，沈啸寰、王星贤点校：《荀子集解》，中华书局 1988 年版。

[12] 司马迁撰，裴骃集解，司马贞索隐，张守节正义：《史记》，中华书局 1959 年版。

[13] 班固撰，颜师古注：《汉书》，中华书局 1962 年版。

[14] 范晔撰，李贤等注：《后汉书》，中华书局 1965 年版。

[15] 魏征等撰：《隋书》，中华书局 1973 年版。

[16] 欧阳修、宋祁撰：《新唐书》，中华书局 1975 年版。

[17] 脱脱等撰：《宋史》，中华书局 1977 年版。

[18] 司马光编著，胡三省音注：《资治通鉴》，中华书局 1956 年版。

[19] 毕沅编著：《续资治通鉴》，中华书局 1957 年版。

[20] 刘向撰：《新序》，中华书局，1991 年据北京图书馆藏南宋初杭本影印。

[21] 汪荣宝义疏，陈仲夫点校：《法言义疏》，中华书局 1987 年版。

[22] 陈立疏证，吴则虞点校：《白虎通疏证》，中华书局 1994 年版。

[23] 刘向撰，向宗鲁校证：《说苑校证》，中华书局 1987 年版。

[24] 何宁集释：《淮南子集释》，中华书局 1998 年版。

[25] 段玉裁注：《说文解字注》，上海古籍出版社 1985 年版。

[26] 程颢、程颐撰：《二程遗书》，上海古籍出版社 2002 年版。

[27] 朱熹撰：《朱子全书》，上海古籍出版社、安徽教育出版社 2002 年版。

[28] 黎靖德编，王星贤点校：《朱子语类》，中华书局 1994 年版。

[29] 陈振孙撰，徐小蛮、顾美华点校：《直斋书录解题》，上海古籍出版社 1987 年版。

[30] 晁公武撰，孙猛校证：《郡斋读书志校证》，上海古籍出版社 1990 年版。

[31] 黄灵庚主编：《楚辞文献丛刊》，国家图书馆出版社 2014 年版。

[32] 洪兴祖补注：《楚辞补注》，中华书局 1983 年版。

[33] 朱熹集注：《楚辞集注》，上海古籍出版社 1979 年版。

[34] 钱杲之集传：《离骚集传》，清乾隆道光间《知不足斋丛书》影宋本。

[35] 吴仁杰疏：《离骚草木疏》，清乾隆道光间《知不足斋丛书》影宋本。

[36] 蒋骥注：《山带阁注楚辞》，中华书局 1958 年版。

[37] 蒋之翘撰：《七十二家评楚辞》，明天启六年刻本。

[38] 杨万里撰：《天问天对解》，《四部丛刊初编》影《诚斋集》，商务印书馆 1936 年版。

[39] 萧统编，李善注：《文选》，上海古籍出版社 1977 年版。

[40] 刘勰撰，黄叔琳注，李详补注，杨明照校注拾遗：《增订文心雕龙校注》，中华书局 2000 年版。

[41] 柳宗元撰：《柳宗元集》，中华书局 1979 年版。

[42] 杨万里撰，辛更儒笺校：《杨万里集笺校》，中华书局 2007 年版。

[43] 苏轼撰：《苏轼文集》，中华书局 1986 年版。

[44] 戴震撰：《戴震集》，上海古籍出版社 1980 年版。

[45] 刘熙载撰：《艺概》，上海古籍出版社 1978 年版。

[46] 李绂撰：《朱子晚年全论》，中华书局 2000 年版。

[47] 黄宗羲撰：《宋元学案》，商务印书馆 1933 年版。

[48] 皮锡瑞撰，周予同注释：《经学历史》，中华书局 2004 年版。

[49] 皮锡瑞撰：《经学通论》，中华书局 1956 年版。

[50] [日] 本田成之撰:《中国经学史》,上海书店出版社 2001 年版。

[51] 徐复观著:《徐复观论经学史二种》,上海书店出版社 2002 年版。

[52] 蒴伯赞著:《中国史纲要》,人民出版社 1983 年版。

[53] 钱穆著:《秦汉史》,三联书店 2004 年版。

[54] 冯友兰著:《中国哲学史》,华东师范大学出版社 2000 年版。

[55] 冯友兰著:《三松堂学术文集》,北京大学出版社 1984 年版。

[56] 侯外庐著:《中国思想通史》,人民出版社 1957 年版。

[57] 李泽厚著:《中国古代思想史论》,安徽文艺出版社 1994 年版。

[58] 徐复观著:《两汉思想史》,华东师范大学出版社 2001 年版。

[59] 金春峰著:《汉代思想史》,中国社会科学出版社 1987 年版。

[60] 刘国忠、黄振萍主编:《中国思想史参考资料集》(隋唐至清卷),清华大学出版社 2004 年版。

[61] 钱穆著:《国史大纲》,商务印书馆 1996 年版。

[62] 钱穆著:《国学概论》,商务印书馆 1997 年版。

[63] 钱穆著:《朱子新学案》,巴蜀书社 1986 年版。

[64] 钱穆著:《朱子学提纲》,三联书店 2002 年版。

[65] 钱穆著:《宋代理学三书随剂》,三联书店 2002 年版。

[66] 鲁迅著:《汉文学史纲要》,《鲁迅全集》,人民文学出版社 1981 年版。

[67] 钱钟书著:《谈艺录》,中华书局 1984 年版。

[68] 钱钟书著:《管锥编》,中华书局 1986 年版。

[69] 余英时著:《士与中国文化》,上海人民出版社 1987 年版。

[70] 余英时著:《中国思想传统的现代诠释》,江苏人民出版社 1989 年版。

[71] 余英时著:《朱熹的历史世界》,三联书店 2004 年版。

[72] 余英时著:《中国知识人之史的考察》,广西师范大学出版社 2004 年版。

[73] 于迎春著:《秦汉士史》,北京大学出版社 2000 年版。

[74] 张毅著:《宋代文学思想史》,中华书局 1995 年版。

[75] 马勇著:《秦汉学术社会转型时期的思想探索》,陕西人民教育出版社 1998 年版。

[76] 张立文著:《朱熹思想研究》,中国社会科学出版社 1994 年版。

[77] 陈来著:《朱子哲学研究》,华东师范大学出版社 2000 年版。

[78] 邹其昌著:《朱熹诗经诠释学美学研究》,商务印书馆 2004 年版。

[79] 杜敏著:《赵歧、朱熹〈孟子〉注释传意研究》,中国社会科学出版社 2004 年版。

[80] 莫砺锋著:《朱熹文学研究》,南京大学出版社 2000 年版。

[81] 蔡方鹿著:《朱熹经学与中国经学》,人民出版社 2004 年版。

[82] 郭维森、许结著:《中国辞赋发展史》,江苏教育出版社 1996 年版。

[83] 易重廉著:《中国楚辞学史》,湖南出版社 1991 年版。

[84] 李中华、朱炳祥著:《楚辞学史》,武汉出版社 1996 年版。

[85] 李大明著:《汉楚辞学史》,中国社会科学出版社 2004 年版。

[86] 姜亮夫编著:《楚辞书目五种》,上海古籍出版社 1993 年版。

[87] 崔富章编著:《楚辞书目五种续编》,上海古籍出版社 1993 年版。

[88] 李恕豪著:《中国古代语言学简史》,巴蜀书社 2003 年版。

[89] 游国恩主编:《离骚纂义》,中华书局 1980 年版。

[90] 游国恩主编:《天问纂义》,中华书局 1982 年版。

[91] 林庚著:《天问论笺》,人民文学出版社 1983 年版。

[92] 汤炳正著:《屈赋新探》,齐鲁书社 1984 年版。

[93] 汤炳正著:《楚辞类稿》,巴蜀书社 1988 年版。

[94] 蒋天枢著:《楚辞论文集》,陕西人民出版社 1982 年版。

[95] 姜亮夫著:《楚辞学论文集》,上海古籍出版社 1984 年版。

[96] 周殿富选编:《楚辞论——历代楚辞论评选》,吉林人民出版社 2003 年版。

[97] 赵辉著:《楚辞文化背景研究》,湖北教育出版社 1995 年版。

[98] 蔡靖泉著:《楚文化流变史》,湖北人民出版社 2001 年版。

[99] 褚斌杰主编:《屈原研究》,湖北教育出版社 2003 年版。

[100] 金开诚著:《屈原辞研究》,江苏古籍出版社 1992 年版。

[101] 戴志均著:《读骚十论》,黑龙江人民出版社 1986 年版。

[102] 戴志均著:《论骚二集》,黑龙江教育出版社 1990 年版。

[103] 戴志均著:《离骚三集》,黑龙江教育出版社 1999 年版。

后 记

　　这个选题的基础是博士论文，考察的对象是《楚辞章句》《楚辞补注》和《楚辞集注》三个注本。答辩后，导师建议我沿着这个思路继续做下去，就又把视野扩展到了汉宋两朝的全部楚辞注释活动，并对结构做了调整，上编分析注本，下编总结注释活动中体现的文化变迁。本来有了博士论文的基础，应该是比较容易完成的，但却由于种种原因耽搁很久，不能不说是很大的遗憾。好在最终能够结项并出版，也算是给了自己一个交代，也可以借此一种正式的方式，表达感激之情。

　　感谢引领我入楚辞研究之门的戴志钧先生。戴老师是我的硕士生导师，谦和而认真，作为关门弟子，我得到了老师更多的关爱。至今记得第一次登门拜师，老师先对我说："你比我女儿还小呢，就和我的孩子一样，有什么事都可以和老师说。"而关于读书向学，先生从不放松要求，我也由此打下了一定的基础。毕业后，每一次回母校都会去拜访老师，每一次老师和师母都早早空出时间，一起吃饭，聊很久，关心我的工作、生活，细心的叮嘱让年近不惑的我觉得自己还是被照顾的孩子。

　　感谢我的博士生导师詹福瑞先生。詹老师温和而严谨，给我更多的是方向和方法的引导。我读博的时候，先生已在国图任职，公务繁忙。每一次我发到邮箱的论文，先生都会打印出来，细细批注修改了寄回给我，让我感动且不敢懈怠。这些打印稿我一直保留着，作为过去岁月的纪念，更提醒自己不要辜负老师的期待。

　　感谢李金善老师。李老师是师兄亦是老师，他和他的夫人给了我和我的家人很多的帮助，拥有他们的友谊是一件幸运的事情。感谢我的家人，他们给了我最大的支持，让我有最大的自由做自己喜欢的事情。感谢所有鼓励我的师长、朋友，让我能够在这么久的时间之后，还能坚持完成这部书稿。也感谢所有为了书稿顺利出版而付出辛苦的编辑和工作人员。为学之路道阻且长，我还会努力走下去，希望下次可以不负期许，交出更好的答卷。

孙光

2019 年 9 月 7 日于河大紫园

责任编辑：江小夏

文字编辑：李倩文

封面设计：胡欣欣

图书在版编目（CIP）数据

汉宋文化与楚辞研究的转型：以楚辞注释为中心的考察 / 孙光 著 . —北京：
　人民出版社，2020.9
ISBN 978－7－01－021770－3

I. ①汉⋯　II. ①孙⋯　III. ①楚辞研究　IV. ① I207.223

中国版本图书馆 CIP 数据核字（2019）第 297775 号

汉宋文化与楚辞研究的转型

HANSONG WENHUA YU CHUCI YANJIU DE ZHUANXING

——以楚辞注释为中心的考察

孙光 著

人民出版社 出版发行

（100706　北京市东城区隆福寺街 99 号）

北京虎彩文化传播有限公司印刷　新华书店经销

2020 年 9 月第 1 版　2020 年 9 月北京第 1 次印刷

开本：710 毫米 ×1000 毫米 1/16　印张：15.75

字数：236 千字

ISBN 978－7－01－021770－3　定价：58.00 元

邮购地址 100706　北京市东城区隆福寺街 99 号

人民东方图书销售中心　电话（010）65250042　65289539